· 广西一流学科（培育）建设项目
· 河池学院中国语言文学学科资助出版
· 广西人口较少民族发展研究中心成果

（第三卷）

罗相巧 巫圣咏 主编

广西人民出版社

图书在版编目（CIP）数据

红水河畔歌连歌．第三卷 / 罗相巧，巫圣咏主编．— 南宁：广西人民出版社，2021.3
ISBN 978-7-219-11076-8

Ⅰ．①红…　Ⅱ．①罗…　②巫…　Ⅲ．①民间歌谣—文学研究—广西　Ⅳ．① I207.72

中国版本图书馆 CIP 数据核字（2020）第 182311 号

HONGSHUI HE PAN GE LIAN GE（DI-SAN JUAN）

红水河畔歌连歌（第三卷）

罗相巧　巫圣咏　主编

策　　划：罗敏超
责任编辑：唐薇薇
文字编辑：陈　茜　李　莉
责任校对：杨　珩
美术编辑：陈晓蕾
责任排版：梁敏芳

出版发行　广西人民出版社
社　　址　广西南宁市桂春路 6 号
邮　　编　530021
印　　刷　广西民族印刷包装集团有限公司
开　　本　787mm × 1092mm　1 / 16
印　　张　13.25
字　　数　196 千字
版　　次　2021 年 3 月　第 1 版
印　　次　2021 年 3 月　第 1 次印刷
书　　号　ISBN 978-7-219-11076-8
定　　价　52.00 元

《红水河畔歌连歌（第三卷）》编委会名单

总序

习习吹落春风影，一枝一叶总关情

被誉为“诗魔”“诗王”的白居易曾与元稹等人在唐代共同倡导“新乐府运动”，主张学习汉代以前向民间采集诗歌的制度，恢复汉魏时期乐府诗歌讽喻时事的传统。白居易的诗歌践行了他自己的文学主张，诗歌贴近民间疾苦，并从民间诗歌中汲取艺术营养，诗意通俗易懂，以至于有唐宣宗李忱在《吊白居易》中“童子解吟长恨曲，胡儿能唱琵琶篇”的赞誉，可见他的诗歌影响范围之广、之深。

宋代孔平仲《孔氏谈苑》载：“白乐天每作诗，令一老妪解之，问曰：‘解否？’妪曰解，则录之；不解，则又改之。故唐末之诗近于鄙俚。”对于这一点颇有争议，甚至有人认为，“老妪”都能解读的诗还是好诗吗？笔者认为，这大概是文艺美学上“阳春白雪”与“下里巴人”的关系吧，也就是精英文学与通俗文学的辩证。精英文学需要通俗文学的生活性营养，通俗文学需要精英文学的艺术性提升，这两者间虽然各有各的创作群体和读者群体，但是它们的界限有时并非壁垒分明，而是互相渗透和交流。而具体到一个创作和欣赏的个体，要把握好这个分寸实在是很困难的一件事，譬如《诗经》中的《风》部分，汉唐时期的乐府诗等，今天看来，都是艺术性很强的经典诗歌。笔者认为，这不仅取决于作者的语言功底，还取决于作者的创作方向，比如说诗人的某一类诗的题材或体裁就是取自民间，并愿意回馈于民间，语言浅近一些，又有诗人锤炼的力度，这有什么不好？刘禹锡的《竹枝词》写道："杨柳青青江水平，闻郎江上踏歌声。东边日出西边雨，道是无晴却有晴。"不是也为后人津津乐道吗，须知"竹枝词"就是由古代巴蜀间吟咏风土人情的民歌演变过来的民间歌谣体。作为中唐最伟大的诗人，白居易的文学主张是贴近生活、贴近民众，因此他在《与元九书》提出"文章合为时而著，歌诗合为事而作"的现实主义创作主张，这与中国诗歌的源头《诗经》的立意是一脉相承的。孔子《论语·为政第二》中说："《诗》三百，一言以蔽之，曰：'思无邪'。"他认为《诗经》中的诗是弘扬正能量的，是没有邪念的。在《论语·阳货》中，孔子又从诗歌的艺术功能谈到，"《诗》可以兴，可以观，可以群，可以怨；迩之事父，远之事君；多识于鸟兽草木之名。""兴""观""群""怨"归纳了诗歌欣赏的心理特征与诗歌艺术的社会作用。

作为民间诗歌的一种初级形式的歌谣，这是诗歌的另一个话题。至今还存留并在一定程度上继续在发展的山歌歌谣，说是一种诗歌的形式也行，说是一种民间歌谣的歌词也罢，它依然保持着诗歌在艺术和语言上的特征，比如说贴近生活，抒情色彩浓，语言整饬、上口、押韵等。笔者以为，文人创作的诗歌和民间山歌，"它们之间是产生过积极的相互的影响的。我们甚至不能断定究竟是文学艺术形式的诗歌还是以音乐艺术形式为主的山歌在这千百年的演进中，谁更起到了关键性的作用？"[①]。笔者的朋友李乃龙先生[②]就曾告知笔者，他在40多年前因失去初恋，所以创作了两首壮语七绝山歌抒怀，当即传开。近日偶然在老家的歌匣子里听到德保靖西情歌对唱，居然听到他的那两首七绝山歌，"无名氏"的他反而十分欣慰，笔者想这是因为他的文学作品已经永远地活在民间山歌里，并为山歌的发展注入文人

① 谭为宜，吴家信，梅租恺．仫佬族山歌选［M］．南宁：广西人民出版社，2016。

② 李乃龙，广西师范大学博士生导师。

诗歌的情愫与艺术。这样的“无名氏”又何止李乃龙一人呢?

在中华56个民族的大家庭，甚至在世界各民族中，山歌都曾经辉煌地存在过或存在着，它为诗歌、戏剧、散文、小说、音乐、舞蹈等艺术创作及其发展都产生过积极的影响，就拿中国传统戏曲来说，不少剧种中的唱腔、唱词就有山歌的成分，例如湖南的花鼓戏、广西的彩调剧、四川的灯戏等。其社会意义自然也起到过“兴观群怨”的作用，即使是今天，在一部分人中，山歌仍是他们的挚爱，他们用山歌表情达意，用山歌结伴择偶，用山歌表达对生活的诉求。对于今天的人来说，这些活在当下的古老的艺术形式成了非物质文化遗产，在多元文化正一步步侵蚀和挤占它的生存空间的形势下，这种曾经的民间主流艺术形式变得“物以稀为贵了”，好在一些局部地域和局部人群还较为热衷于使用这一艺术形式，例如红水河流域的乡镇中老年人，他们还自发地利用节假日（尤其是“三月三”歌节）、赶圩日，在城市文化公园、乡村旷野辟出山歌活动的空间；或在当地山歌协会，甚至是在地方政府部门的组织下开展山歌活动，这实在是件令人十分振奋的事情，本项目的多位参与者就曾亲身参加山歌活动，可谓深有体会。

但是，不可否认的是，山歌与其他艺术形式曾经的依存关系在逐渐解体，山歌艺术营养直接滋养其他艺术形式的状况已有所改变，有的已不那么直接，有的甚至不复存在，传承者也越来越少。新时代的青少年自有他们对于时尚文化和富有刺激的、快节奏的艺术形式的追求，大环境使然，随着老一辈们在封建时代文化生活极度贫乏、社会等级制的普通民众话语权被剥夺、旧伦理道德对于情爱诉求讳莫如深的社会状态的彻底改变，这些都使得山歌这一民间艺术形式存在的土壤和氛围悄然淡化、消退。因此笔者认为，“山歌存在于民间，否则就不叫山歌了。因此今天的歌谣文化的浅层次性、边缘性和中老年主体性是很明显的，任意地改变或拔高就会扭曲。从这一角度来讲，如果有一天，具有这一特性的歌谣文化被更高层次的艺术形式所替代，笔者以为，不应该是时代的退步，而是时代的进步了”[①]。

① 谭为宜:《试论刘三姐文化建设中文艺理论家的介入》，载《“传统与文艺：2008北京·文艺论坛”》，人民文学出版社，2009。

因此，当前青年群体有了更多的文化选择，是无法责备和苛求的。

然而，这并不意味着作为高校教师和社会科学研究者的我们将无所作为，相反，对于传统歌谣的保护、挖掘以及对歌谣文化的传承和弘扬有很多工作需要我们去做。对于流传于红水河流域的传统歌谣亦是如此。

红水河发源于云南省曲靖市沾益区马雄山，称南盘江，南流至开远市转向东，至望谟县与北面来的北盘江相汇，始称红水河；红水河因两岸多为红色砂页岩层，水色红褐而得名。红水河流经广西百色市的乐业，河池市的天峨、南丹、东兰、大化、都安，以及来宾市的合山、忻城、兴宾区等县（市、区），至象州县石龙镇与柳江汇合后改称黔江，最后汇入西江。红水河流域是壮、汉、瑶、苗、侗、毛南、仫佬、回、彝、水、仡佬等民族长期生活的地方；红水河流域多民族文化的碰撞和交融，也充分体现在山歌文化的交流和互鉴上。我们能够从这些传统歌谣文化中去体味多民族和谐共生的思想情感、习俗品性和梦想追求；我们可以吸收原生态文化的丰富营养，为新时代的文化建设和文艺创作提供滋养和支撑的民族文化宝藏。基于这一认识，我们向河池学院申请成立“广西红水河流域传统歌谣文化的保护与开发研究”协同创新中心，并于2014年获得立项。协同创新中心为四方合作，即河池学院文学与传媒学院、河池学院艺术学院、河池市社会科学联合会、来宾市社会科学联合会，该协同创新中心主任为谭为宜，副主任为罗相巧、周龙、臧海恩、周佐霖等，参与者若干人。立项后我们团结协作，多方搜集传统歌谣，在积累一定素材后，我们开展学术上的研究，并对搜集的歌谣进行分类导读。然而因为主观上的努力不够，加之研究者日常工作任务的繁忙，研究工作有些滞后，影响到研究的深度和广度，这些都望读者诸君给予包涵、指教。我们将继续努力开展好下一阶段的工作，因为对于传统文化的继承与发展是党和政府，以及高校、社会科学研究及管理部门高度重视的工作，也是广大研究者、爱好者的义务和责任。

是为序。

谭为宜

2020年8月18日

目　录

第二部分　歌海拾珠

第三部分　地方曲谱

第四部分　彩调情韵

导言

这本广西红水河流域歌谣谱集是“广西红水河流域传统歌谣文化的保护与开发研究”协同创新中心的研究成果。在中心负责人谭为宜教授指导下，历经三年多时间才完成手稿。本歌谱集亦可作为课题“广西壮族刘三姐歌谣收集、整理与创新研究”（批准号：17FMZ021）的阶段性成果之一。

广西素有“歌海”之称，自古以来人们保持“以歌传情，倚歌择偶”的习俗，红水河流域同样是歌的海洋，这里的世居民族能歌善舞。壮族以歌圩为平台，对歌的时候往往即兴编词，歌曲通过口传心授流播，因而总是最贴近民众与社会现实，最直接地反映人民群众的悲欢离合、喜怒哀乐。优秀的传统民歌作品，都是将真挚朴实的情感、深刻动人的表现、精致巧妙的样式完美结合的典范，都浸润着民间音乐家的心血和智慧，传统民歌的魅力与迷人之处尽在于此。勤劳智慧的红水河流域各族人民共同创造出璀璨迷人的民族音乐文化，是广西艺术文化百花园中一朵芳香四溢的奇葩。

红水河流域歌谣文化已经传承了上千年。在漫长的历史长河之中，浸润着桂西北、桂中音乐文化发展历史，积淀了丰富的民间文化艺术成果，同时积累了丰富的非物质文化遗产。民间音乐由桂西北、桂中一带民间歌曲、民间舞蹈音乐、民间戏曲音乐、民间器乐曲等组成，是红水河流域千百年来劳动人民创作的成果，集中反映了劳动人民智慧的结晶。

非物质文化遗产是人民群众在长期生产和生活实践中产生的智慧与文明结晶，是世界文化遗产的重要组成部分。作为一种特殊的文化形式和文化空间，非物质文化遗产具有重要的历史见证价值，是民族强大生命力和创造力的生动体现，是民族文化多样性的鲜明体现，是民族文化身份和文化主权的基本依据，也是确立民族个性的重要标志。

在大量非物质文化遗产濒临危亡的今天，探索非物质文化遗产的历史发展规律和学术价值，研究其与文化生态之间的关系问题，已经成为当今世界亟待解决的有着重大理论价值与实践意义的学术课题。同时，不可再生的非物质文化遗产既是人类美好的历史记忆，又是铸造现实社会理想的精神家园，是连结民族情感的纽带，是维系国家统一的重要基础。因此，研究、保护和利用好非物质文化遗产，对弘扬民族传统文化精神，增进民族团结，维护国家统一，推动和谐社会建设，实现经济社会的全面、协调、可持续发展，具有十分重大的意义。

红水河流域是少数民族聚居地，风景秀美，风光旖旎。在这块美丽而神奇的土地上，世居有壮、瑶、苗、仫佬、毛南、侗、水等少数民族，仅河池市就有环江、都安、巴马、罗城、大化等少数民族自治县，13个少数民族乡，少数民族人口占全市总人口的84%。各民族在长期的生产和生活中形成了相互依存、共同发展的关系，创造了丰富多彩、特色鲜明的非物质文化遗产。金色的铜鼓，五彩的绣球，斑斓的壮锦，连情的歌圩，神秘的傩戏，独特的节庆……这些非物质文化遗产以其鲜明的民族特色正越来越多地吸引着世人的目光。2006年，河池市就有“刘三姐歌谣”“壮族蚂蜗节”“仫佬族依饭节”“毛南族肥套”“壮族铜鼓习俗”“瑶族服饰”等6个项目被列入国务院公布的第一批国家级非物质文化遗产名录；同年，“壮族蚂蜗舞”“壮族春榔舞”“瑶族祝著节”等项目被列为广西壮族自治区人民政府公布的非物质文化遗产名录；2007年，河池市人民政府公布42个项目为河池市首批非物质文化遗产保护名录。桂西北是少数民族非物质文化资源蕴藏极其丰富的地区，其研究和开发工作大有可为。

来宾市则地处桂中，为红水河流域的中下游，素有“中国糖都”“世界瑶都”“盘古文化之都”“中国观赏石之城”等美称，旅游资源丰富，民族风情浓郁：有美丽神奇的金秀圣堂山风景区；有被誉为“中南第一泉”的象州温泉；有被誉为世界罕见峡谷风光的武宣百崖大峡谷；有被誉为“壮乡故宫”的忻城莫氏土司衙署，它是亚洲现存规模最大、保存最完整的土司建筑。来宾是一座以壮族为主体的多民族和睦聚居城市，居住着汉族、壮族、瑶族、苗族、侗族、毛南族、回族、仫佬族、京族、彝族、水族、仡佬族等12个民族，多彩的民族文化孕育了这里的传统歌谣，使他们的歌谣既有自己的特色，又具有民族大家庭的共性。

红水河流域的音乐最早可追溯到先秦时期的狩猎活动中以呐喊的方式所发出的音乐节奏或音乐音调，从生产劳动到祭祀活动，逐步在少数民族的风俗习惯中产生，各少数民族都有自己的风俗习惯及民族语言，在服饰、饮食、建筑、居住、生产、婚嫁、丧葬、节庆、娱乐、礼仪等方面都保存着自己的民族特点，各少数民族都能歌善舞，构成了多姿多彩的民族风情。这里的人们用山歌进行感情交流，或者用山歌开展不同场合的社交活动。青年男女谈情说爱、结交朋友或在农事、婚嫁、丧葬等活动中都有唱山歌的习惯。很多山歌的歌词以赋比兴作为基础，歌词创作题材广泛，即兴编词，随意性强，很多歌手在唱山歌时歌词都信手拈来，山歌的曲调优美，朗朗上口，易学易唱，易记易传。

红水河流域少数民族音乐在各县市都存在着，如环江毛南族自治县、东兰县、凤山县部分地方的“比”“欢”壮族歌曲；巴马瑶族自治县、凤山县的瑶族音乐；环江毛南族自治县毛南族的肥套音乐、傩戏音乐。传承桂西北一带文化的特色民歌主要指河池一带的壮族单声部音乐、二声部音乐，南丹白裤瑶的细话歌，原宜州市（今河池市宜州区）的彩调音乐、零零落音乐、渔鼓音乐等。除此之外，还有为蚂蜗舞伴奏的器乐音乐、以东兰县为中心的铜鼓音乐、以罗城仫佬族自治县为中心的仫佬族民歌、依饭节的音乐。

红水河流域音乐种类繁多，总体包括演唱类音乐与器乐类音乐两种，是少数民族人民在长期生产劳动中创作出的、为达到娱乐目的、指挥劳动生产过程的民间音乐。绝大多数的音乐是由劳动人民共同创作，以口头传播的形式流传，通过人们世世代代的加工完善，形成了独特的音乐风格。有的音乐直接用本地话演唱，有的翻译成桂柳方言演唱。与其他民族一样，红水河流域的少数民族歌谣分为山歌、号子、小调三大类，从社会传播层面看有民间音乐、民间戏曲、宗教音乐、民间舞蹈音乐、民间器乐五类，本歌谱集仅收录了山歌类以及少部分小调类歌曲，同时还收录了少部分二声部歌曲。

本歌谱集由四部分内容组成，第一部分“歌海听潮”、第二部分“歌海拾珠”、第三部分“地方曲谱”、第四部分“彩调情韵”。

第一部分“歌海听潮”，是由谭为宜教授带队到红水河流域进行田野调查和实地采风所搜集的素材，采集行动得到地方社科部门领导周龙、臧海恩，以及当地山歌协会的廖引帮、谢庆良等同志的大力帮助，该部分主要依据他们提供的歌谣光碟和现场演唱，由罗相巧、巫圣咏老师利用课余时间记谱并制作完成，其中有几首曲是编者根据民间音乐素材创作的，另有几首歌曲选自《象州县志》。

第二部分“歌海拾珠”主要收录桂西北一带的民歌，部分歌曲选自《中国民间歌曲集成·广西卷［三］广西各族单声部民歌》以及《中国民间歌曲集成·广西卷［四］广西各族二声部民歌》，有几首歌曲是河池学院艺术学院的学生记谱或吸收当地民族音乐素材创作完成，有一首歌曲是由宜州当地“歌王”谢庆良创作。该部分还包含桂西北少数民族地区的山歌，有些歌曲由当地文化工作者提供，歌曲的收录工作得到原宜州市（今河池市宜州区）文化馆樊洁汶同志、莫详合同志大力支持，对此本书编者表示衷心的感谢！

第三部分“地方曲谱”。这部分歌曲和乐曲选自《象州县志》《天峨县志》《罗城仫佬族自治县志》《广西传统彩调唱腔》，其中，有一首曲是编者采风时记的谱。

第四部分“彩调情韵”。这部分歌曲选自《广西传统彩调唱腔》。彩调唱腔属于联曲体，分板、腔、调三大类。彩调原来不叫“彩调”，1955年广西代表团到中南海为毛主席等国家领导人演出，当时演出的节目是《龙女与汉鹏》，会议期间，中国戏剧家协会特地为广西代表团举办了一次茶话会，当时广西代表团团长满谦子汇报：《龙女与汉鹏》原叫“嗬嗨戏”“彩茶戏”“调子戏”，桂北一带叫“彩调”，这种戏应该叫什么名称为好？专家一致认为，这种剧应该叫彩调剧，从此广西“彩调剧”一词载入史册，之后，广西部分地区相继成立彩调团。根据相关资料，“双簧旦”是彩调最早的形式，由一个人表演男女两个角色，而“对子调”则由男女同台表演。彩调的内容大部分是从神话传说中取材，也有些从章回小说或市井轶闻中取材，彩调采用桂柳话演出，因为当时演出的演员大部分都是桂林或柳州一带的人，桂柳话是他们的家乡话，所以他们对这种话都很熟悉。到了清末，彩调逐渐发展成戏曲，并出现了以《王三打鸟》等为代表的演出剧目。书中收集的歌曲是宜州本地原彩调团经常演出的曲目，具有一定的代表性。

就本歌谱集收录的这些歌谣而言，笔者以为有如下艺术特色：

1.河池市民歌音乐特色

在壮族人民的日常生活中，男婚女嫁、生活劳作、逢年过节，成年男女间都要用山歌来表达情意，可谓是无事不歌、以歌代言。桂西北一带的唱词起初都是壮语，各地对歌曲的称谓也不尽相同，就曲调种类称谓而言，归纳起来有“欢”“加”“西”“比”“伦”五种，其中，“欢”是壮族民歌的一种形式，指曲调优美的山歌，不同地方用不同的方言演唱。为了方便各地传统民间文化交流，让外地来的歌手能够听得懂本地歌词的内容，当地歌手渐渐把歌词翻译成汉语，以便双方交流欣赏。河池少数民族音乐带有民族性、地域性和传承性等特点，所以桂西北山歌内容往往通俗易懂，旋律朗朗上口，容易传唱，深受广大群众的喜爱。有的歌曲曲式结构为一段体，有的是二段体，有的是多段体；有些歌曲的句式结构为两个平行句或上下对比句等；有些歌曲中间加有变化音，令人耳目一新，例如流传于河池市一带的《燕子垒窝在屋檐》就有这样的特点。

2.象州县音乐特色

象州县内壮族地区最流行的是一种词曲结合演唱的民歌，均用壮语演唱，曲调形式多样。流行于东部百丈乡的约数十种壮欢曲调，形式为宫调式收束性上下句结构，曲调平稳，节奏中庸，例如《木叶你莫吹》。流行于西部马坪地区的壮欢则格调明快，大多为微调式收束性单乐句结构，句末多补充音节，结尾松紧对比较强，曲调优美，最具代表性的为《龙岩欢》。

此外，象州县内还流行二声民歌，虽然这类民歌在壮族、汉族中均流行，但一般用汉语演唱，以流行于百丈乡一带的《吊声歌》最为典型。二声部民歌，一声部为主旋律，二声部独立性不强，仅作陪衬，有简单和声效果。曲式为微调式收束性结构，由上下乐句构成，第二乐句为第一句的变化重复。其最具特点的是乐句中部的调式属音“2”，演唱时要唱得比原音阶稍偏高，并把发声点提高，使音色变得柔细绵长，故名“吊声歌”。此歌多是男女之间于夜晚表情达意时所唱，故又叫“夜歌”。

其余尚有龙岩壮族山歌、中平山歌、普通腔山歌、哭嫁歌、哭丧歌等7～10种类型。

3. 仫佬族民歌音乐特色

仫佬族民歌均为二声部的重唱山歌，无混声，仅有同声重唱或男女对唱。这一民歌的音乐特色与仫佬族的劳作习俗有关，劳动中虽一向是男女同工，但各干各的活，各唱各的歌。

接照歌手们的习惯，仫佬族民歌分为三种类型。一般山歌称为“随口答”，它多由歌手触景生情，随编随唱，非常灵活。吟唱民间故事、神话传说等内容的歌谣，称为“古条”。而讥笑讽刺别人的歌谣则称为“口风”。

仫佬族民歌歌腔种类很多，有“三句腔”“四句腔”“五句腔”“六句腔”“七句腔”“八句腔”“九句腔”“十字腔”“十一字腔”“三十字腔”“六十四字腔”等。歌名以歌词的句数和字数多少来命名。基本形式为“三句腔”“四句腔”和“十一字腔”三种，其余均为这三种歌腔的变体。

4. 毛南族民歌音乐特点

毛南族是一个喜爱歌唱的民族，无论是在室内还是在野外，内心是欢乐还是痛苦，是单独一人还是很多人聚在一起，他们遇事总要唱歌，有才能的歌手被人称为“匠比”“匠欢”，这类歌手能随编随唱，昼夜不断。

毛南族民歌内容丰富，种类繁多。根据歌唱场合和艺术特点，可分为

“欢”“比”“排见”“儿歌”和“唱师调”等五种。

“欢”是毛南族在节日用以助兴而在室内演唱的民歌。这类歌曲主要是在男婚女嫁、祝贺寿辰、新屋落成或节日时演唱。“欢”为五言二声部歌曲，分“欢条”“欢草”和“要”三种。

“比”是在室外演唱的山歌，因其“词多比体，故名唱比”。又因为演唱衬词“罗嗨”，所以又称“罗嗨歌”。它是毛南族民歌中数量最多且广泛流传的歌唱形式。歌词内容广泛，有天文地理、风土人情、民间故事、生活知识，等等，但更多的是表达男女之间的相互爱慕之情。“比”有多种不同的曲调，有单声部的，也有二声部的，而以后者为主。二声部的“比条”和"比单”是“比”类歌曲的主要形式，而“比草”等则是它们的衍化。

“排见”即叙事歌。这种歌多在演唱历史故事或讲明事理时采用。“排见”的歌词每句五字七字不等，句数可排多也可排少，但一般是偶数句，并且押脚韵。曲调由上下乐句构成，与语言结合紧密，旋律性不是很强，但节奏较自由。

通过以上的梳理和分析，可以看到红水河流域民歌文化的特点和亮点，红水河歌谣在我们的生活中仍有陶冶情操、治愈心灵的作用。当我们享受着信息时代的文明成果时，又有传统的优美的乐曲旋律萦绕在耳畔，我们的生活一定更加美好，我们的心灵一定更加充实。

编者

2020年2月

第一部分

歌海听潮

广西——我心中的歌

1=♭E $\frac{2}{4}$ $\frac{4}{4}$

谭为宜词
罗相巧曲

甜美　豪迈地

3·5 ‖: 5 - - 6 5 6 | 5 - - 6 5 6 |
我偎 依 十万大 山， 听她
我眷 恋 红水 河， 听她

1 6· 3· 23 | 2 - - 5· 6 |
诉说 诉 说： 白 莲
诉说 诉 说： “珠 还

1.
1 1 2 3 2 1 35 | 3 - - 2 35 | 2 2 3 5· 3 |
洞中有古老的歌 谣， 花山 崖画是彩 色
合浦”是动人的歌

2.
2·1 2 3 | 5 - - 3·5 :‖ 3 - - 3 56 |
的 歌，
谣， 旖旎

2 2 3 5· 3 | 2 1·6 | 1 - - 5 5 3 |
山寨的
漓江 是秀 丽 的 歌， 左江

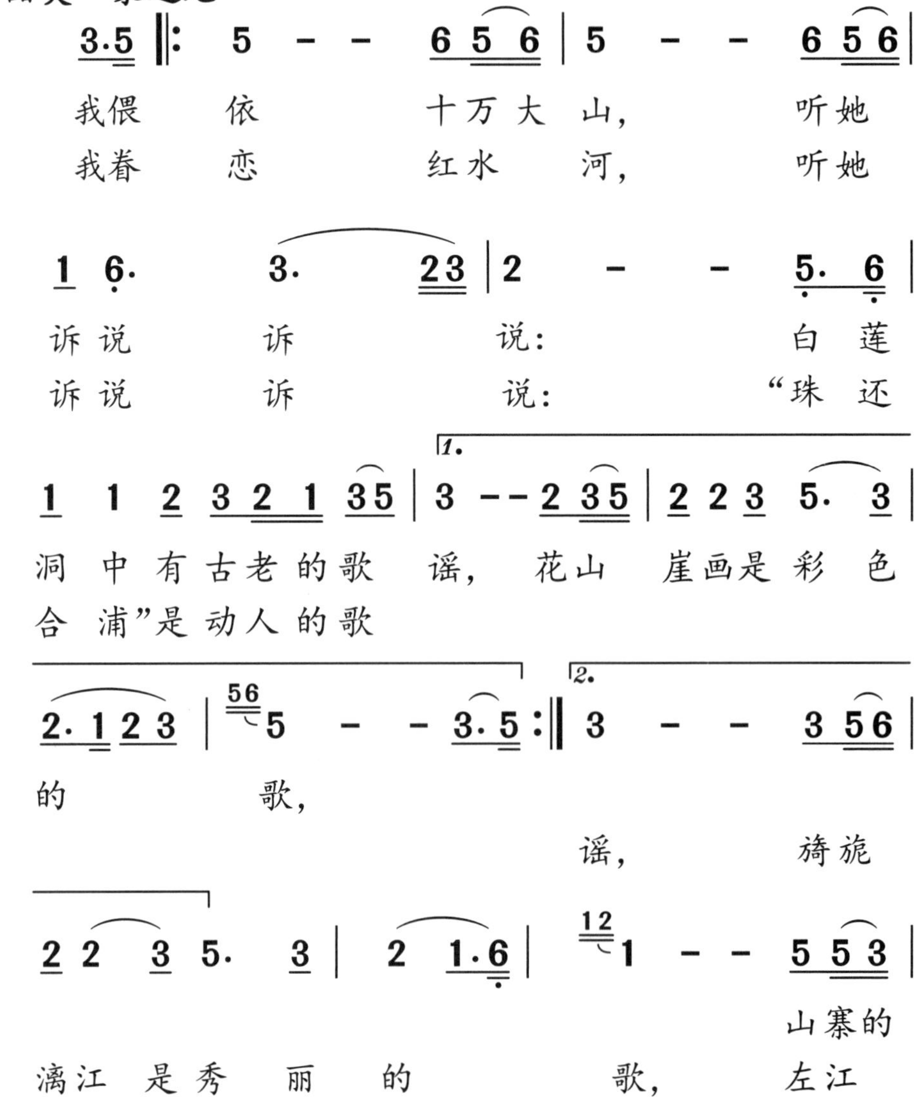

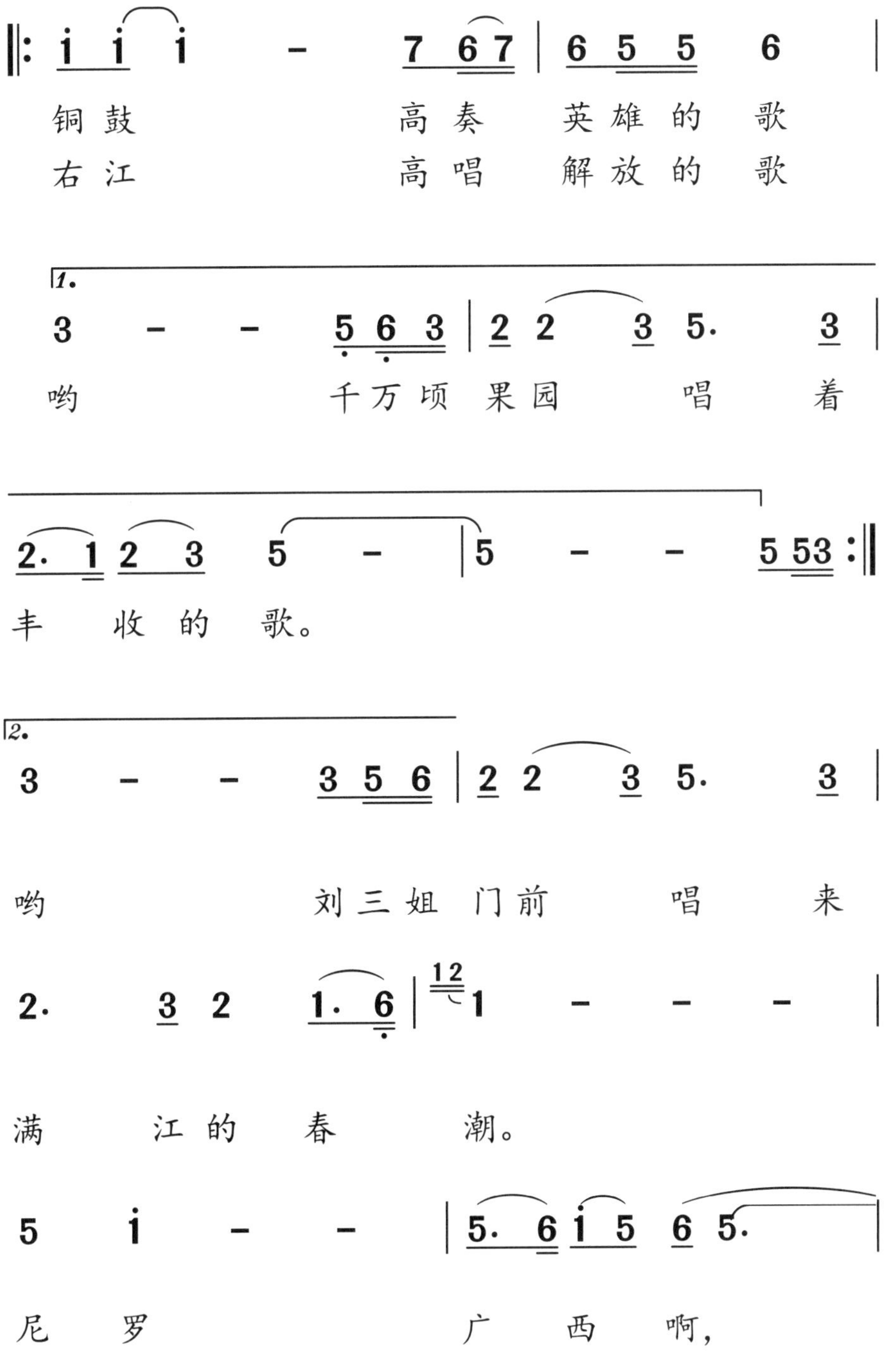

‖: i i i – 7 67 | 6 5 5 6 |

铜鼓 高奏 英雄的 歌

右江 高唱 解放的 歌

1.

3 – – 563 | 22 3 5. 3 |

哟 千万顷 果园 唱 着

2.1 2 3 5 – | 5 – – 553 :‖

丰 收 的 歌。

2.

3 – – 356 | 22 3 5. 3 |

哟 刘三姐 门前 唱 来

2. 3 2 1. 6 | 12 1 – – – |

满 江的 春 潮。

5 i – – | 5. 6 i 5 6 5. |

尼 罗 广 西 啊，

5 - - - |: 5 35 3 1 1 5 5 |

听 各族儿女

5 1 3 5 1 2 2 | 5 3. 5 3 1 1 5 |

给 你的颂歌， 我 们 爱 你

5 1 1 2 1 1 - | i 6. i 6 4 4 |

多彩的文 化， 我 们 编 织

4 4 1 4 5 6 | i 6. i 6 4 4 |

金色 的壮 锦， 笑 迎 海内外

1 4 5 4 4 - :‖ 5 i - - |

宾 客； 尼 罗

i 5 6 5. 0 | 5 2 - - |

尼 罗 尼 罗

1 2 1 - - | 0 3 2 3 5 3 5 | 6. 5 6 1 2 - |

尼 罗 我们用青山 绿 水，

2 - - - | 5. 5 6 1 2 2 3 2 6 | 1 - - - |

装点我 美丽的祖 国，

6. 1 2 2 3 2 6 | 1 - - - ‖

我 美 丽的祖 国。

壮家轻唱

1=$^{\flat}$B $\frac{2}{4}$

罗爱群词
罗相巧曲

七十八 岁 依 然 敏 捷的

手 身， 水牛铁 牛

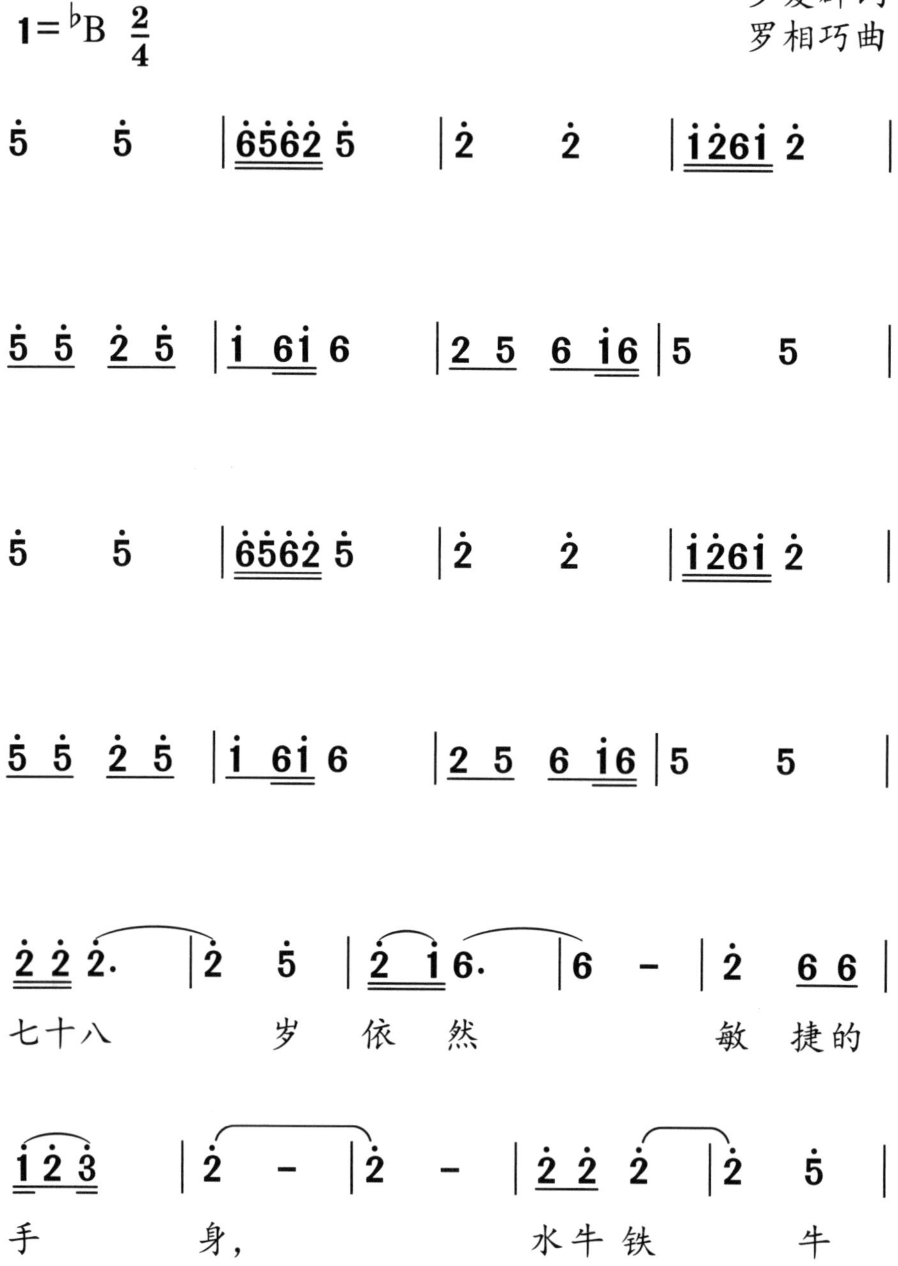

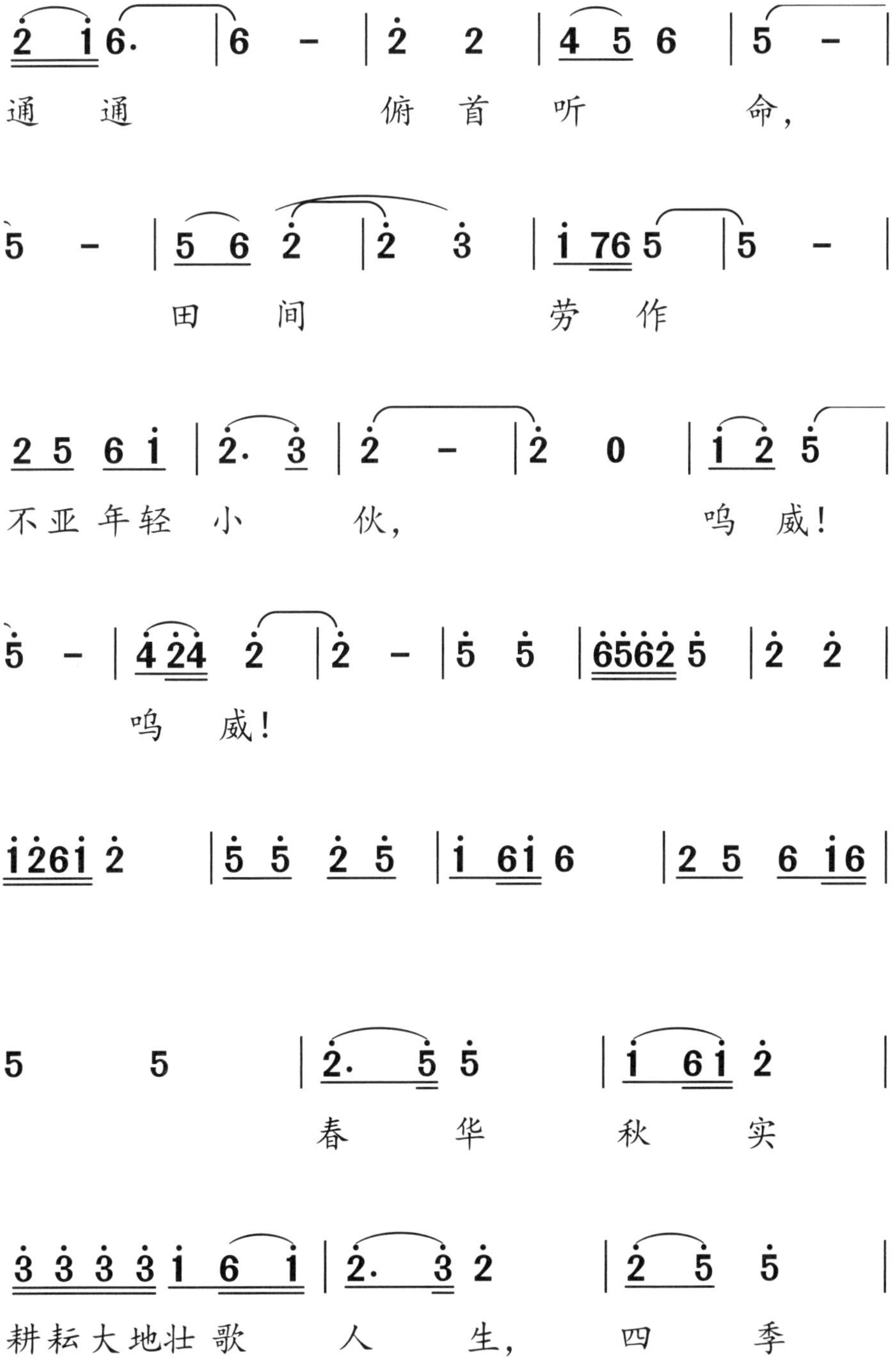

2 1 6. | 6 – | 2 2 | 4 5 6 | 5 – |

通 通 俯 首 听 命，

5 – | 5 6 2 | 2 3 | 1 76 5 | 5 – |

田 间 劳 作

2 5 6 1 | 2. 3 | 2 – | 2 0 | 1 2 5 |

不亚年轻 小 伙， 呜 威！

5 – | 4 24 2 | 2 – | 5 5 | 6562 5 | 2 2 |

呜 威！

1261 2 | 5 5 2 5 | 1 61 6 | 2 5 6 16 |

5 5 | 2. 5 5 | 1 61 2 |

春 华 秋 实

3 3 3 3 1 6 1 | 2. 3 2 | 2 5 5 |

耕耘大地壮 歌 人 生， 四 季

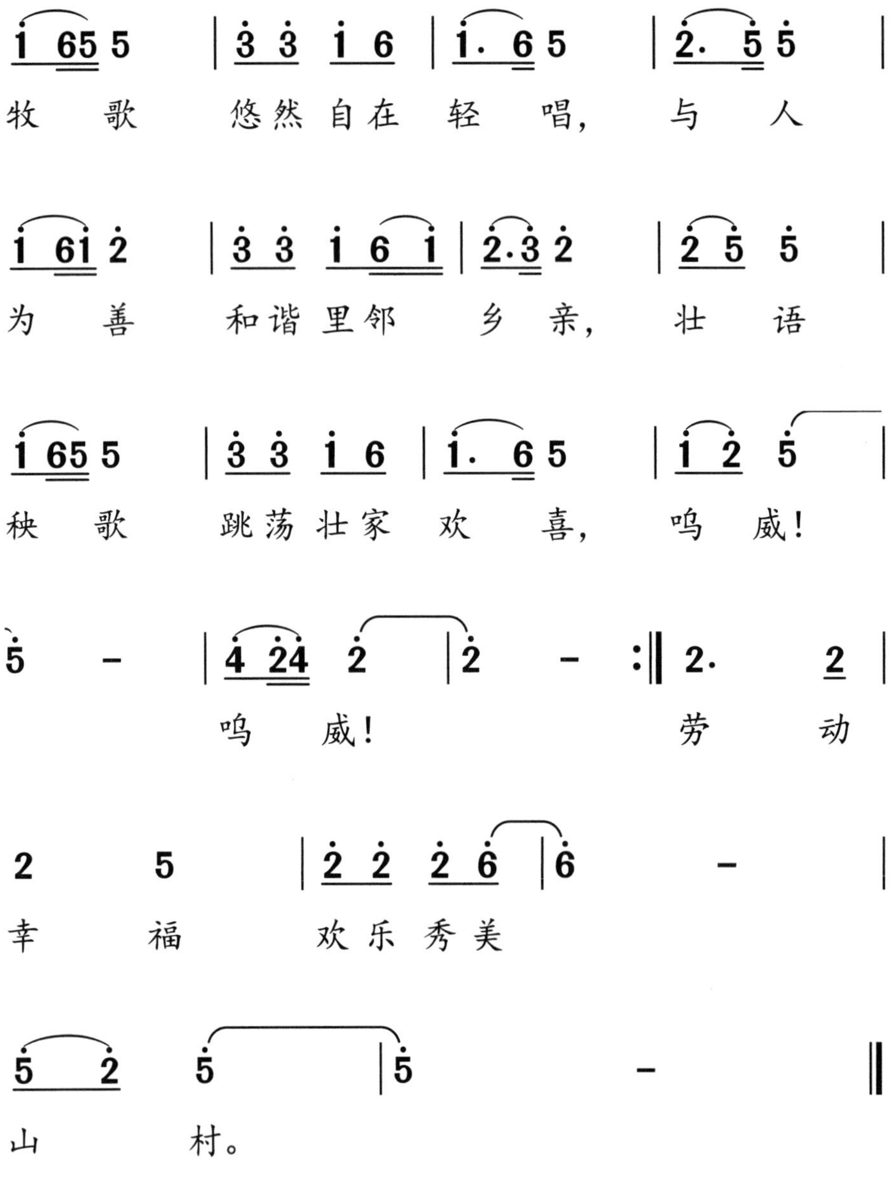

1 65 5 | 3 3 1 6 | 1· 6 5 | 2· 5 5 |

牧 歌 悠然自在 轻 唱， 与 人

1 61 2 | 3 3 1 6 1 | 2·3 2 | 2 5 5 |

为 善 和谐里邻 乡 亲， 壮 语

1 65 5 | 3 3 1 6 | 1· 6 5 | 1 2 5 |

秧 歌 跳荡壮家 欢 喜， 呜 威！

5 – | 4 24 2 | 2 – :‖ 2· 2 |

呜 威！ 劳 动

2 5 | 2 2 2 6 | 6 – |

幸 福 欢乐秀美

5 2 5 | 5 – ‖

山 村。

要把人民牢记在心间

1=F $\frac{2}{4}\frac{4}{4}$

翟玉忠词
罗相巧曲

0 00 35 | i· i 2· i | 5· 34 5 - | $\frac{2}{4}$ 5 35 | $\frac{4}{4}$ i· i 5· 4 |

3· 43 2 - | 334 56 5· 4 | 3 23 6 - | 56 12 35 212 |

1 - - 5 6 | 1·2 3 5 126 | 5 - - 6 1 |

摸 摸 身上的 衣， 针针

看 看 历史长 河， 颠覆

4· 6 5 4 3235 | 2 - - 343 | 5·6 3 2 172 |

线 线百 姓 联， 品 品 嘴里的

多 少腐败皇 权， 望 望 历史烟

6 - - 5 6 | 1· 3 2 1 2123 | 1 - - 3 5 |

饭， 粒粒 来 自百姓血 汗， 顺着

雨， 倒下 多 少害民贪 官， 顺着

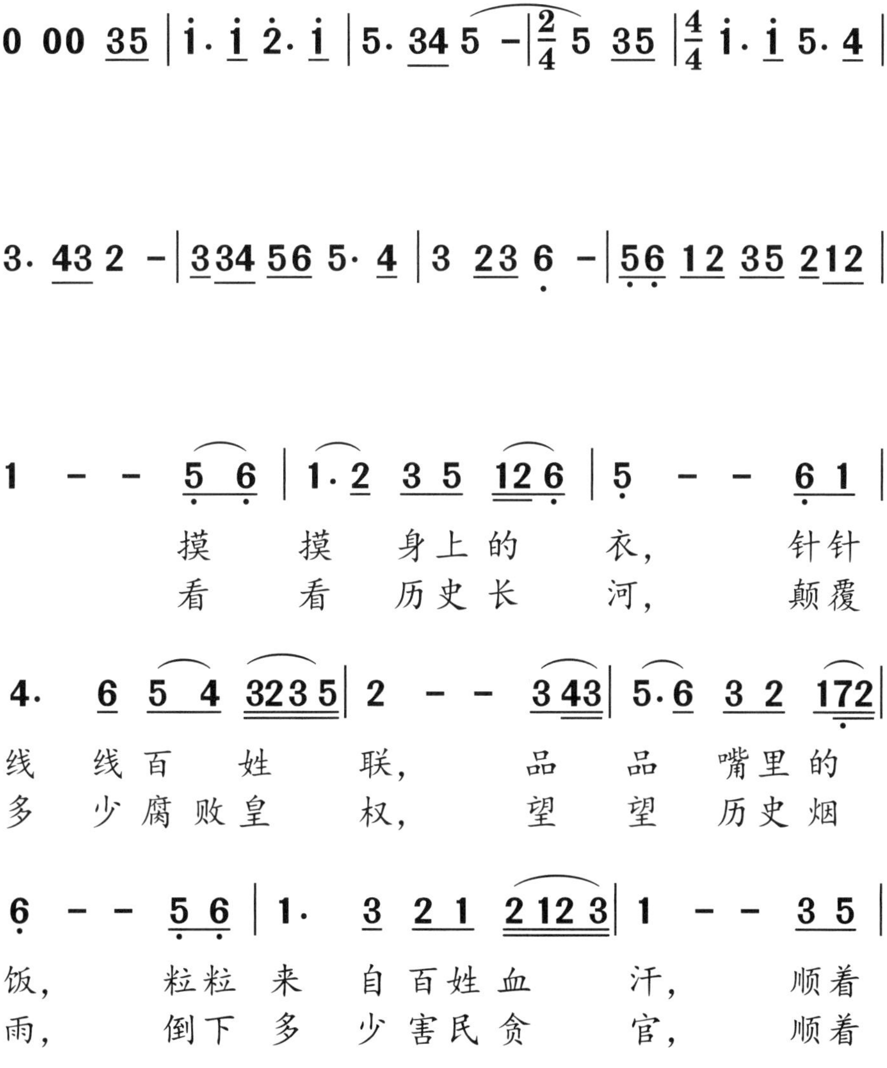

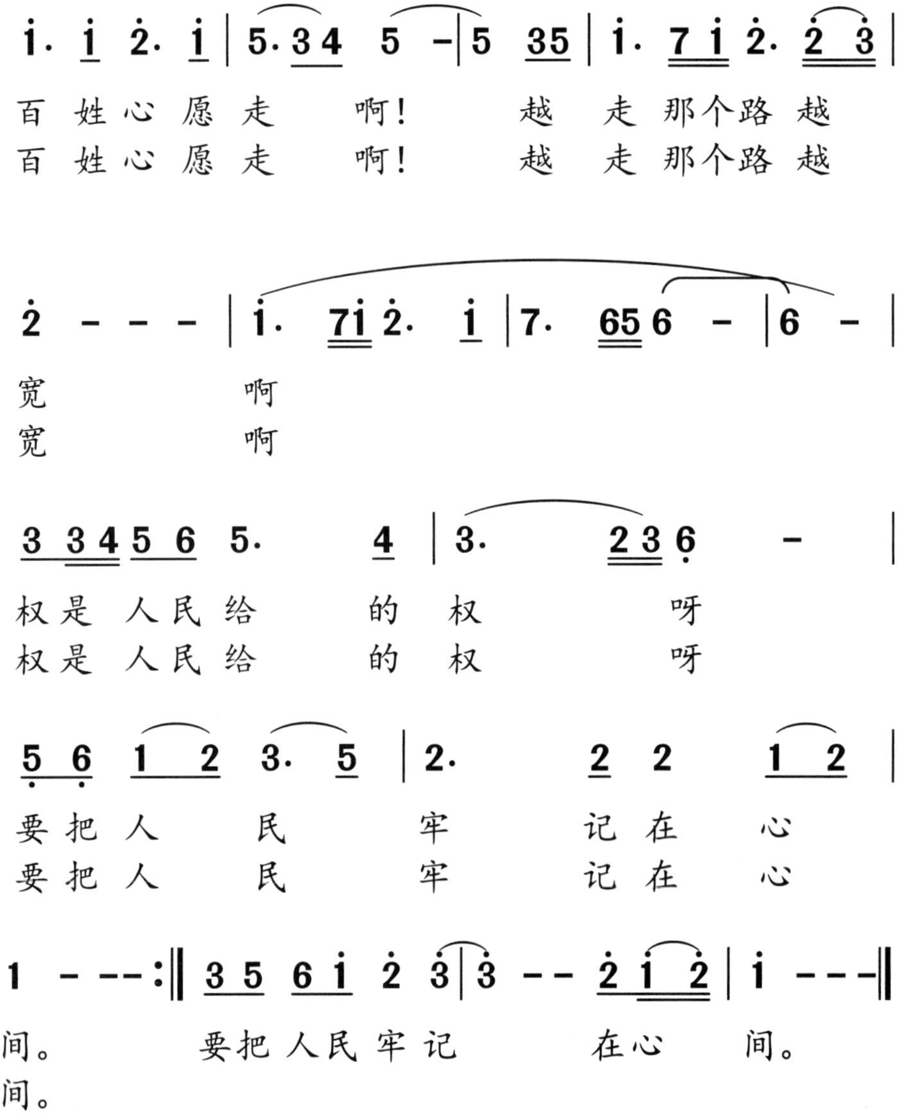

1· 1 2· 1 | 5·34 5 - | 5 35 | 1· 71 2· 2 3 |

百 姓 心 愿 走 啊！ 越 走 那个路 越

百 姓 心 愿 走 啊！ 越 走 那个路 越

2 - - - | 1· 71 2· 1 | 7· 65 6 - | 6 - |

宽 啊

宽 啊

3 34 5 6 5· 4 | 3· 23 6 - |

权是 人民 给 的 权 呀

权是 人民 给 的 权 呀

5 6 1 2 3· 5 | 2· 2 2 1 2 |

要把 人 民 牢 记 在 心

要把 人 民 牢 记 在 心

1 - - - :‖ 3 5 6 1 2 3 | 3 - - 2 1 2 | 1 - - - ‖

间。 要把 人民 牢 记 在心 间。

间。

木叶你莫吹

（潘淑英　廖翠莲演唱）

1=G $\frac{2}{4}$

壮族山歌
区明英记录

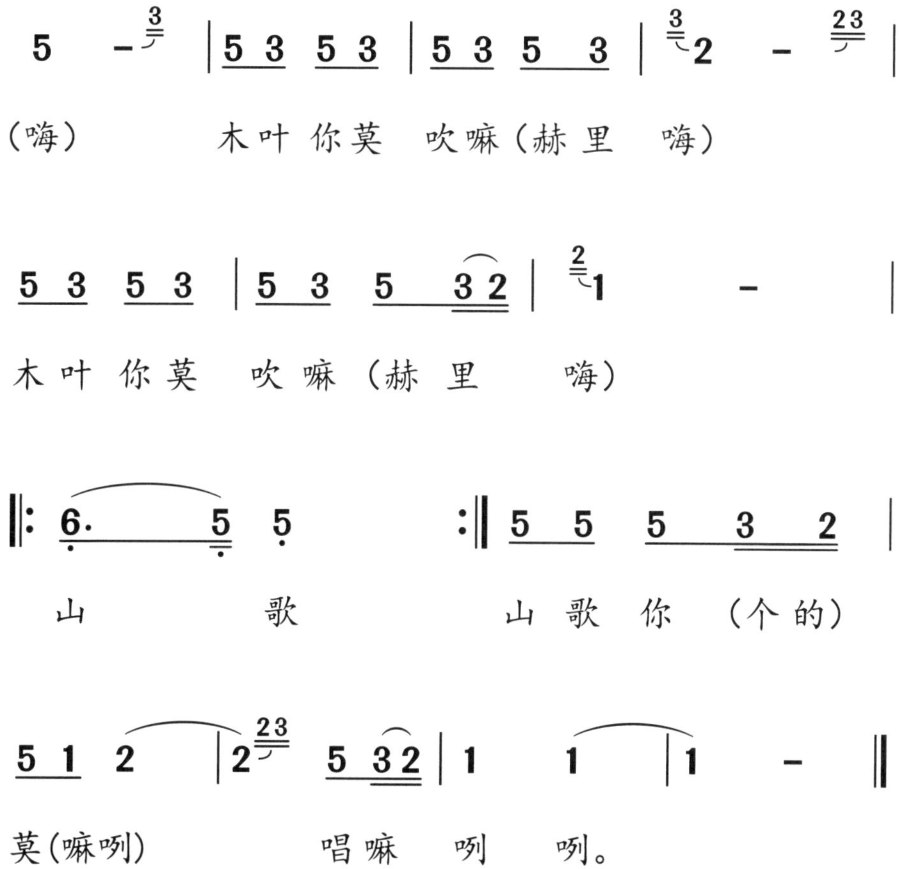

我的家

1=♭E $\frac{4}{4}$

云贵山歌
罗相巧记谱
韦永稳提供歌词

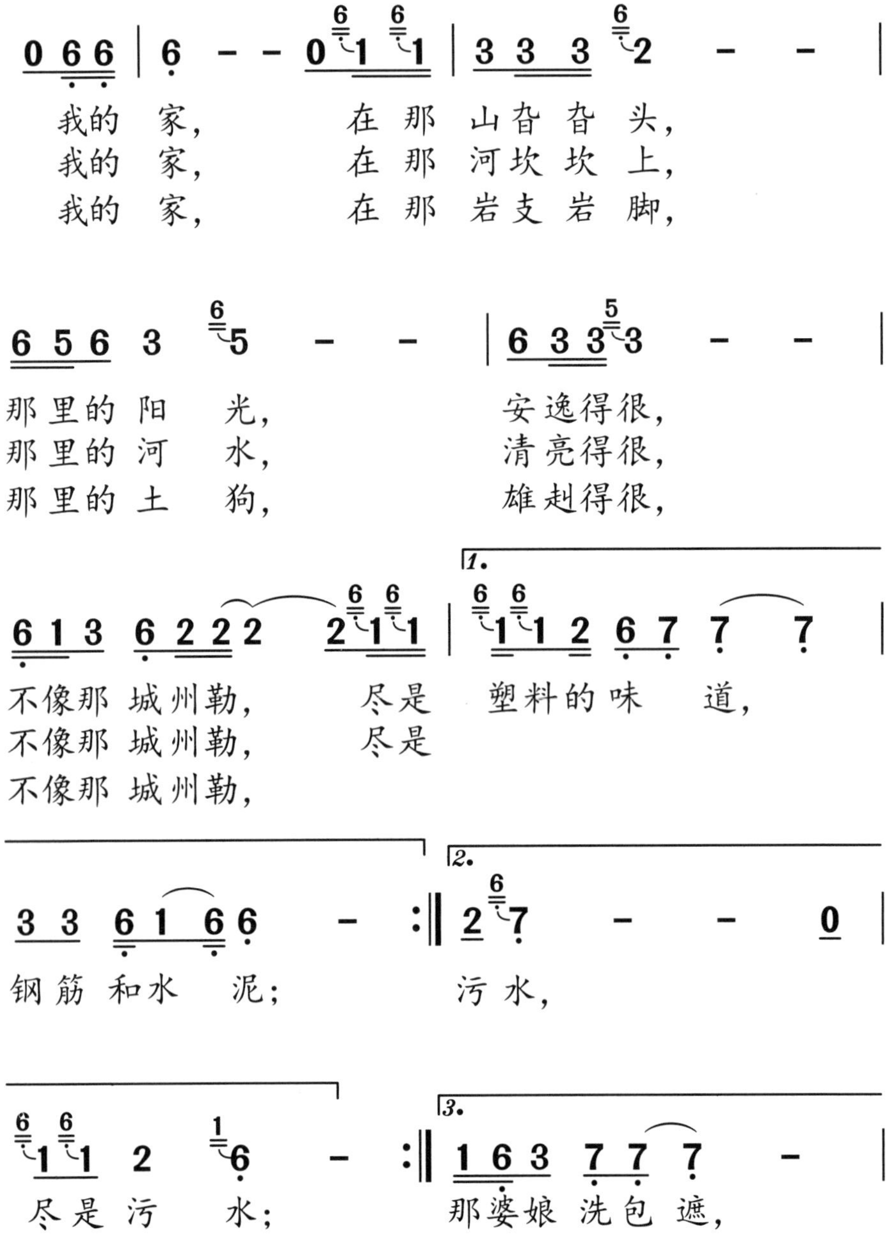

我的家，在那山旮旮头，
我的家，在那河坎坎上，
我的家，在那岩支岩脚，

那里的阳光，安逸得很，
那里的河水，清亮得很，
那里的土狗，雄赳得很，

不像那城州勒，尽是塑料的味道，
不像那城州勒，尽是
不像那城州勒，

钢筋和水泥；污水，

尽是污水；那婆娘洗包遮，

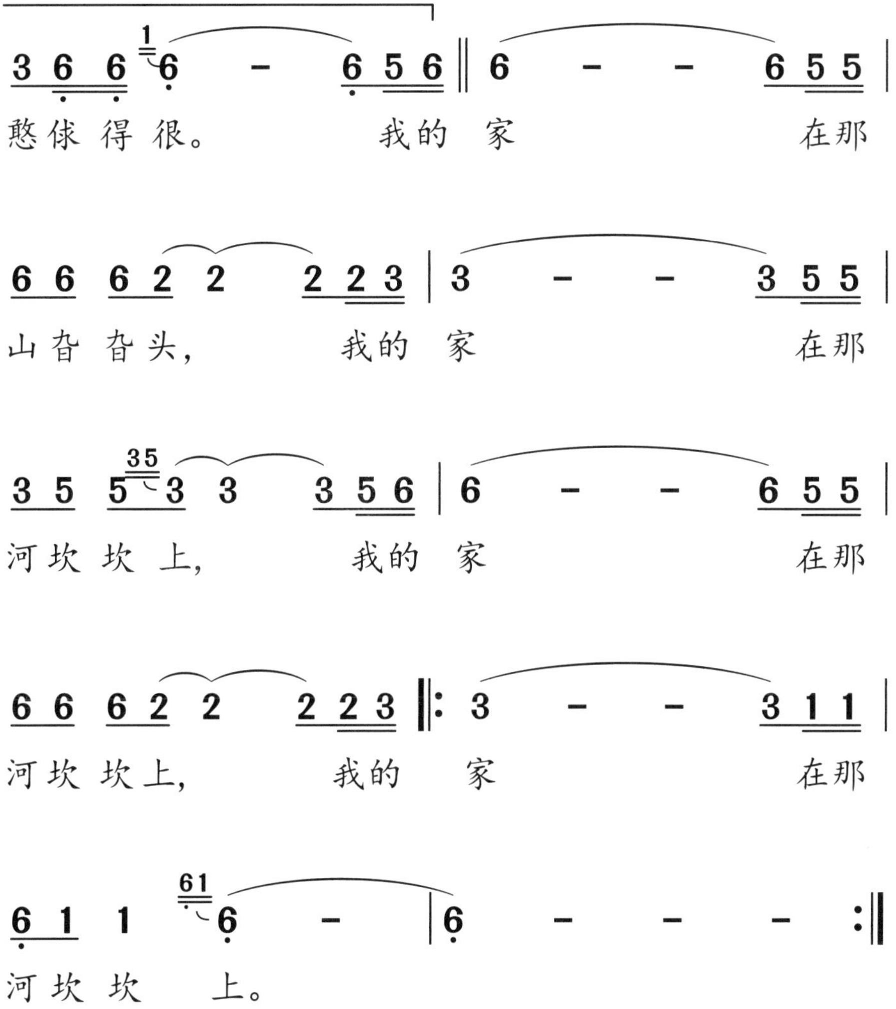

3 6 6 6 – 6 5 6 ‖ 6 – – 6 5 5 |

憨俅得很。我的 家 在那

6 6 6 2 2 2 2 3 | 3 – – 3 5 5 |

山旮旮头，我的 家 在那

3 5 5 3 3 3 5 6 | 6 – – 6 5 5 |

河坎坎上，我的 家 在那

6 6 6 2 2 2 2 3 ‖: 3 – – 3 1 1 |

河坎坎上，我的 家 在那

6 1 1 6 – | 6 – – – :‖

河坎坎 上。

我俩结交不用媒

1=C $\frac{2}{4}$

罗相巧记谱

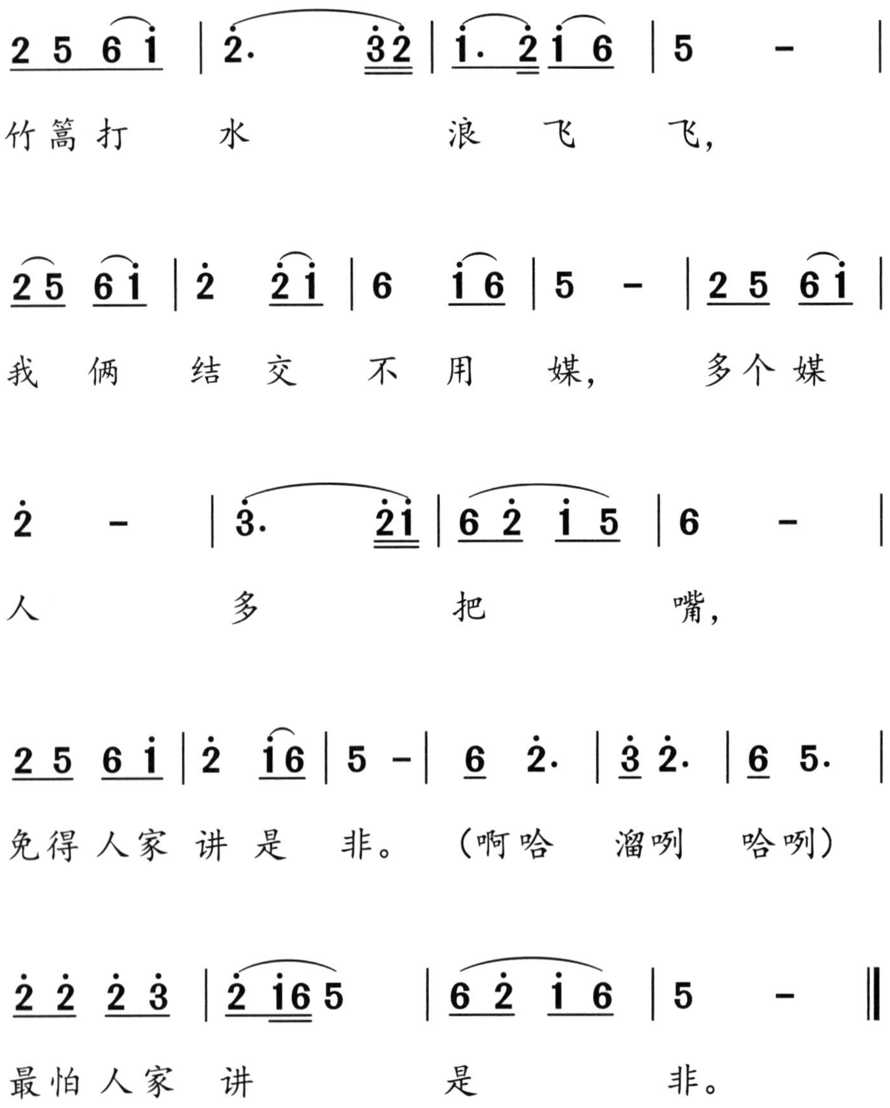

竹篙打水浪飞飞，

我俩结交不用媒，多个媒人多把嘴，

免得人家讲是非。（啊哈 溜咧 哈咧）

最怕人家讲是非。

瑶家迎客歌

罗相巧记谱

1=C $\frac{4}{4}$

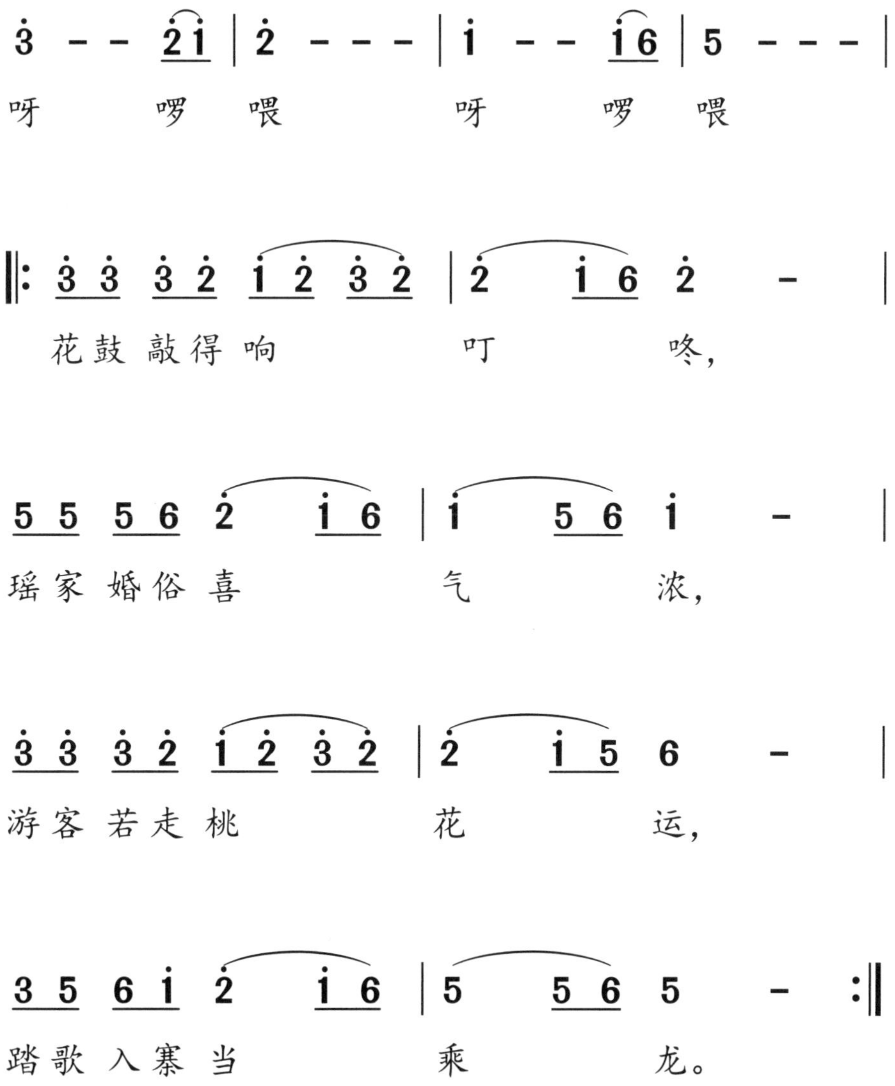

呀 啰 喂 呀 啰 喂

花鼓敲得响 叮 咚，

瑶家婚俗喜 气 浓，

游客若走桃 花 运，

踏歌入寨当 乘 龙。

标啊侗啊喂

1＝A $\frac{2}{4}$

宜州山歌
罗相巧记谱

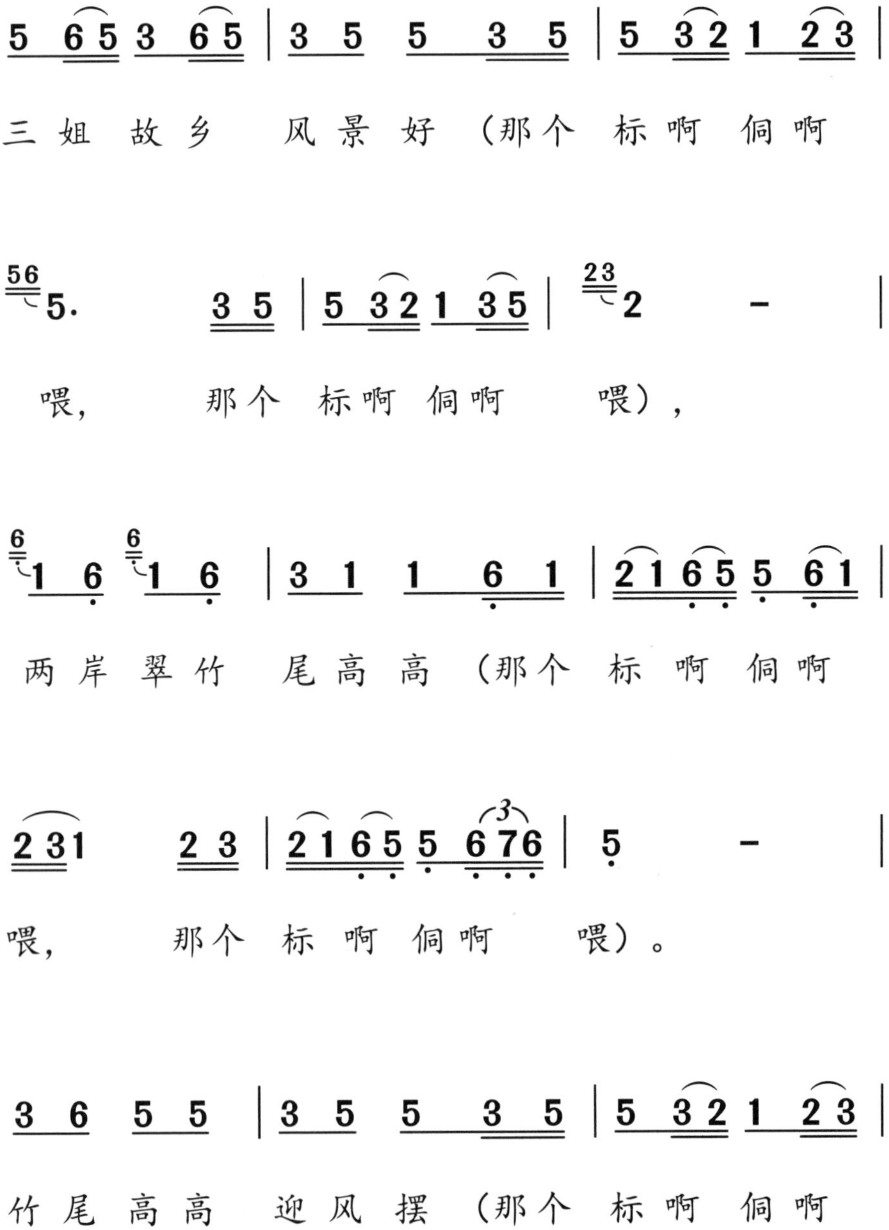

三姐故乡风景好（那个标啊侗啊喂，那个标啊侗啊喂），

两岸翠竹尾高高（那个标啊侗啊喂，那个标啊侗啊喂）。

竹尾高高迎风摆（那个标啊侗啊

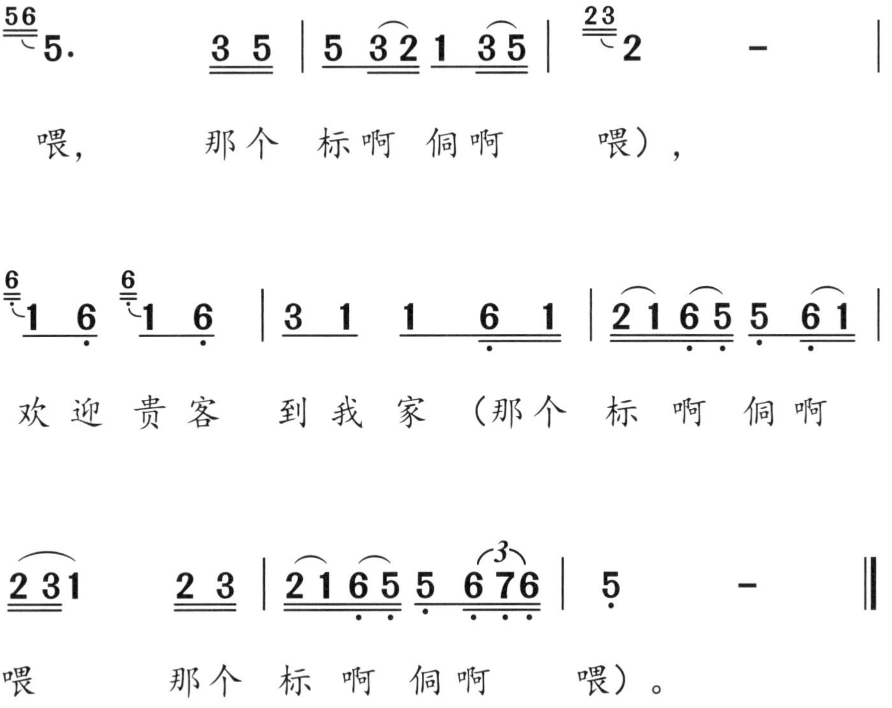
喂，　那个 标啊 侗啊　喂），
欢迎贵客 到我家（那个 标 啊 侗啊
喂　那个 标 啊 侗 啊　喂）。

年年中秋是歌节

宜州山歌
罗相巧记谱

1=G $\frac{2}{4}$

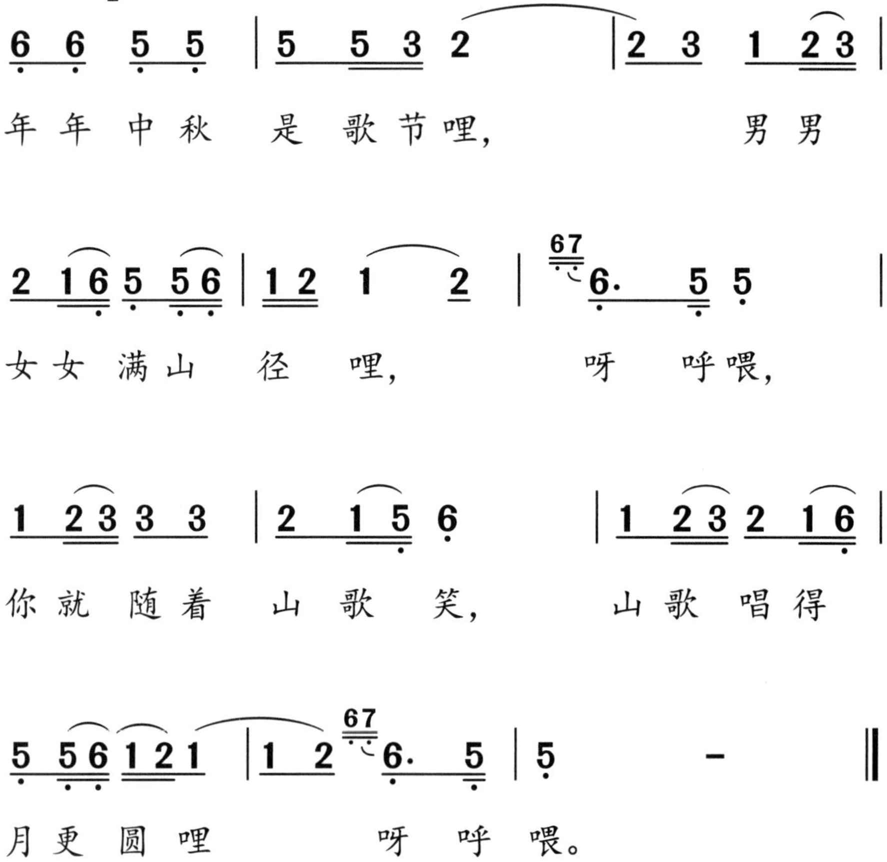

年年中秋是歌节哩，男男女女满山径哩，呀呼喂，

你就随着山歌笑，山歌唱得月更圆哩呀呼喂。

东平调

宜州山歌
罗相巧记谱

1=A $\frac{2}{4}$

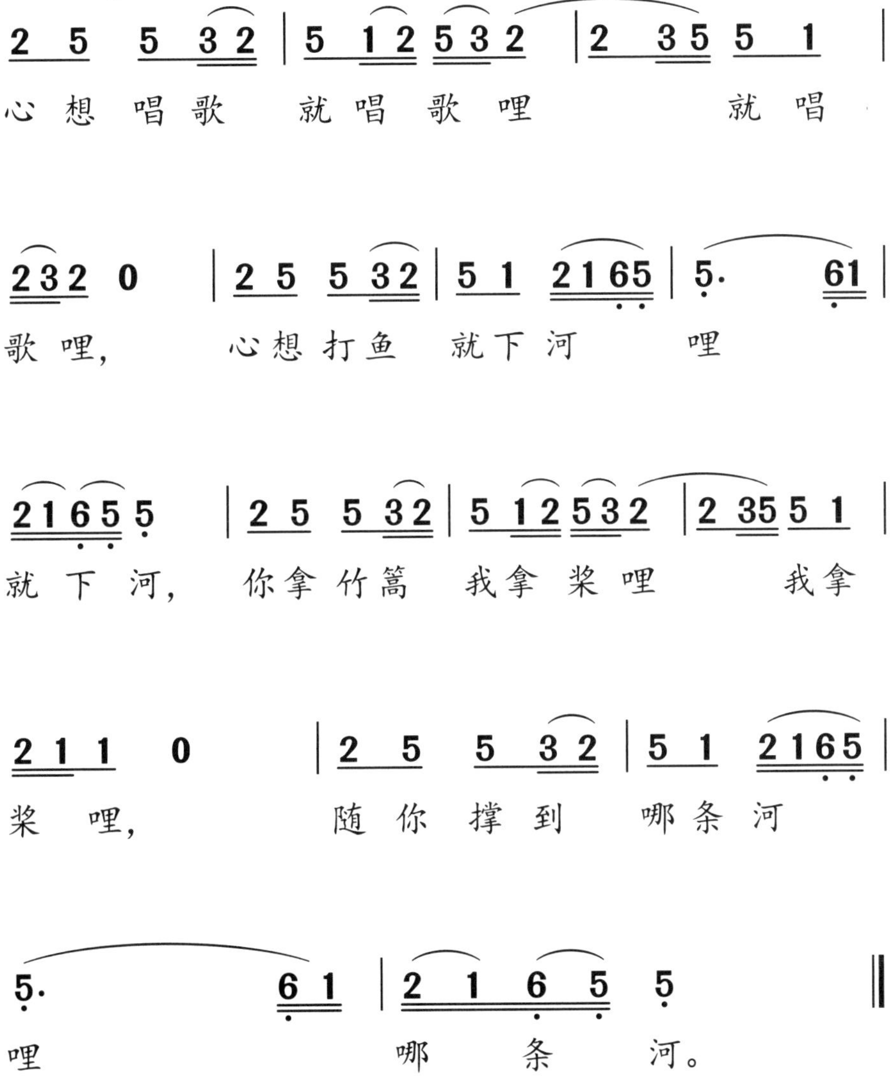

2 5 5 32 | 5 12 532 | 2 35 5 1 |
心想唱歌 就唱歌哩 就唱

232 0 | 2 5 5 32 | 5 1 2165 | 5. 61 |
歌哩， 心想打鱼 就下河 哩

21655 | 2 5 5 32 | 5 12 532 | 2 35 5 1 |
就下河， 你拿竹篙 我拿桨哩 我拿

211 0 | 2 5 5 32 | 5 1 2165 |
桨哩， 随你撑到 哪条河

5. 6 1 | 2 1 6 5 5 ||
哩 哪条河。

苗山老弟

1=♭E $\frac{2}{4}$

宜州山歌
罗相巧记谱

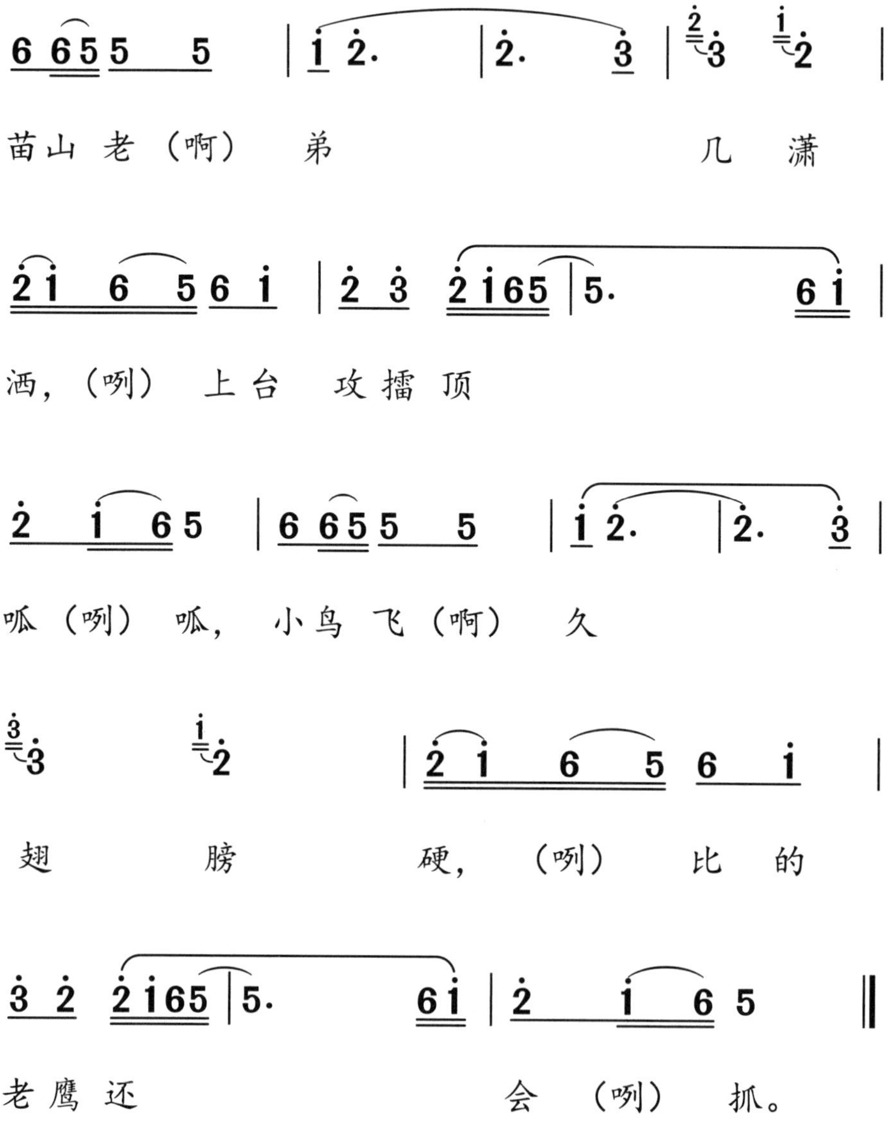

苗山老（啊）弟　几潇

洒，（咧）上台攻擂顶

呱（咧）呱，小鸟飞（啊）久

翅膀硬，（咧）比的

老鹰还会（咧）抓。

莫学茄子暗开花

1=C $\frac{3}{4}\frac{4}{4}$ 巫圣咏记谱

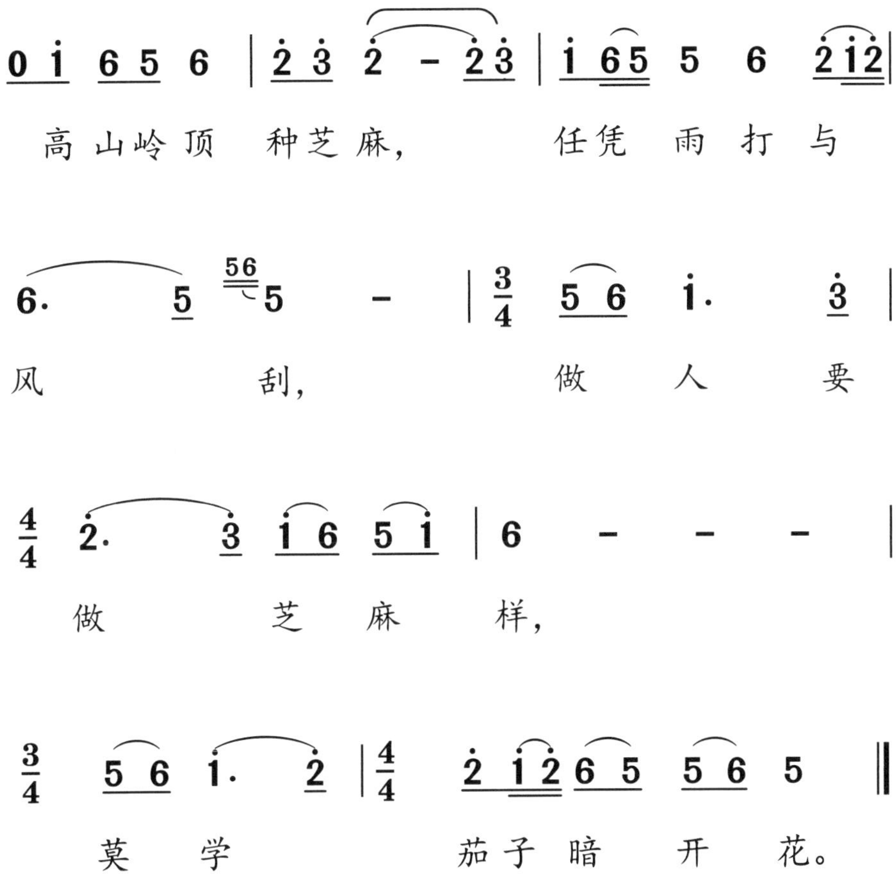

高山岭顶 种芝麻，任凭雨打与风刮，做人要做芝麻样，莫学茄子暗开花。

唱歌道理大过天

1=A $\frac{2}{4}\frac{3}{4}$

巫圣咏记谱

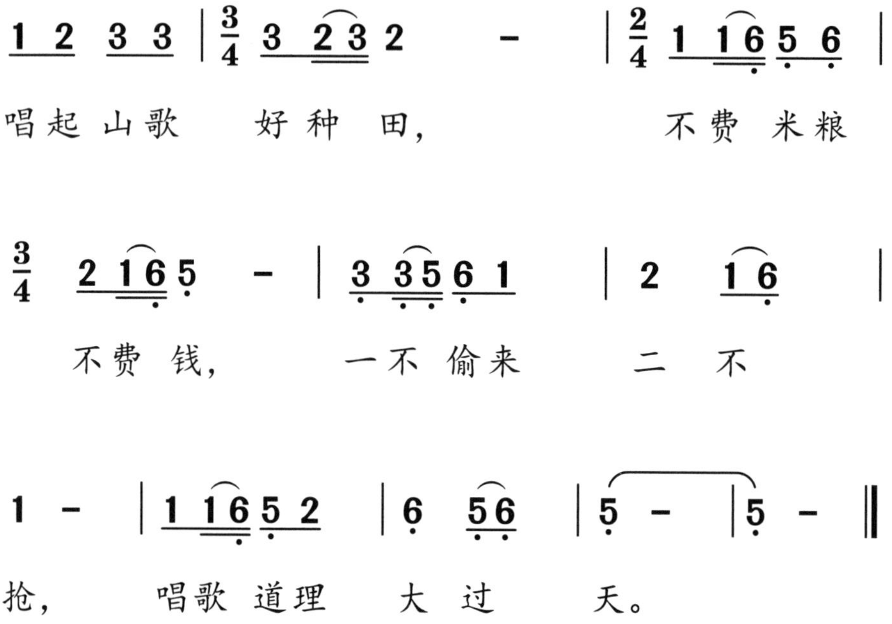

1 2 3 3 | $\frac{3}{4}$ 3 2 3 2 - | $\frac{2}{4}$ 1 1 6 5 6 |

唱起 山歌 好 种 田， 不费 米粮

$\frac{3}{4}$ 2 1 6 5 - | 3 3 5 6 1 | 2 1 6 |

不费 钱， 一不 偷来 二 不

1 - | 1 1 6 5 2 | 6 5 6 | 5 - | 5 - ‖

抢， 唱歌 道理 大 过 天。

撩妹歌

1=C $\frac{2}{4}$

巫圣咏记谱

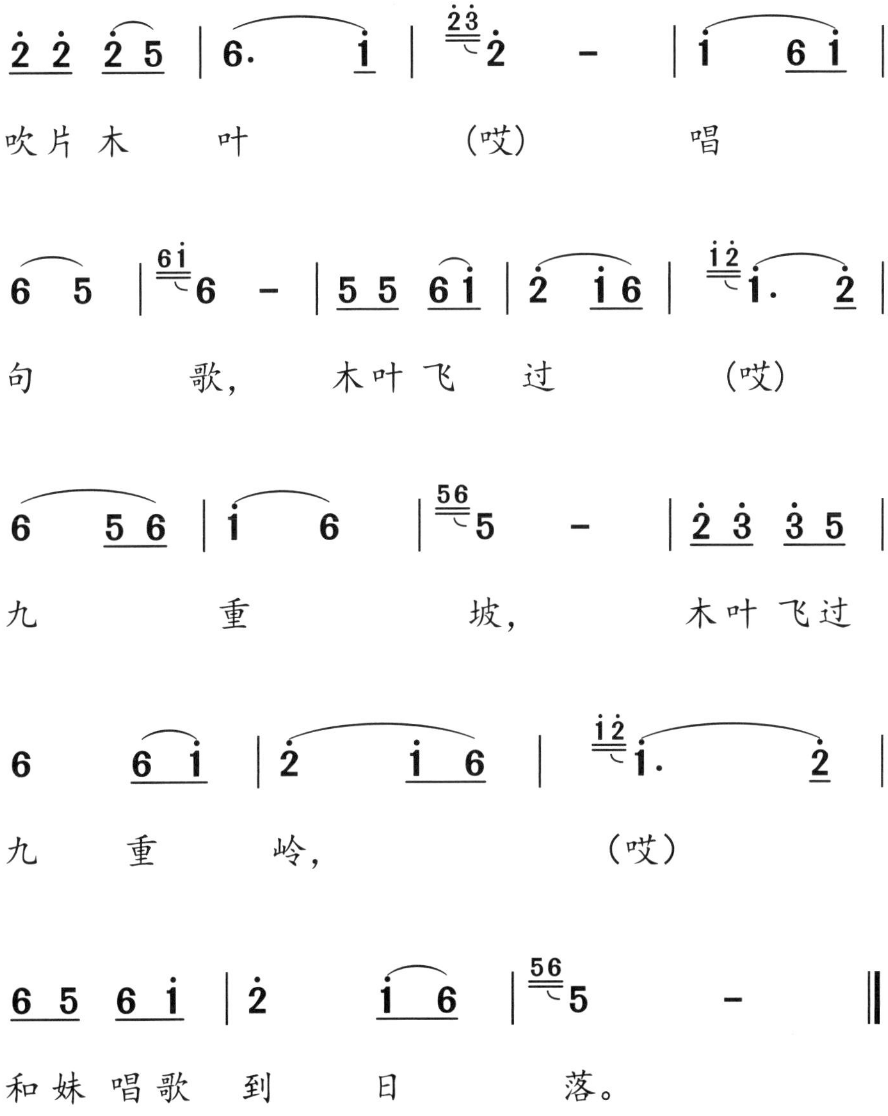

吹片木叶（哎）唱

句歌，木叶飞过（哎）

九重坡，木叶飞过

九重岭，（哎）

和妹唱歌到日落。

山歌不唱忘记多

1＝A $\frac{3}{8}$

巫圣咏记谱

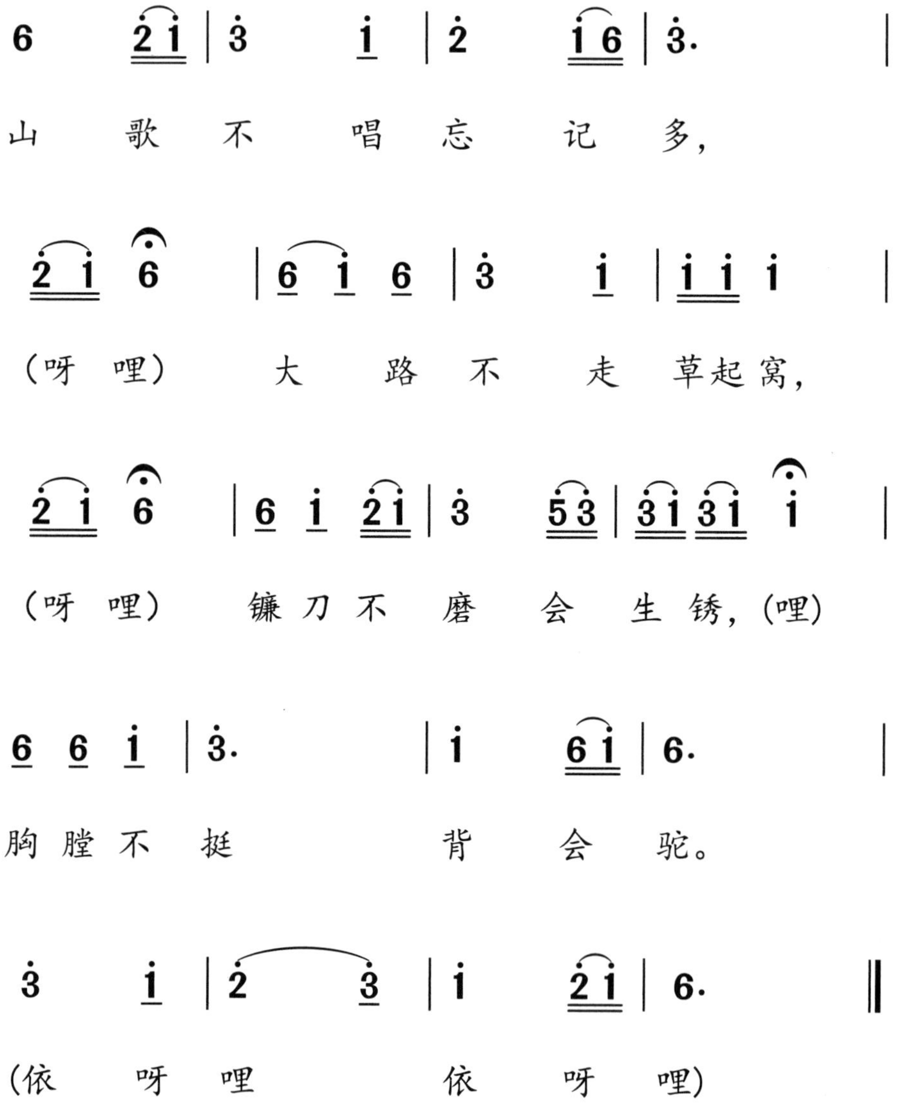

山 歌 不 唱 忘 记 多，

（呀 哩） 大 路 不 走 草起窝，

（呀 哩） 镰刀不 磨 会 生 锈，(哩)

胸 膛 不 挺 背 会 驼。

(依 呀 哩 依 呀 哩)

牛角高头磨豆腐

1=C $\frac{4}{4}$

巫圣咏记谱

5 5 5 6 2̇ - | 6 1̇ 2̇ 1̇ 6 - |

牛角高头磨豆腐，

5 5 6 1̇ 2̇ 1̇ 6 56 | 5 - - - |

石板高头起铜绿，

5 5 5 6 2̇ - | 6 1̇ 2̇ 1̇ 6 - |

久闻情妹山歌好，

5 5 6 1̇ 2̇ 1̇2̇ 656 | 5 - - - ‖

特意来考妹功夫。

柳啷咧

1=F $\frac{2}{4}$

巫圣咏记谱

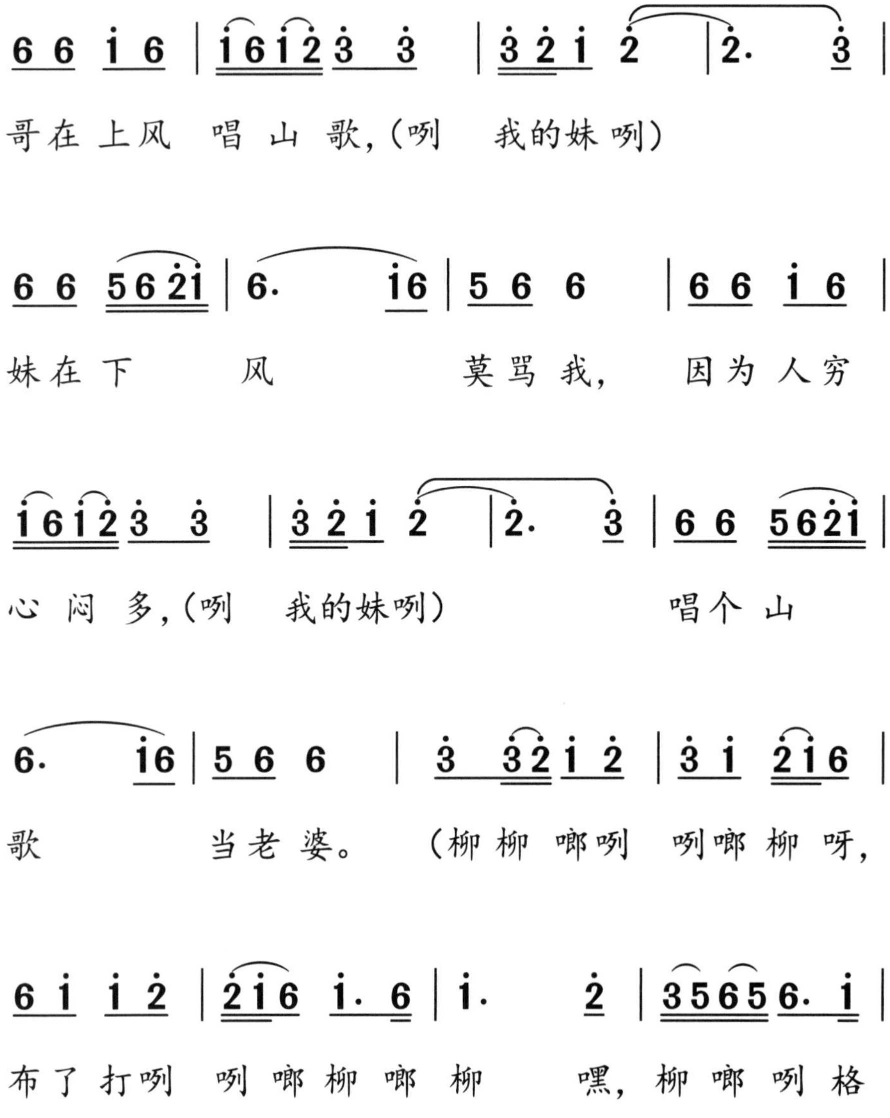

哥在上风 唱 山 歌,(咧 我的妹 咧)

妹在下 风 莫骂我, 因为人穷

心 闷 多,(咧 我的妹咧) 唱个 山

歌 当老 婆。 (柳 柳 啷咧 咧啷 柳 呀,

布了 打咧 咧 啷 柳 啷 柳 嘿,柳 啷 咧 格

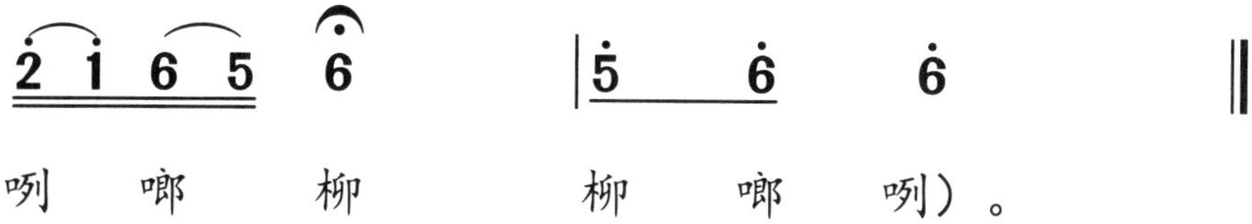

2̇ 1̇ 6 5 6̇ | 5̇ 6̇ 6̇ ‖

咧　嘟　柳　　柳　嘟　咧）。

洛西山歌

1=C 2/4 4/4 5/4

莫详合记谱

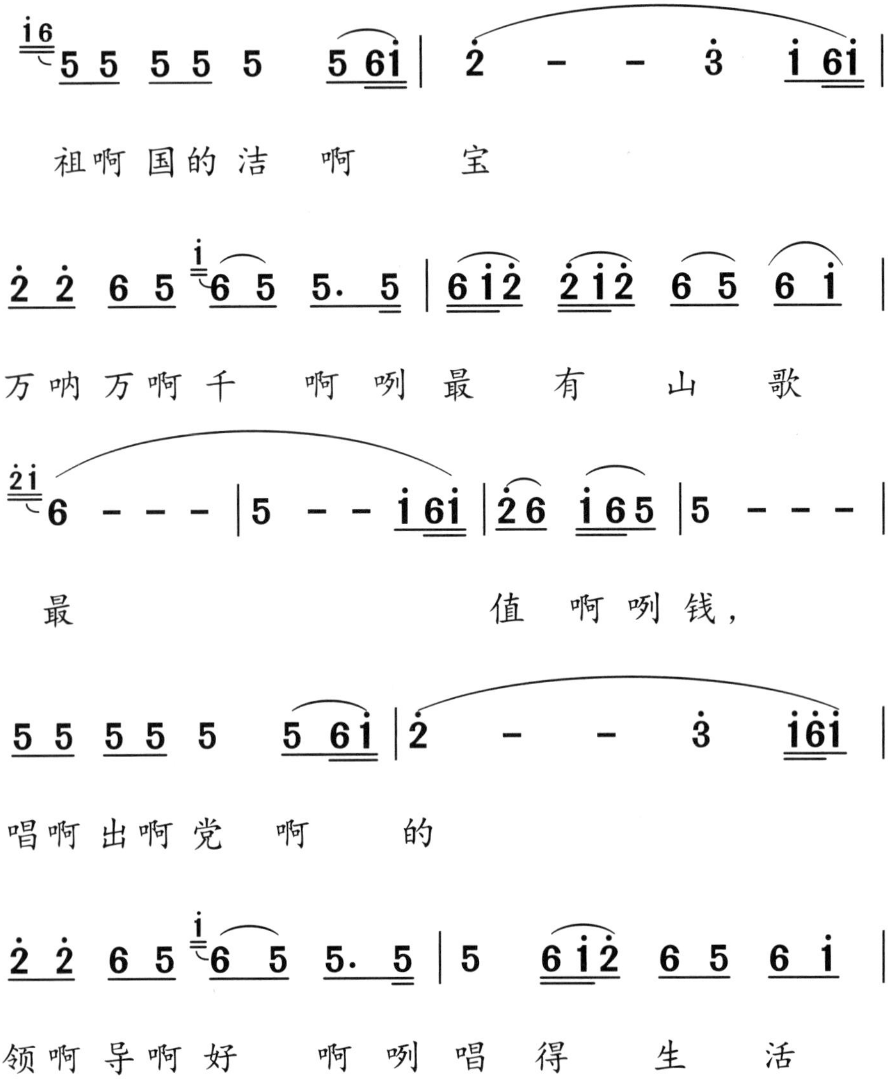

5 5 5 5 5 5 61 | 2 - - 3 1 61 |

祖啊国的洁 啊 宝

2 2 6 5 6 5 5. 5 | 612 212 6 5 6 1 |

万呐万啊千 啊 咧最 有 山 歌

6 - - - | 5 - - 1 61 | 26 165 | 5 - - - |

最 值 啊 咧钱，

5 5 5 5 5 5 61 | 2 - - 3 161 |

唱啊出啊党 啊 的

2 2 6 5 6 5 5. 5 | 5 612 6 5 6 1 |

领啊导啊好 啊 咧唱 得 生 活

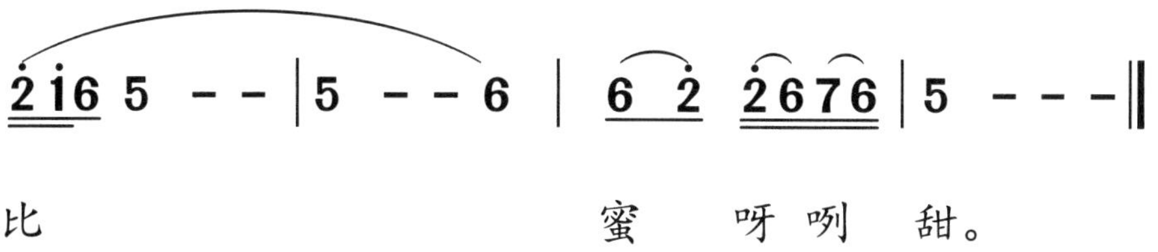

2 1 6 5 – – | 5 – – 6 | 6 2 2 6 7 6 | 5 – – – ‖

比 蜜 呀 咧 甜。

吊声歌

（蒙步升演唱）

1＝F $\frac{2}{4}$

韦　敏记谱

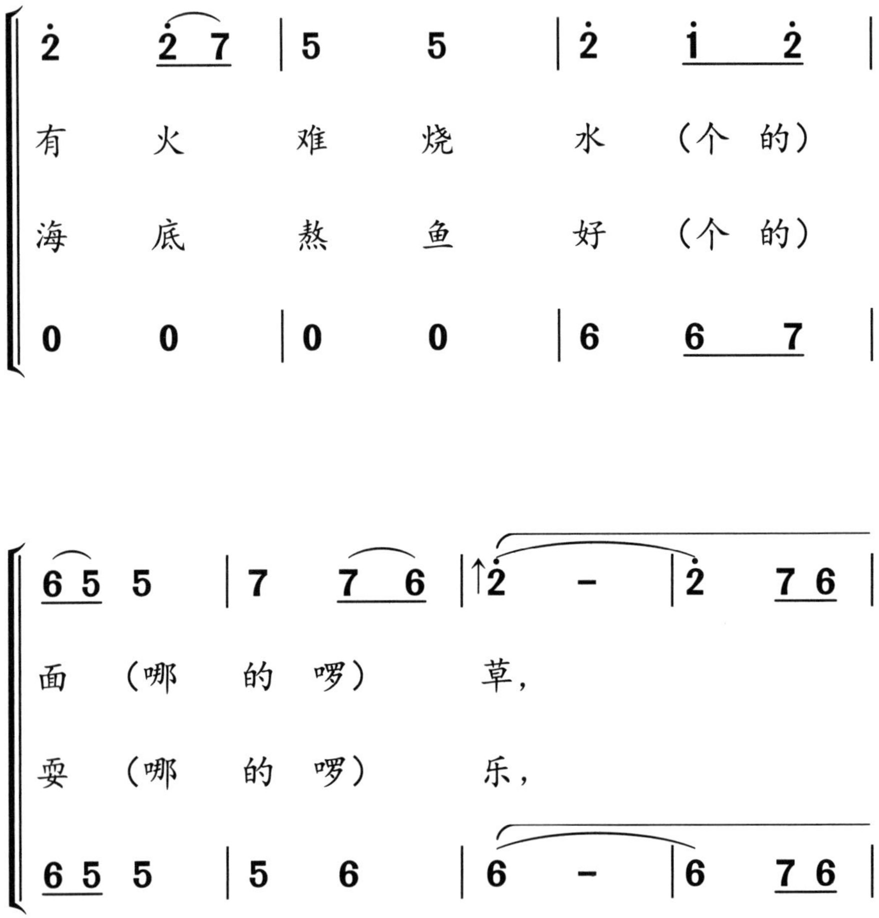

有火难烧水（个的）

海底熬鱼好（个的）

面（哪的啰）草，

耍（哪的啰）乐，

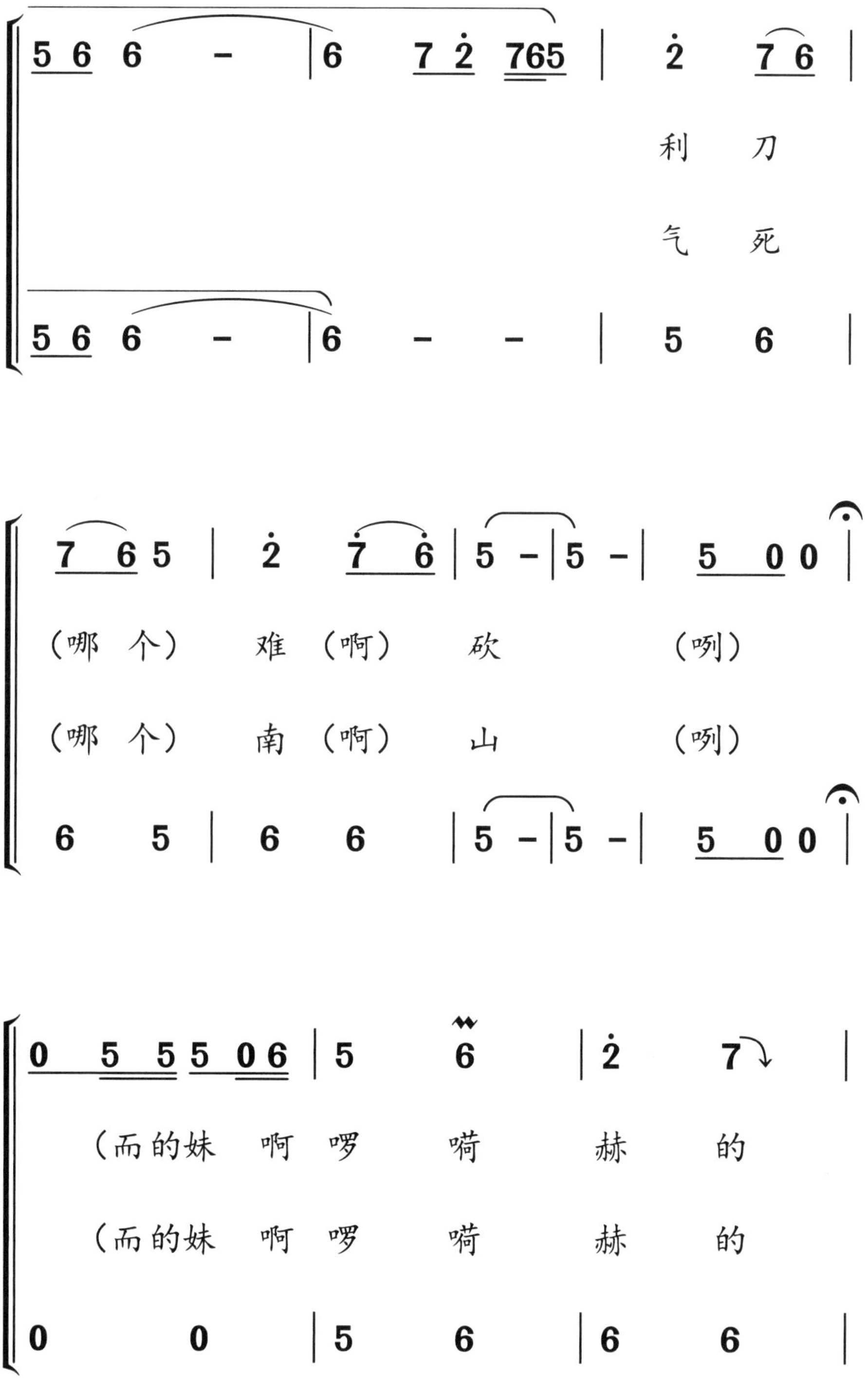

5 6 6 – | 6 7 2̇ 765 | 2̇ 7 6 |
利 刀
气 死
5 6 6 – | 6 – – | 5 6 |

7 6 5 | 2̇ 7 6 | 5 – | 5 – | 5 0 0 |
（哪 个） 难 （啊） 砍 （咧）
（哪 个） 南 （啊） 山 （咧）
6 5 | 6 6 | 5 – | 5 – | 5 0 0 |

0 5 5 5 0 6 | 5 6 | 2̇ 7 |
（而的妹 啊 啰 嗬 赫 的
（而的妹 啊 啰 嗬 赫 的
0 0 | 5 6 | 6 6 |

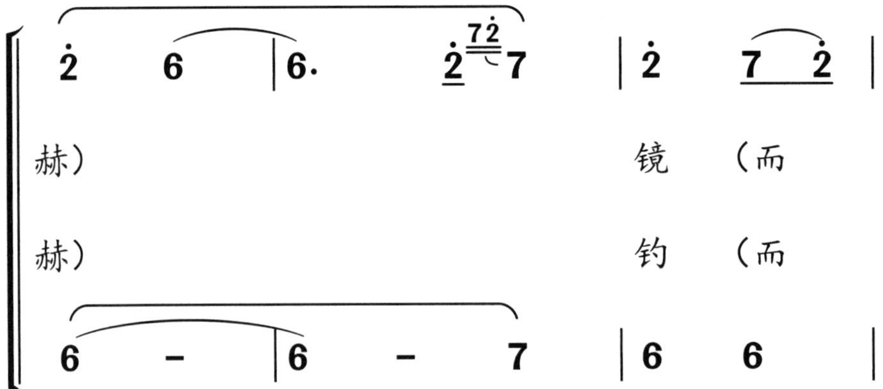

6 5 | 7 7 2̇ 7 | 5 5 |

嘞 的） 中 （而 咧 咧）

嘞 的） 鱼 （而 咧 咧）

6 5 | 6 6 | 5 5 |

5 – | 5 0 ‖

人。

人。

5 – | 5 0 ‖

太平春

（覃振基演唱）

1＝A $\frac{2}{4}$　　　　韦　敏记谱

1 1 | 1 2 3 3 | 3 - 321 | 2 3 |

太 平 （那 个）春（哪 啊） 扫 坛

2 1 | 2 1 | 6 6 5 | 1 21 | 6 5 | 6 - |

祈 请 来 赴 临 （啊 哟 依 哟），

6 0 ‖: 1 1 | 16 1 | 1. 6 | 1 12 | 3 - 321 |

本 姓 我 是 兰 家 子

2 3 | 2 1 | 2 1 | 6 5 |

随 娘 行 嫁 落 霜 神 （嘛

1 12 | 6 5 | 6 - | 6 0 :‖

哟 依 哟）。

提示：此歌为壮族曲艺师公调。

五娘调

（覃振基演唱）

1=A $\frac{2}{4}$　　　　韦　敏记谱

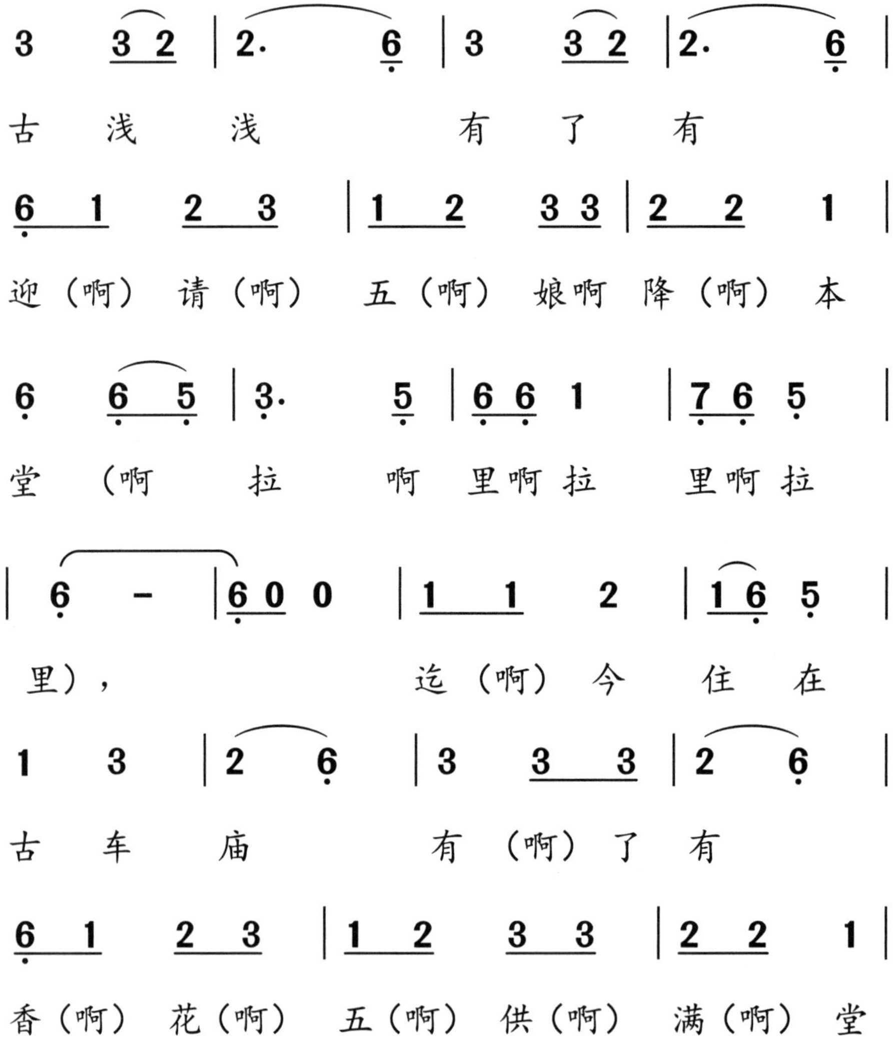

古　浅　浅　　有　了　有

迎（啊）请（啊）五（啊）娘啊　降（啊）本

堂（啊　拉　啊　里啊拉　里啊拉

里），　迄（啊）今　住　在

古　车　庙　　有（啊）了　有

香（啊）花（啊）五（啊）供（啊）满（啊）堂

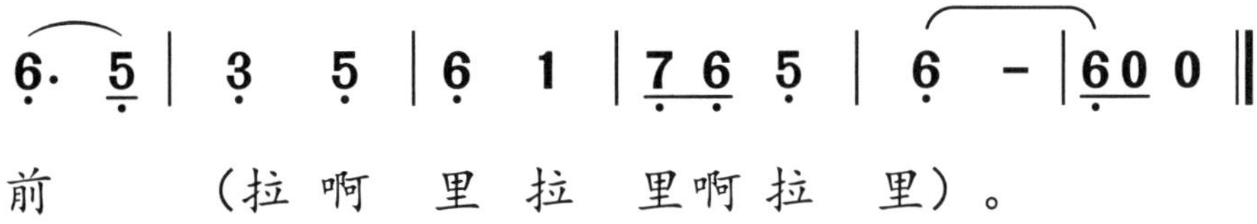

6· 5 | 3 5 | 6 1 | 7 6 5 | 6 - | 6 0 0 ‖

前 （拉 啊 里 拉 里啊 拉 里）。

提示：此歌为壮族曲艺师公调。

白鹤歌

（谢凤生演唱）

1=A $\frac{2}{4}$

陈文成记谱

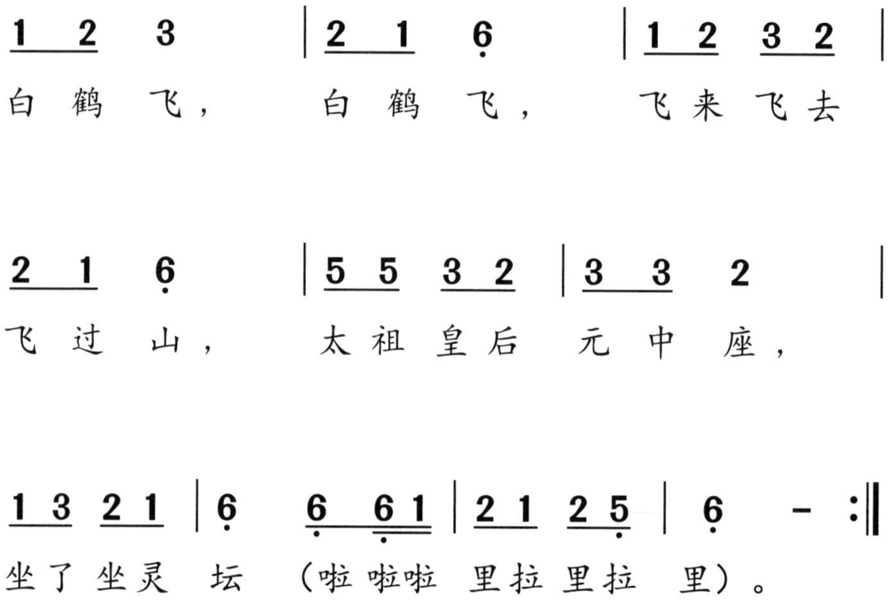

白鹤飞，白鹤飞，飞来飞去

飞过山，太祖皇后元中座，

坐了坐灵坛（啦啦啦里拉里拉里）。

提示：此歌为壮族曲艺师公调。

第二部分

歌海拾珠

我的小村

1=D $\frac{4}{4}$

李甜芬词
罗相巧曲

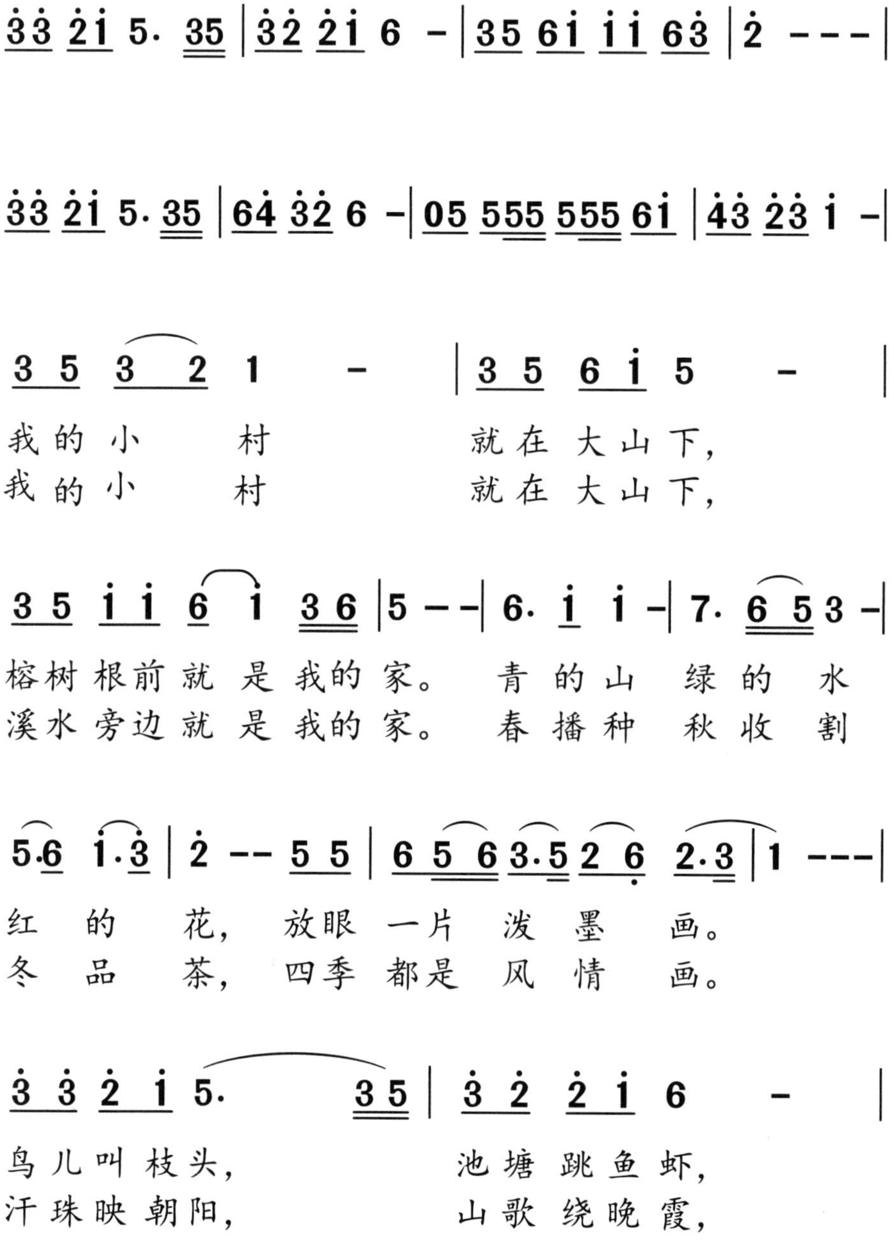

我的小村就在大山下，
榕树根前就是我的家。
青的山绿的水红的花，
放眼一片泼墨画。
鸟儿叫枝头，池塘跳鱼虾，

我的小村就在大山下，
溪水旁边就是我的家。
春播种秋收割冬品茶，
四季都是风情画。
汗珠映朝阳，山歌绕晚霞，

3 5 6 1 1 1 1 6 3 | 2 - - - |

萤火虫闪闪陪我说情 话。

幸福生活 双手来创 下。

3 3 2 1 5· 35 | 6 4 3 2 6 - |

普通山 村， 普通人 家，

普通山 村， 普通人 家，

0 5 5 5 5 5 5 5 6 1 | 4 3 2 3 1 - ‖

可为什么离开的人都 会 想念 她。

可为什么探望的人都 来自天 涯。

下枧河永远是年轻

1＝A $\frac{4}{4}$

谢庆良词曲
罗相巧打谱

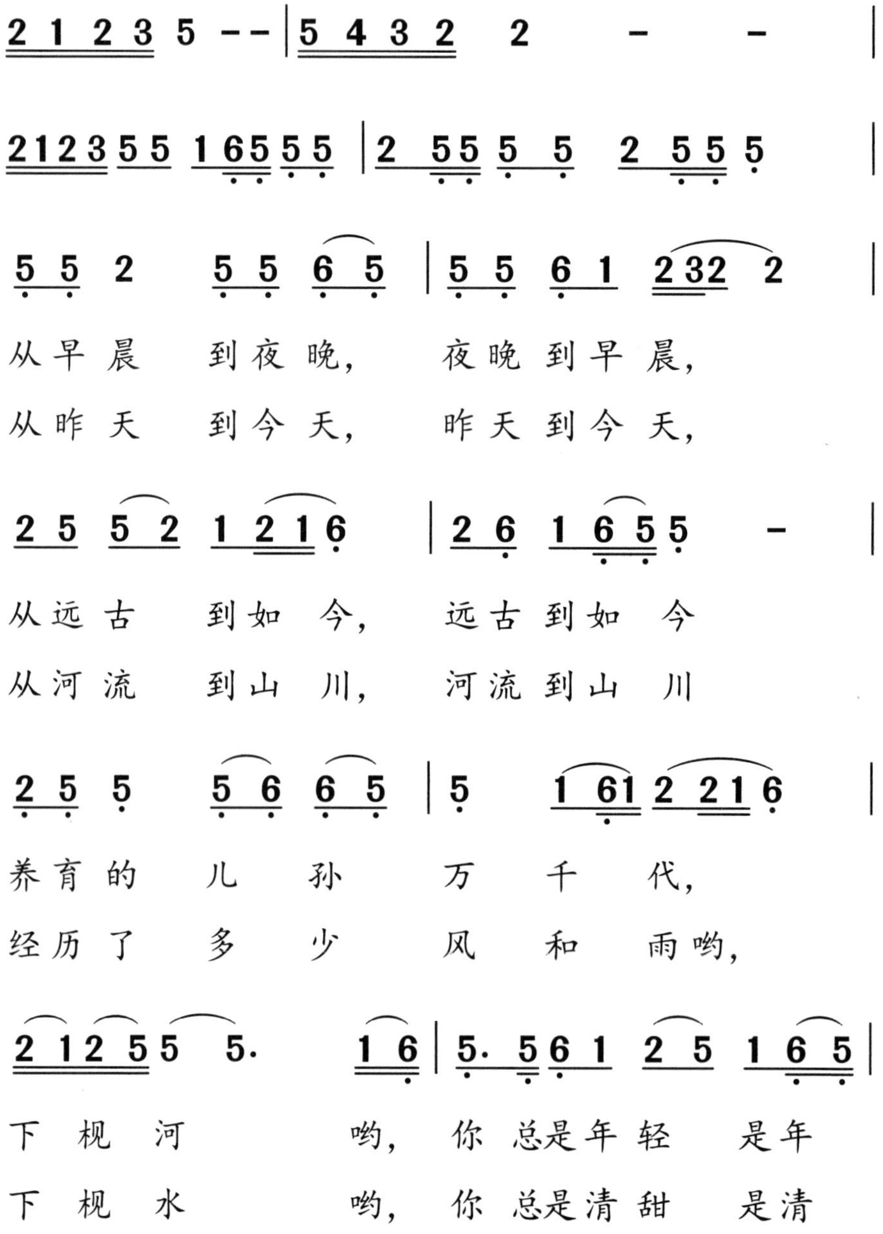

2 1 2 3 5 – – | 5 4 3 2 2 – – |

2123 5 5 1 6 5 5 5 | 2 5 5 5 5 2 5 5 5 |

5 5 2 5 5 6 5 | 5 5 6 1 2 32 2 |

从早晨 到夜晚， 夜晚到早晨，

从昨天 到今天， 昨天到今天，

2 5 5 2 1 2 1 6 | 2 6 1 6 5 5 – |

从远古 到如 今， 远古到如 今

从河流 到山 川， 河流到山 川

2 5 5 5 6 6 5 | 5 1 61 2 21 6 |

养育的 儿 孙 万 千 代，

经历了 多 少 风 和 雨哟，

2 12 5 5 5. 1 6 | 5. 5 6 1 2 5 1 6 5 |

下 枧 河 哟， 你 总是年 轻 是年

下 枧 水 哟， 你 总是清 甜 是清

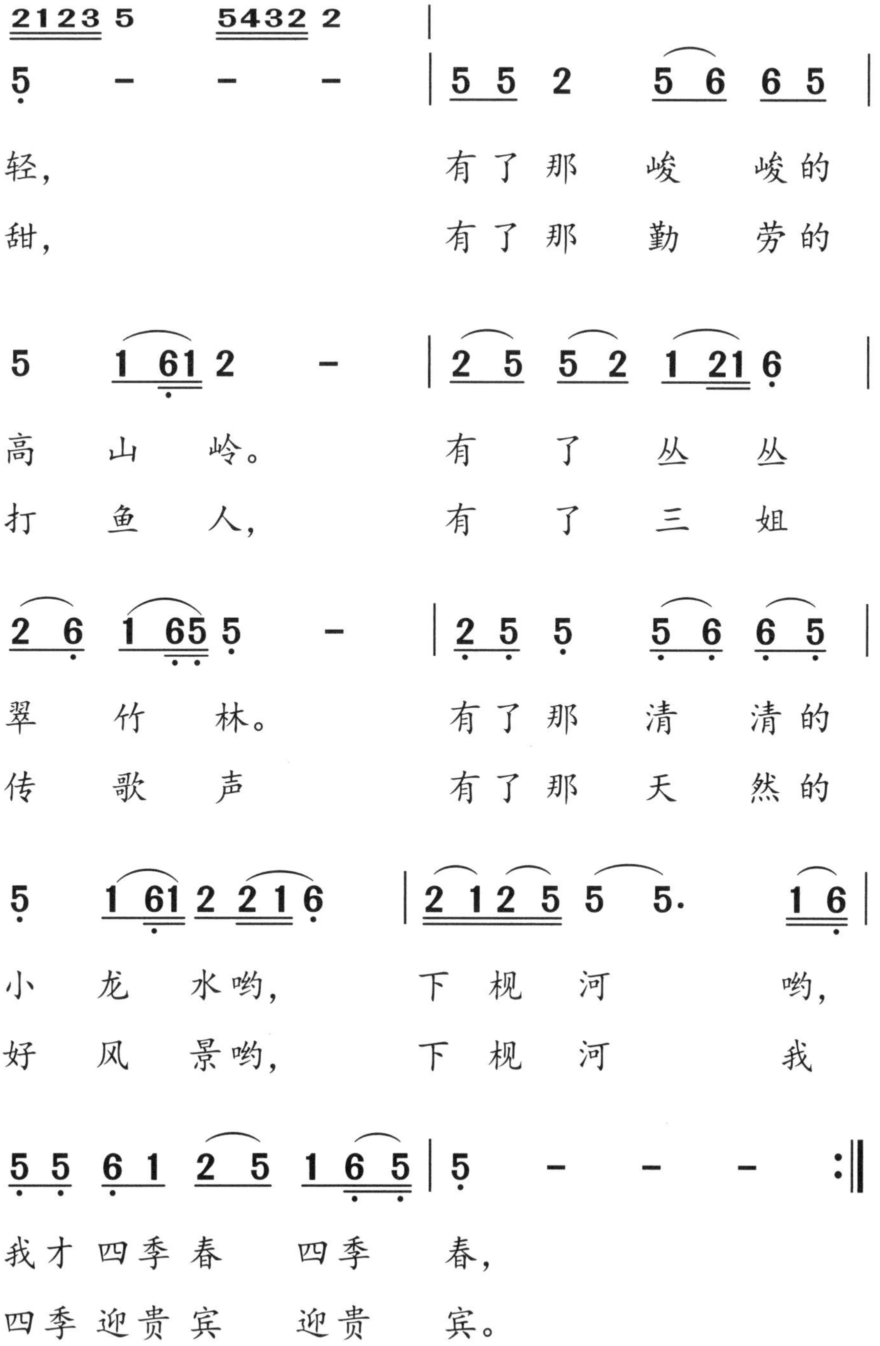

2123 5　　5432 2

5 - - - | 55 2 56 65 |

轻，　　有了那峻　峻的

甜，　　有了那勤　劳的

5 1 61 2 - | 25 52 1 21 6 |

高　山　岭。　有　了　从　从

打　鱼　人，　有　了　三　姐

26 1 65 5 - | 25 5 56 65 |

翠　竹　林。　有了那清　清的

传　歌　声　　有了那天　然的

5 1 61 2 2 21 6 | 2125 5 5· 16 |

小　龙　水哟，　下　枧　河　　哟，

好　风　景哟，　下　枧　河　　我

55 61 25 165 | 5 - - - :‖

我才四季春　四季　春，

四季迎贵宾　迎贵　宾。

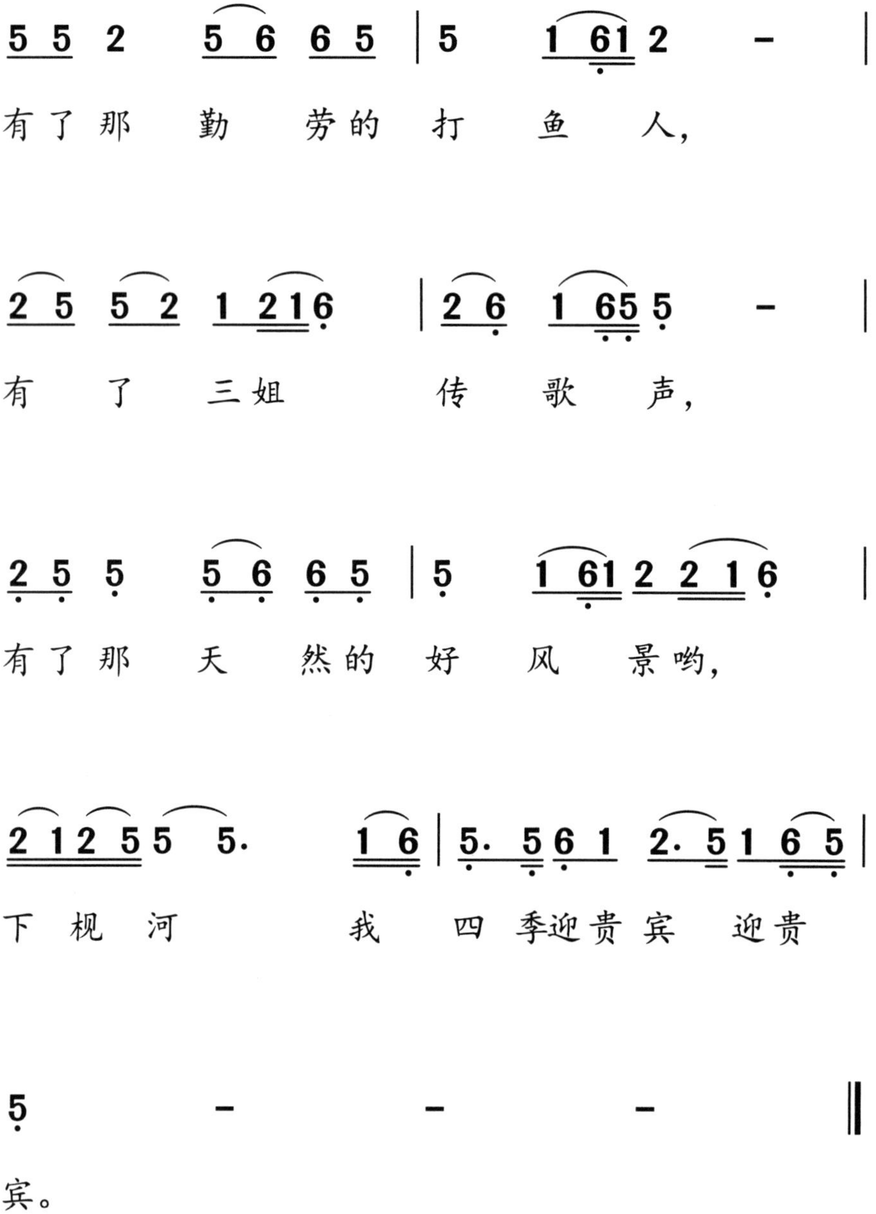

5 5 2 5 6 6 5 | 5 1 61 2 - |

有了那勤劳的打鱼人，

2 5 5 2 1 216 | 2 6 1 655 - |

有了三姐传歌声，

2 5 5 5 6 6 5 | 5 1 61 2 2 1 6 |

有了那天然的好风景哟，

2 12 55 5· 1 6 | 5· 561 2· 51 6 5 |

下枧河我四季迎贵宾迎贵

5 - - - ‖

宾。

万里蓝天飘彩霞

（谢庆良演唱）

1=♭B $\frac{4}{4}$ $\frac{5}{4}$

樊洁汶记谱

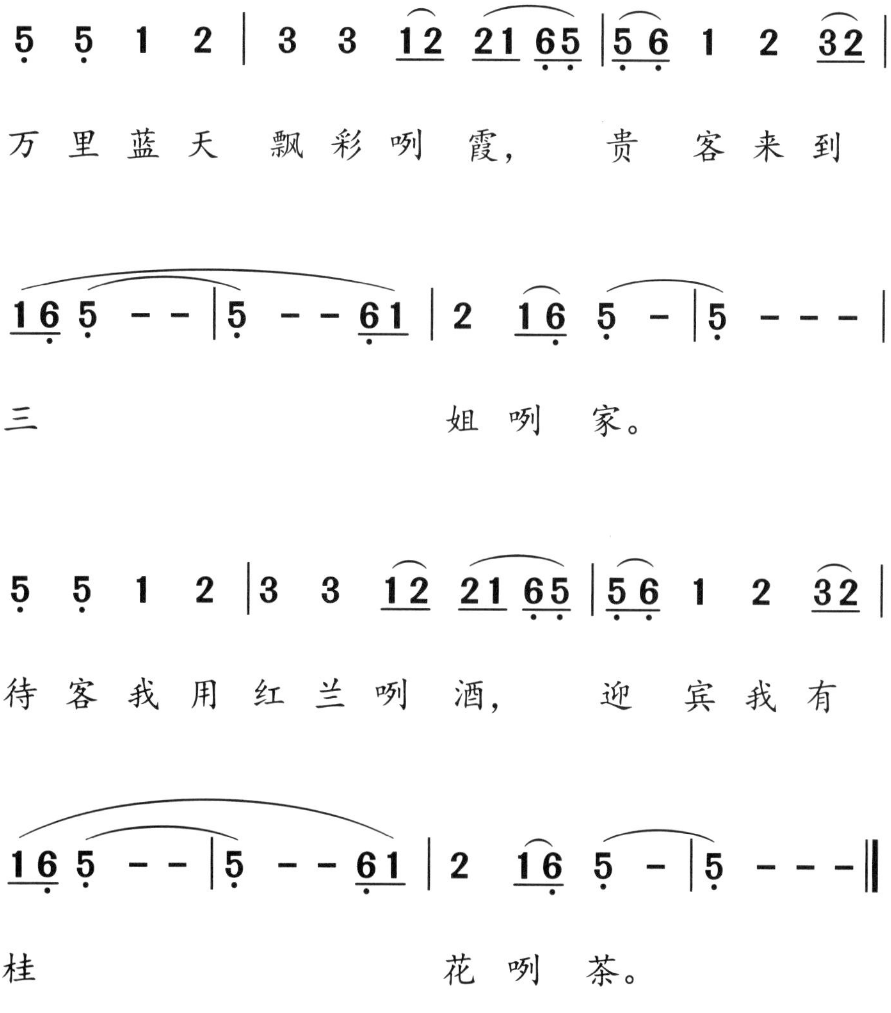

5 5 1 2 | 3 3 12 21 65 | 56 1 2 32 |

万里蓝天 飘彩咧 霞， 贵 客来到

16 5 - - | 5 - - 61 | 2 16 5 - | 5 - - - |

三 姐咧 家。

5 5 1 2 | 3 3 12 21 65 | 56 1 2 32 |

待客我用红兰咧 酒， 迎 宾我有

16 5 - - | 5 - - 61 | 2 16 5 - | 5 - - - ‖

桂 花咧 茶。

我唱山歌赠绣球

（谢庆良演唱）

1＝F 2/4　　樊洁汶记谱

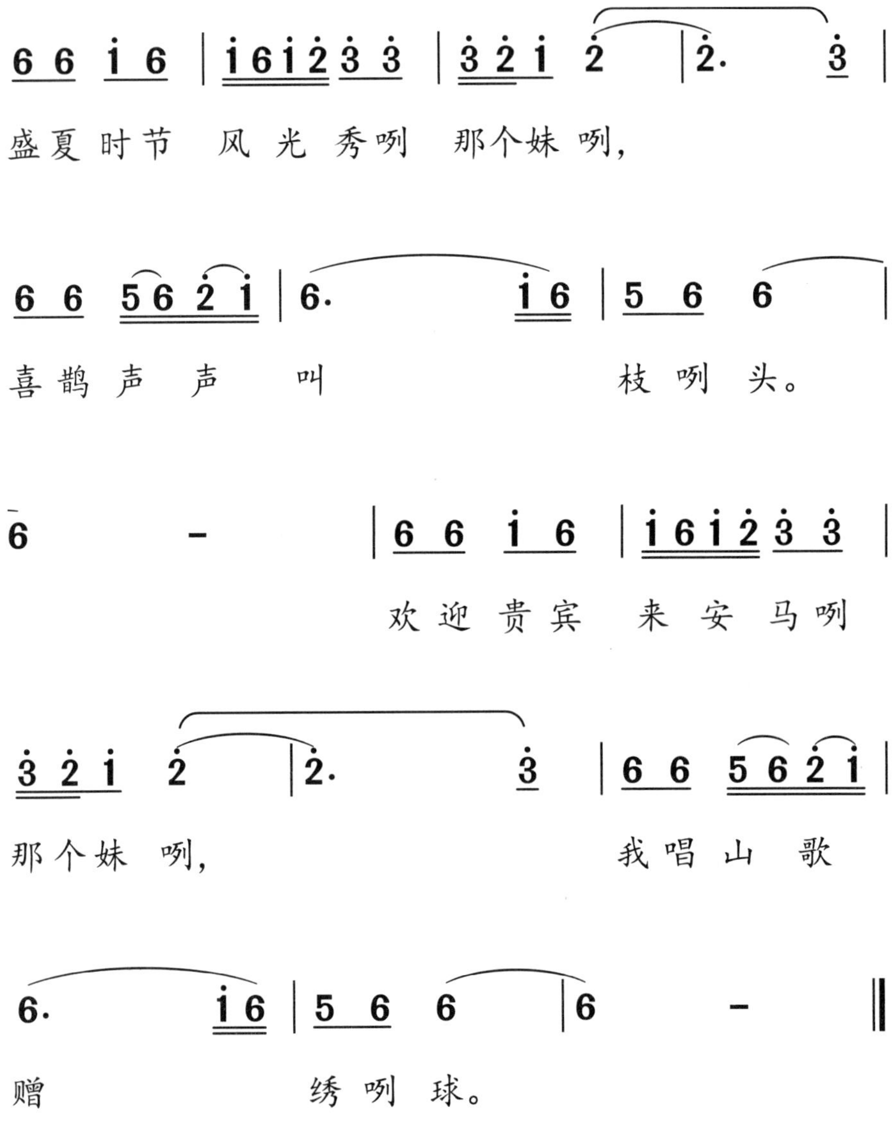

盛夏时节　风光秀咧　那个妹　咧，

喜鹊声　声　叫　枝　咧　头。

欢迎贵宾　来　安　马咧

那个妹　咧，　我唱山　歌

赠　绣　咧　球。

祥贝壮歌

（覃益妹　覃艳芳演唱）

1= A $\frac{2}{4}$

樊洁汶记谱

3 3 2 3 | 6 5 1 61 | 2 - | 2 - | 2· 3 |

果费衣辣　看场甲了　甲　　　　咦

6 6 6 5 | 6126 61 | 1 - | 1· 26 |

永七七可　表利喂

1 56 5 | 5 - | 5 5 61 | 3 3 2 3 |

哥咧　喂，　　　咦　丫了跳北

6 - | 6 165 | 5 - | 5· 65 | 5 - | 5 - | 5 - |

夸　　　　　　喂。

635 6 5 | 4 5 1 65 | 2 - | 2 - |

观哥斗杀　杀可甲了　甲

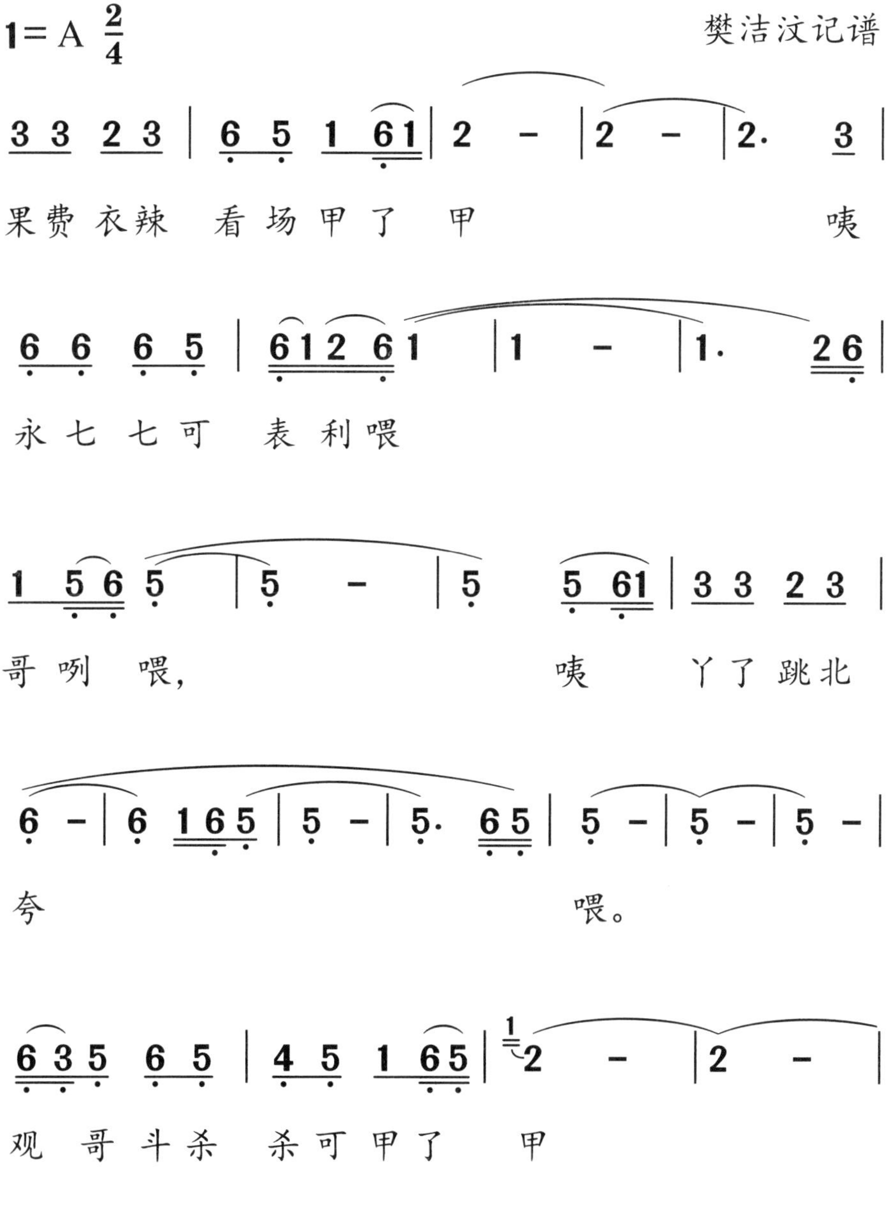

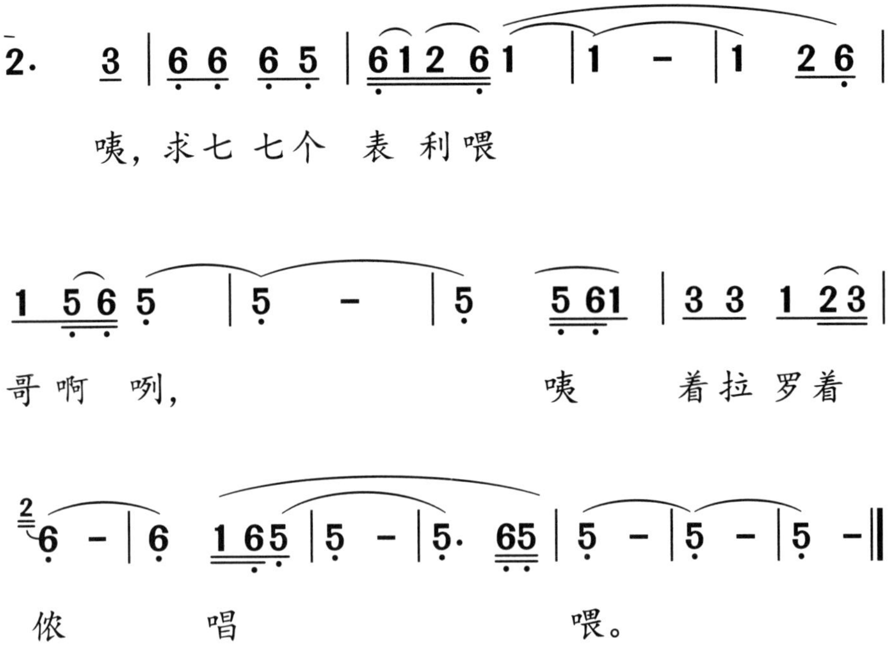

2. 3 | 6 6 6 5 | 6 1 2 6 1 | 1 - | 1 2 6 |

咦，求七 七个 表 利喂

1 5 6 5 | 5 - | 5 5 61 | 3 3 1 2 3 |

哥啊 咧， 咦 着拉罗着

6 - | 6 1 65 | 5 - | 5. 65 | 5 - | 5 - | 5 - ‖

侬 唱 喂。

提示：此歌用广西壮族自治区河池市宜州区祥贝乡当地壮话演唱。

勒脚歌

1=C $\frac{2}{4}$

樊洁汶记谱

二十四行孝，礼道亦难分。

论卜灭之恩，勒十分欧记。

人娄恶拉本，欧奉承剖老。

二十四行孝，礼道亦难分。

硕千拥万摁，含又递纷纷。

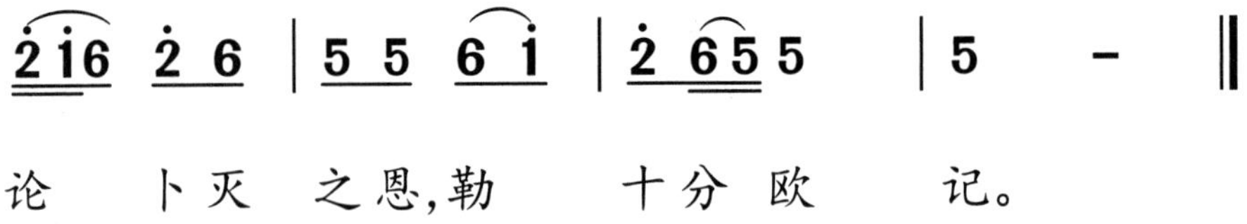

2 i6 2 6 | 5 5 6 i | 2 655 5 | 5 - ‖

论 卜灭 之恩,勒 十分 欧 记。

提示：此歌是用壮语音记录。

美丽奇景胜天堂

（覃益妹　覃艳芳演唱）

1＝C $\frac{2}{4}$　　　　樊洁汶记谱

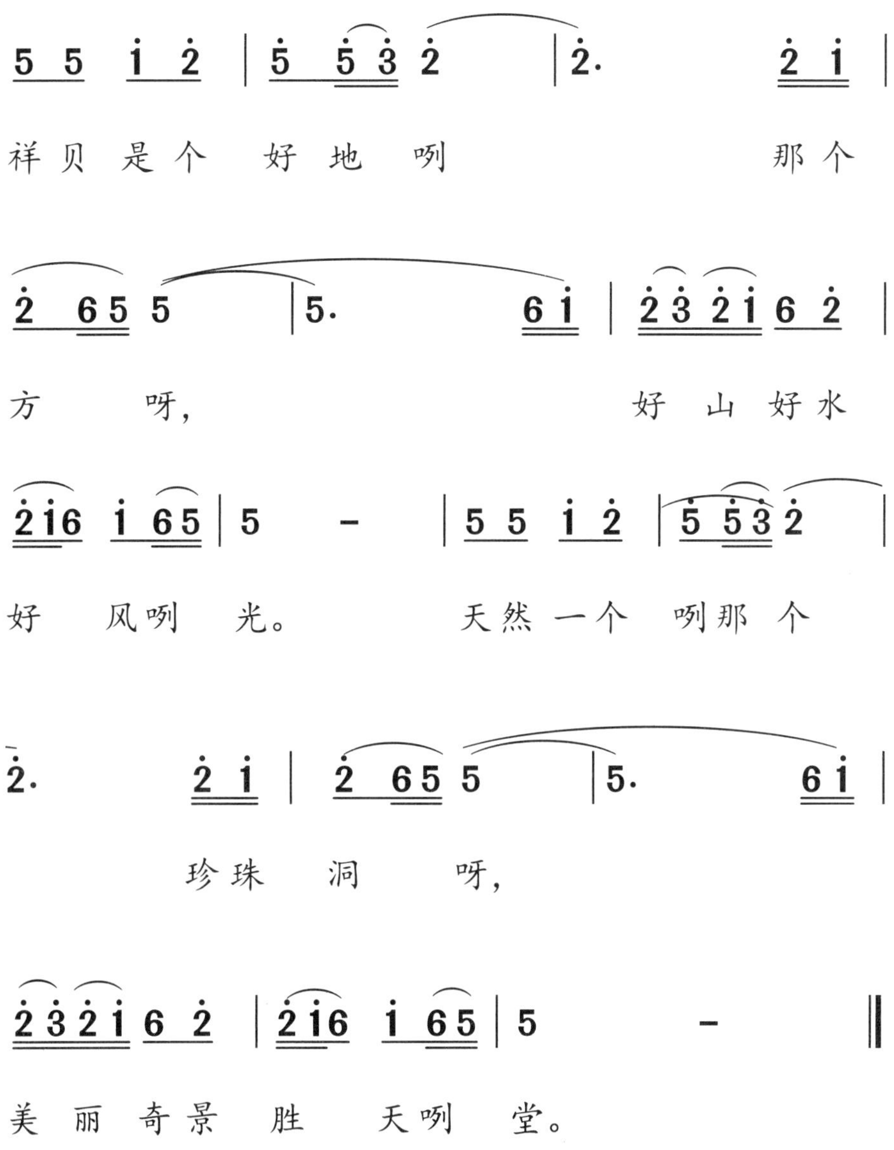

祥贝是个好地咧　那个

方　呀，　好山好水

好　风咧　光。　天然一个　咧那个

珍珠　洞　呀，

美　丽　奇景　胜　天咧　堂。

你讲唱歌就唱歌

（石昌林演唱）

1＝F 2/4

樊洁汶记谱

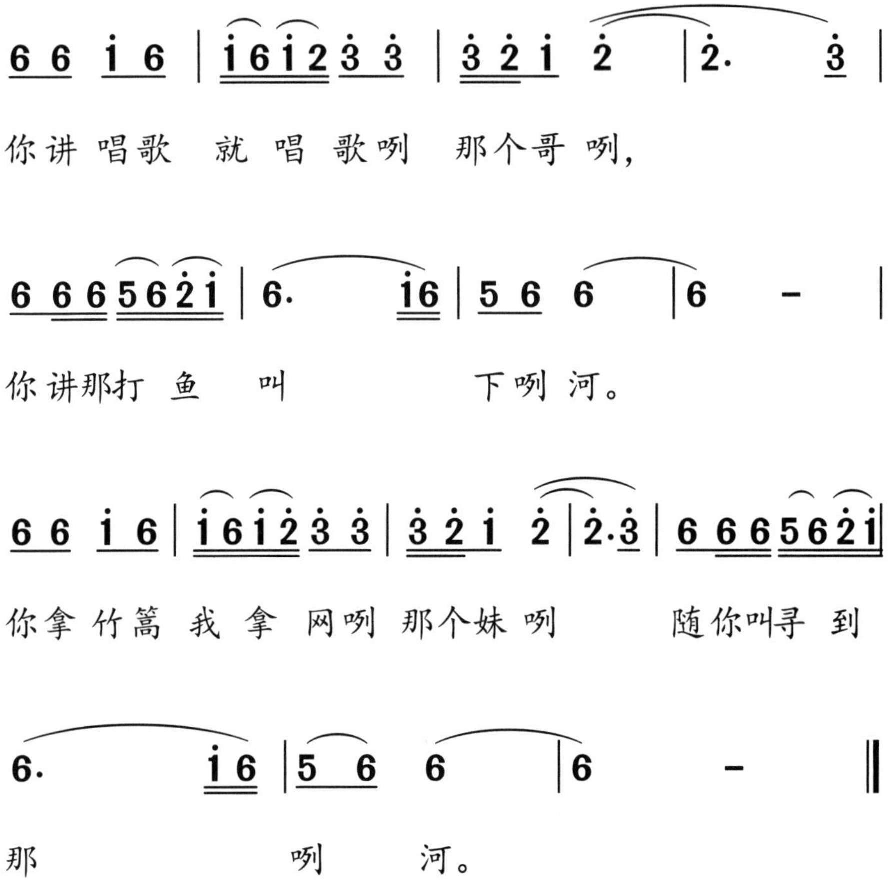

6 6 1 6 | 1 6 1 2 3 3 | 3 2 1 2 | 2· 3 |

你讲唱歌 就唱歌咧 那个哥咧，

6 6 6 5 6 2 1 | 6· 1 6 | 5 6 6 | 6 – |

你讲那打鱼 叫 下咧河。

6 6 1 6 | 1 6 1 2 3 3 | 3 2 1 2 | 2·3 | 6 6 6 5 6 2 1 |

你拿竹篙 我拿网咧 那个妹咧 随你叫寻到

6· 1 6 | 5 6 6 | 6 – ‖

那 咧 河。

提示：此歌为板龙调。

安马壮歌

（覃素兰　覃红梅演唱）

1=♭E $\frac{2}{4}$

樊洁汶记谱

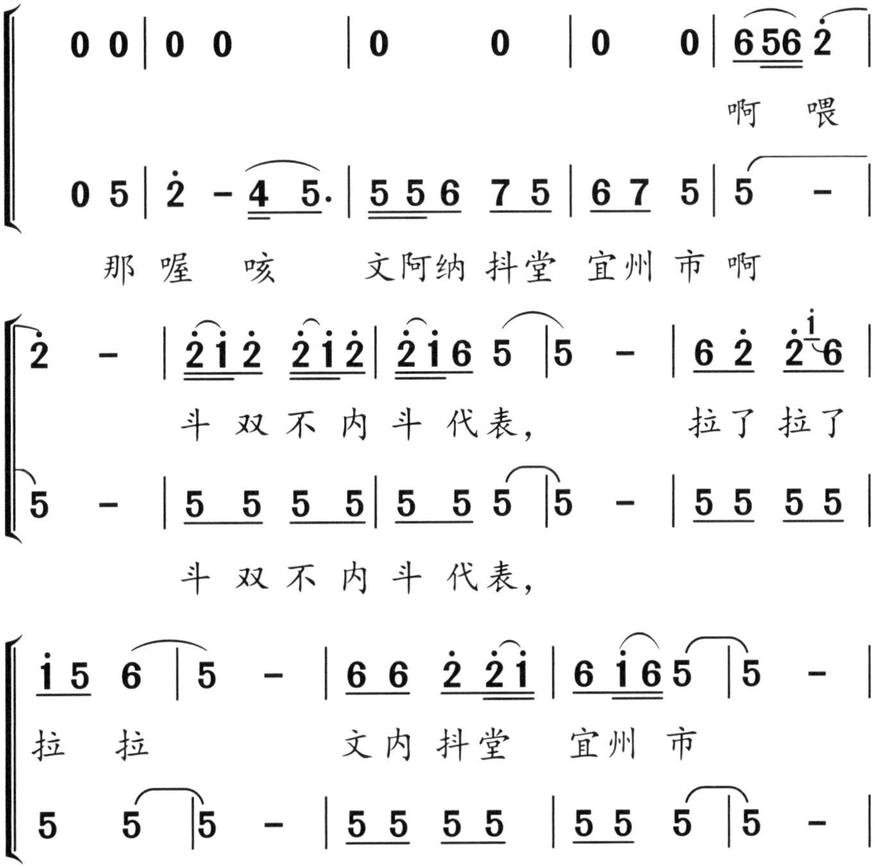

0 0 | 0 0 | 0 0 | 0 0 | 6 56 2̇ |

啊　喂

0 5 | 2̇ - 4 5. | 5 5 6 7 5 | 6 7 5 | 5 - |

那喔　咳　文阿纳抖堂　宜州市啊

2̇ - | 2̇ i 2̇ 2̇ i 2̇ | 2̇ i 6 5 | 5 - | 6 2̇ 2̇ 6 |

斗双不内斗代表，　拉了拉了

5 - | 5 5 5 5 | 5 5 5 | 5 - | 5 5 5 5 |

斗双不内斗代表，

i 5 6 | 5 - | 6 6 2̇ 2̇ i | 6 i 6 5 | 5 - |

拉　拉　文内抖堂　宜州市

5 5 | 5 - | 5 5 5 5 | 5 5 5 | 5 - |

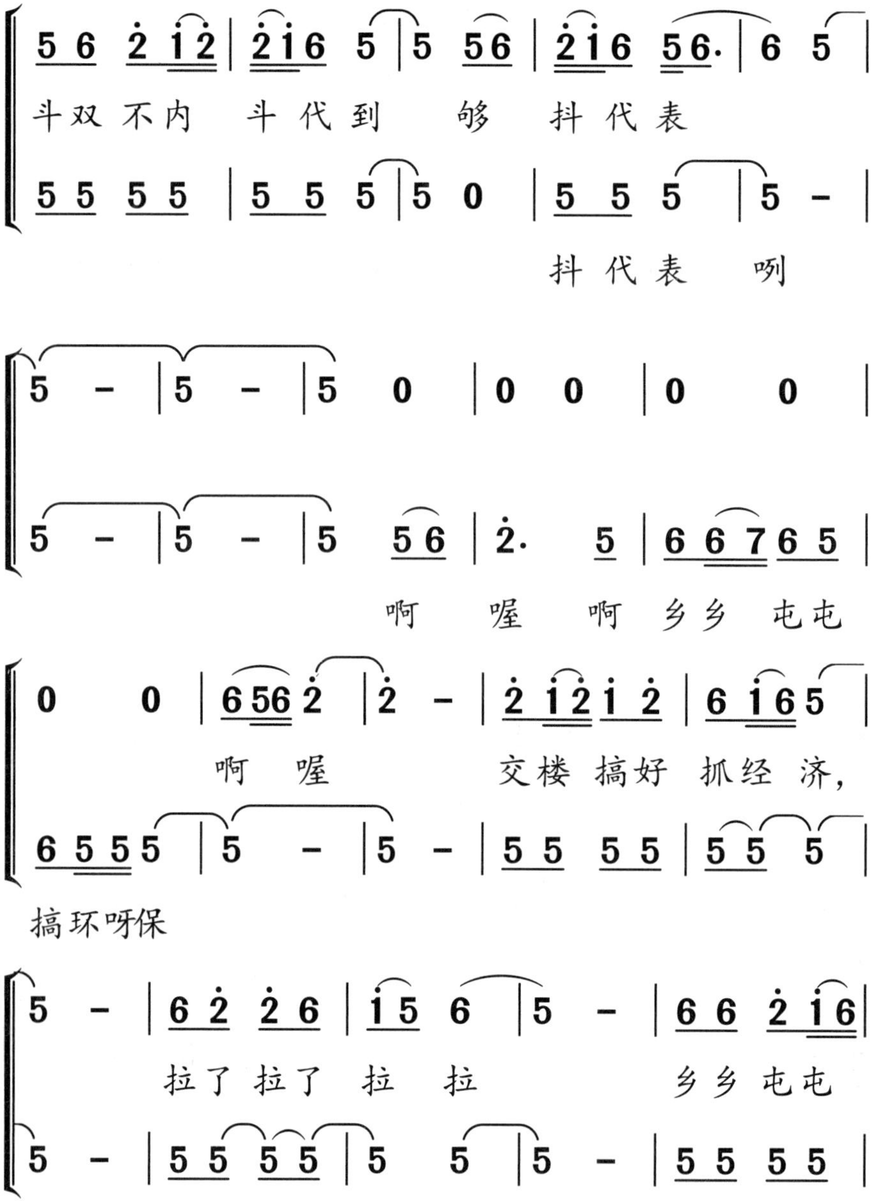

56 2 12 | 216 5 | 5 56 | 216 56. | 6 5 |
斗双不内 斗代到 够 抖代表
55 55 | 5 5 5 | 5 0 | 5 5 5 | 5 - |
抖代表 咧

5 - | 5 - | 5 0 | 0 0 | 0 0 |
5 - | 5 - | 5 56 | 2. 5 | 66765 |
啊 喔 啊 乡乡 屯屯

0 0 | 6562 | 2 - | 2 1212 | 6165 |
啊 喔 交楼 搞好 抓经 济，
6555 | 5 - | 5 - | 55 55 | 55 5 |
搞环呀保

5 - | 62 26 | 15 6 | 5 - | 66 216 |
拉了拉了 拉 拉 乡乡屯屯
5 - | 55 55 | 5 5 | 5 - | 55 55 |

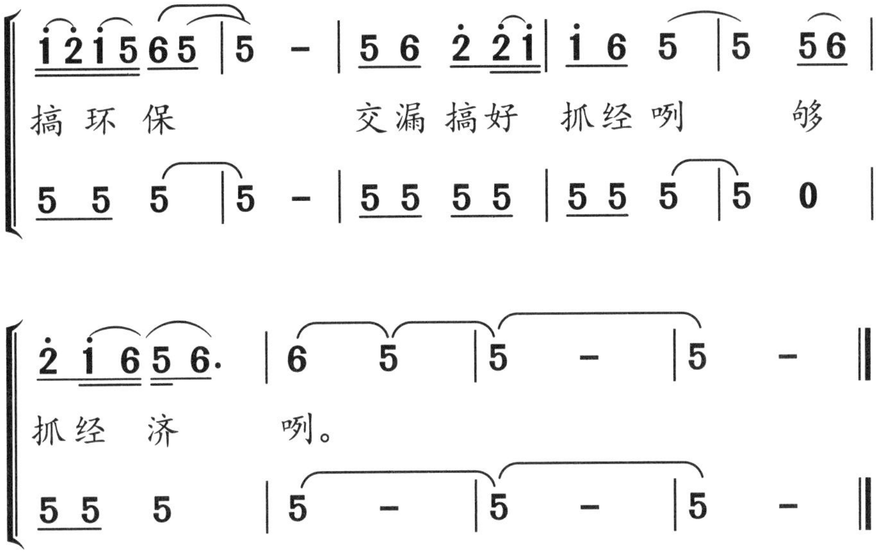

1 2 1 5 6 5 | 5 - | 5 6 2 2 1 | 1 6 5 | 5 5 6 |

搞 环 保　　交漏 搞好　抓经 咧　　够

5 5 5 | 5 - | 5 5 5 5 | 5 5 5 | 5 0 |

2 1 6 5 6. | 6 5 | 5 - | 5 - ‖

抓 经 济　　咧。

5 5 5 | 5 - | 5 - | 5 - ‖

提示：此歌是用壮语音记录。

安马二声部壮歌

（覃益妹　覃艳芳演唱）

1=♭E $\frac{2}{4}$　　　　　　　　樊洁汶记谱

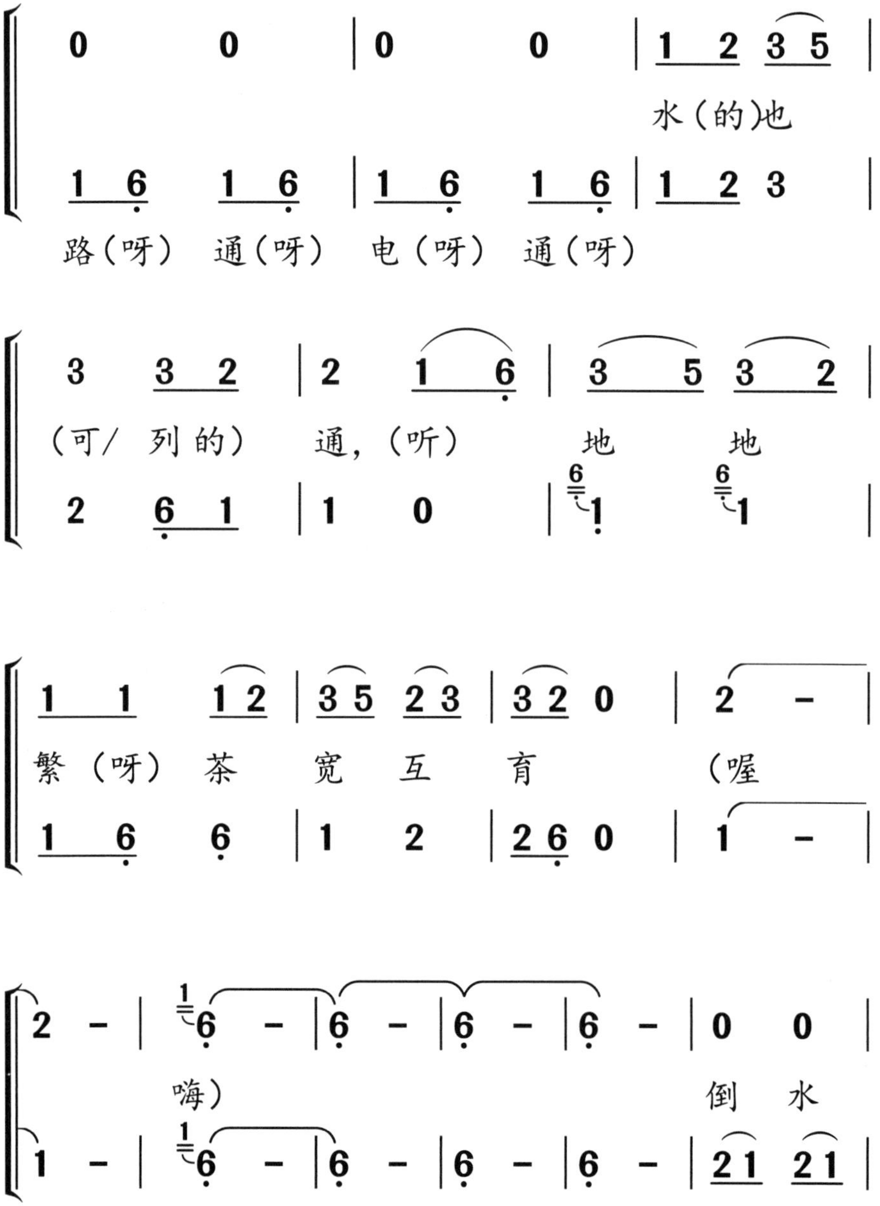

| 0　0 | 0　0 | 1 2 3 5 |
水（的）也
| 1 6 1 6 | 1 6 1 6 | 1 2 3 |
路（呀）通（呀）电（呀）通（呀）

| 3 3 2 | 2 1 6 | 3 5 3 2 |
（可/ 列 的） 通，（听） 地 地
| 2 6 1 | 1 0 | 1 1 |

| 1 1 1 2 | 3 5 2 3 | 3 2 0 | 2 – |
繁（呀）茶 宽 互 育 （喔
| 1 6 6 | 1 2 | 2 6 0 | 1 – |

| 2 – | 6 – | 6 – | 6 – | 6 – | 0 0 |
嗨） 倒 水
| 1 – | 6 – | 6 – | 6 – | 6 – | 2 1 2 1 |

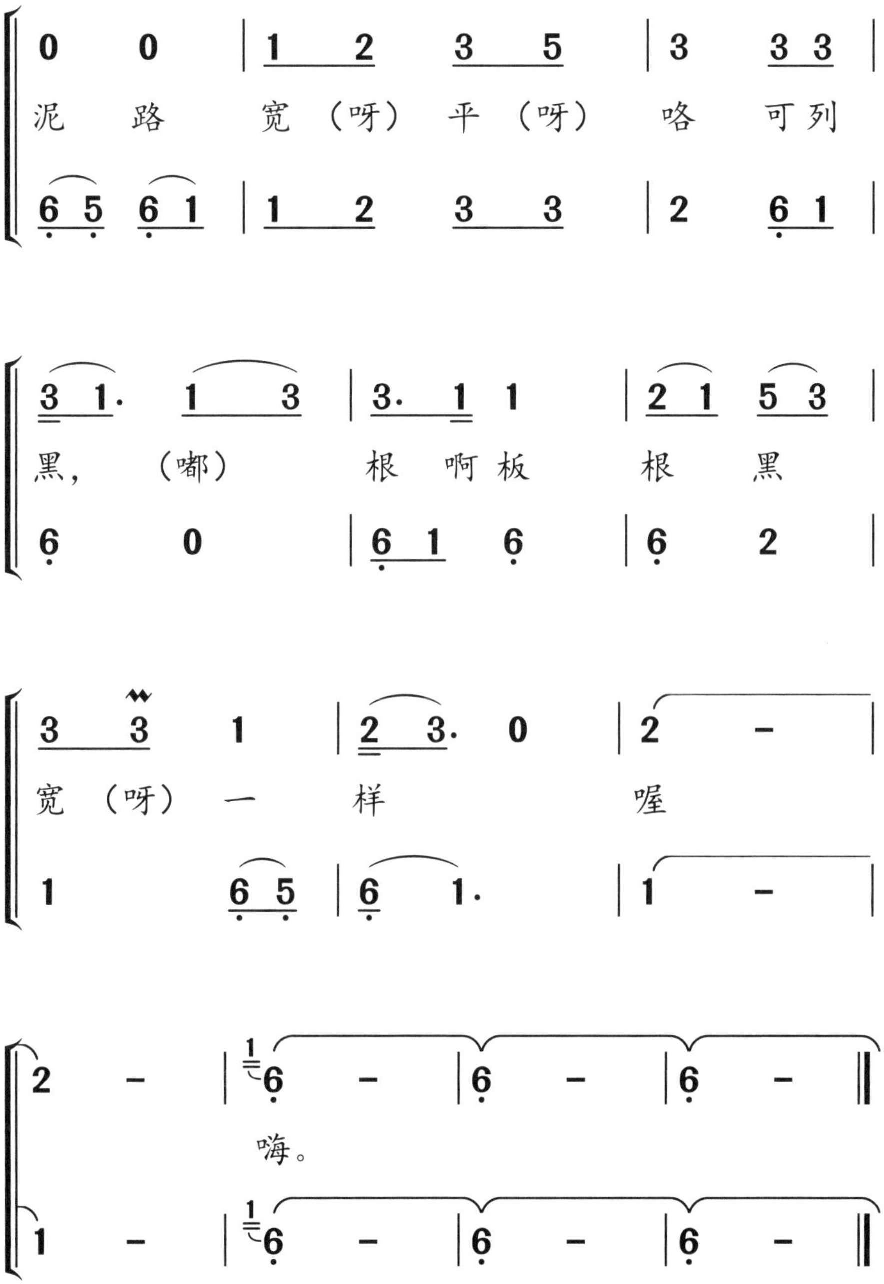

0 0 | 1 2 3 5 | 3 3 3 |
泥 路 宽（呀）平（呀） 咯 可列
6 5 6 1 | 1 2 3 3 | 2 6 1 |

3 1. 1 3 | 3. 1 1 | 2 1 5 3 |
黑，（嘟） 根 啊 板 根 黑
6 0 | 6 1 6 | 6 2 |

3 3 1 | 2 3. 0 | 2 – |
宽（呀）一 样 喔
1 6 5 | 6 1. | 1 – |

2 – | 6 – | 6 – | 6 – ‖
嗨。
1 – | 6 – | 6 – | 6 – ‖

安马二声部山歌

（覃素兰　覃红梅演唱）

1=♭E $\frac{2}{4}$ $\frac{3}{4}$　　　　樊洁汶记谱

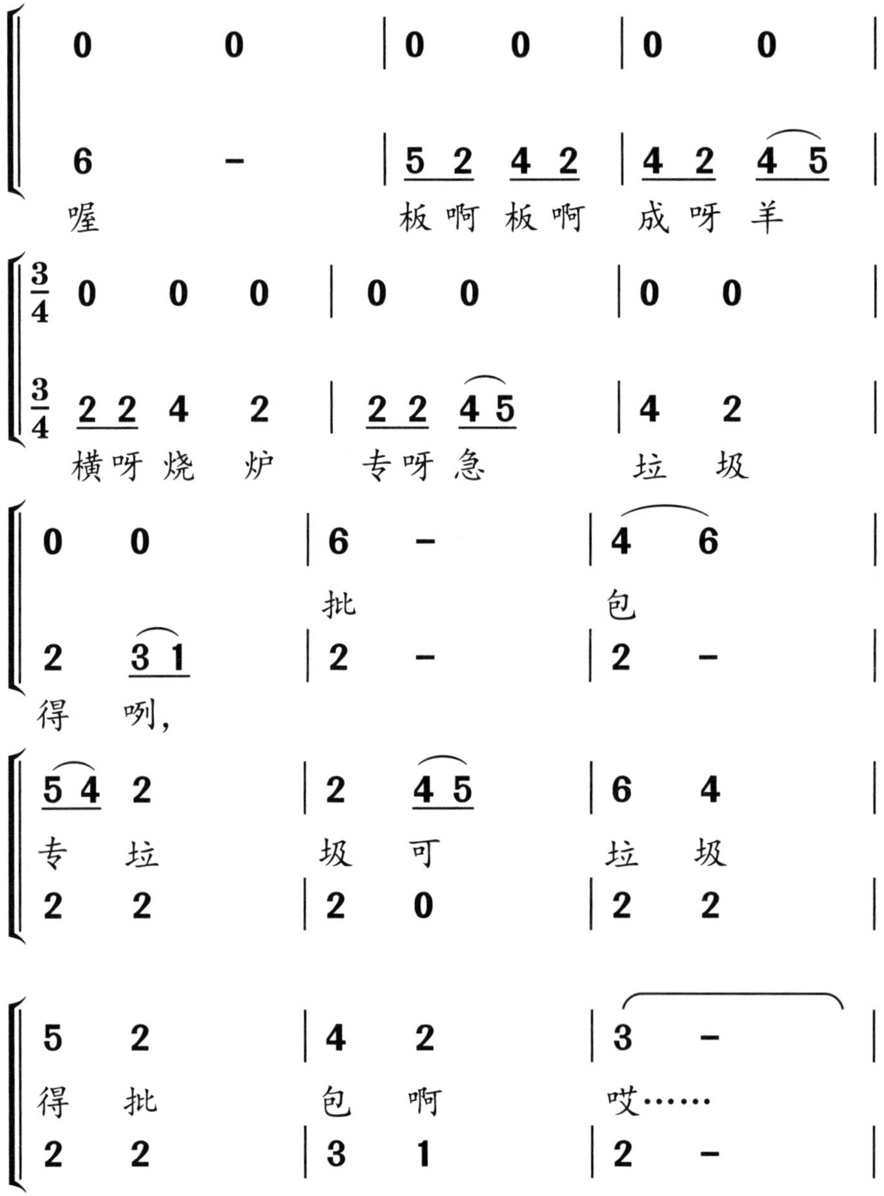

| 0　0 | 0　0 | 0　0 |
| 6　－ | 5 2　4 2 | 4 2　4 5 |
喔　　板啊板啊　成呀羊

| $\frac{3}{4}$ 0　0　0 | 0　0 | 0　0 |
| $\frac{3}{4}$ 2 2　4　2 | 2 2　4 5 | 4　2 |
横呀烧　炉　专呀急　垃　圾

| 0　0 | 6　－ | 4　6 |
批　包
| 2　3 1 | 2　－ | 2　－ |
得　咧，

| 5 4　2 | 2　4 5 | 6　4 |
专　垃　圾　可　垃　圾
| 2　2 | 2　0 | 2　2 |

| 5　2 | 4　2 | 3　－ |
得　批　包　啊　哎……
| 2　2 | 3　1 | 2　－ |

| 2 – | 2 – | 2 – | 0 0 | 0 0 |

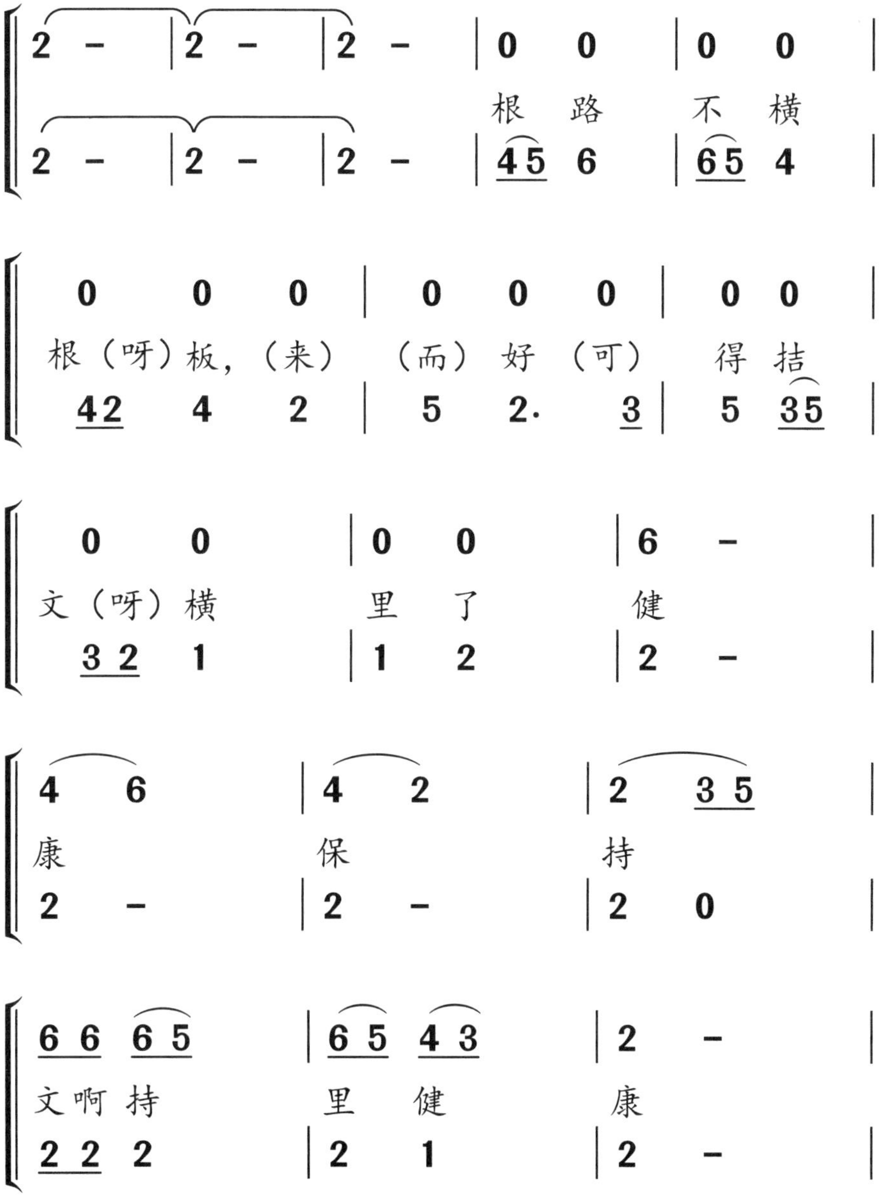

根 路 不 横

| 2 – | 2 – | 2 – | 45 6 | 65 4 |

| 0 0 0 | 0 0 0 | 0 0 |

根（呀）板，（来）（而）好（可）得拮

| 42 4 2 | 5 2· 3 | 5 35 |

| 0 0 | 0 0 | 6 – |

文（呀）横 里 了 健

| 32 1 | 1 2 | 2 – |

| 4 6 | 4 2 | 2 35 |

康 保 持

| 2 – | 2 – | 2 0 |

| 66 65 | 65 43 | 2 – |

文啊持 里 健 康

| 22 2 | 2 1 | 2 – |

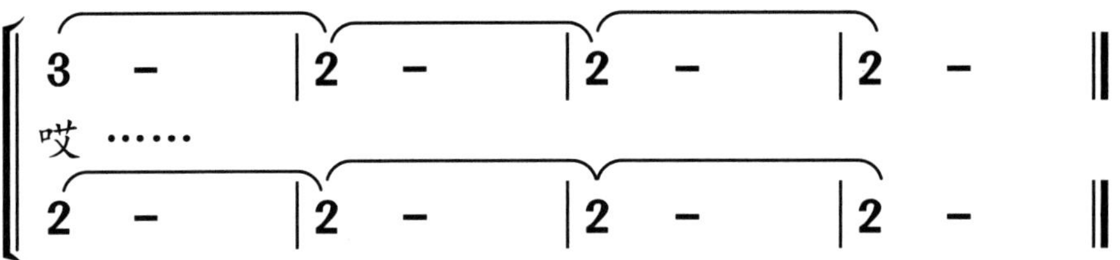

提示：此歌用广西壮族自治区河池市宜州区安马乡当地壮话演唱。

德胜壮歌

1=C 4/4

樊洁汶记谱
罗相巧填词

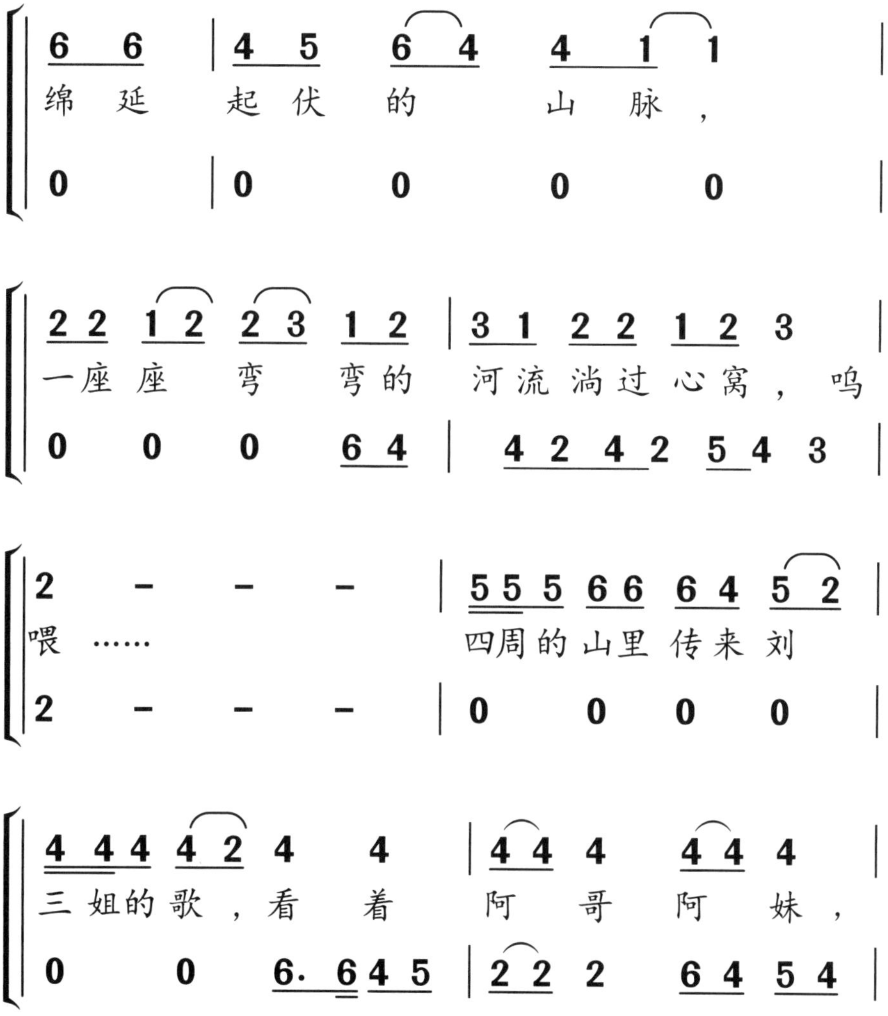

6 6 | 4 5 6 4 4 1 1 |
绵 延 起 伏 的 山 脉，
0 | 0 0 0 0 |

2 2 1 2 2 3 1 2 | 3 1 2 2 1 2 3 |
一座座 弯 弯的 河流淌过心窝，呜
0 0 0 6 4 | 4 2 4 2 5 4 3 |

2 – – – | 5 5 5 6 6 6 4 5 2 |
喂 …… 四周的山里传来刘
2 – – – | 0 0 0 0 |

4 4 4 4 2 4 4 | 4 4 4 4 4 4 |
三姐的歌，看 着 阿 哥 阿 妹，
0 0 6. 6 4 5 | 2 2 2 6 4 5 4 |

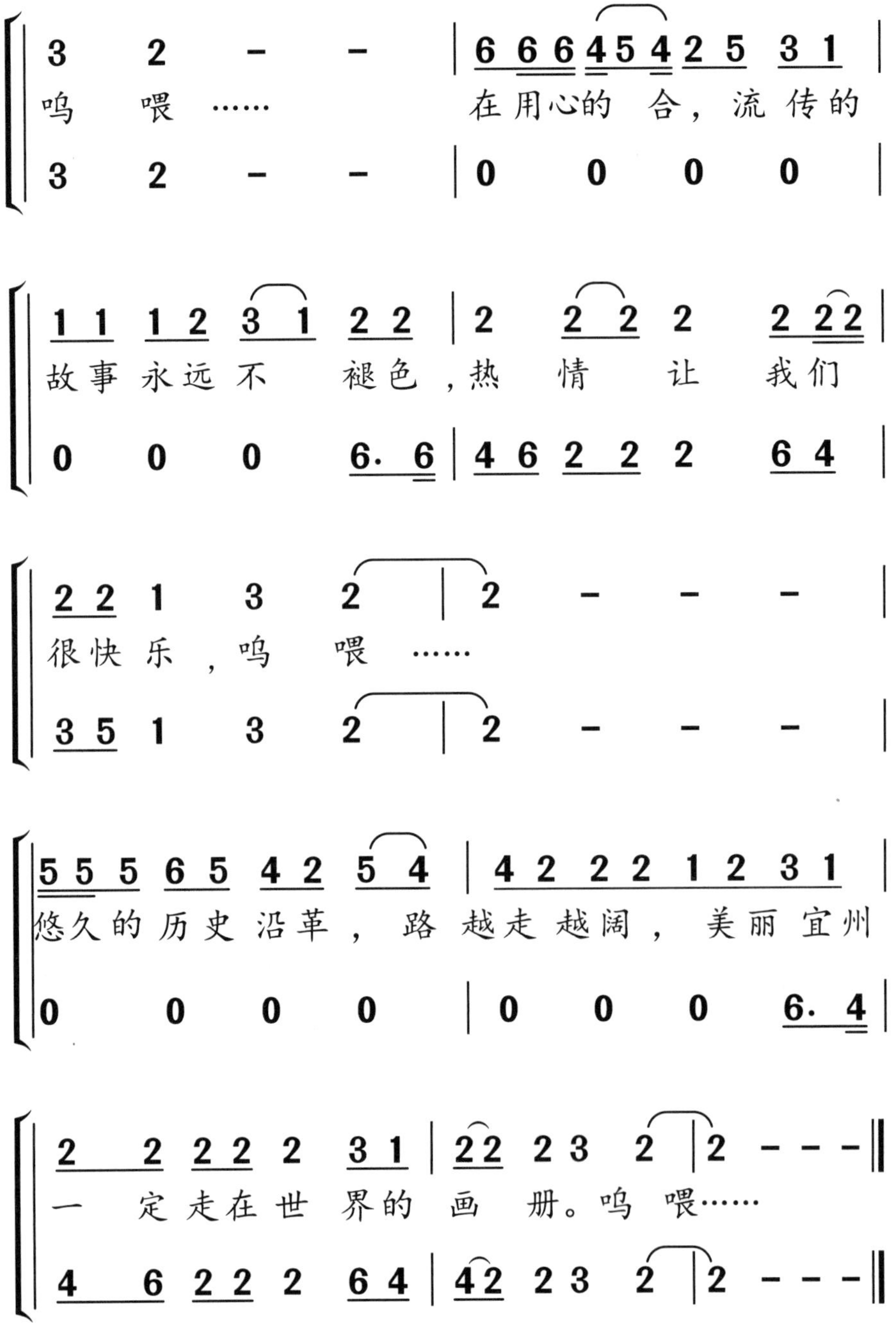

3 2 – – | 6 6 6 4 5 4 2 5 3 1 |
呜 喂 ……　在用心的合，流传的
3 2 – – | 0 0 0 0 |

1 1 1 2 3 1 2 2 | 2 2 2 2 2 2 2 |
故事永远不褪色，热情让我们
0 0 0 6. 6 | 4 6 2 2 2 6 4 |

2 2 1 3 2 | 2 – – – |
很快乐，呜喂 ……
3 5 1 3 2 | 2 – – – |

5 5 5 6 5 4 2 5 4 | 4 2 2 2 1 2 3 1 |
悠久的历史沿革，路越走越阔，美丽宜州
0 0 0 0 | 0 0 0 6. 4 |

2 2 2 2 2 3 1 | 2 2 2 3 2 | 2 – – – ‖
一定走在世界的画册。呜喂……
4 6 2 2 2 6 4 | 4 2 2 3 2 | 2 – – – ‖

德胜山歌

（陆仁亮演唱）

1=♭B $\frac{2}{4}$

樊洁汶记谱

罗相巧填词

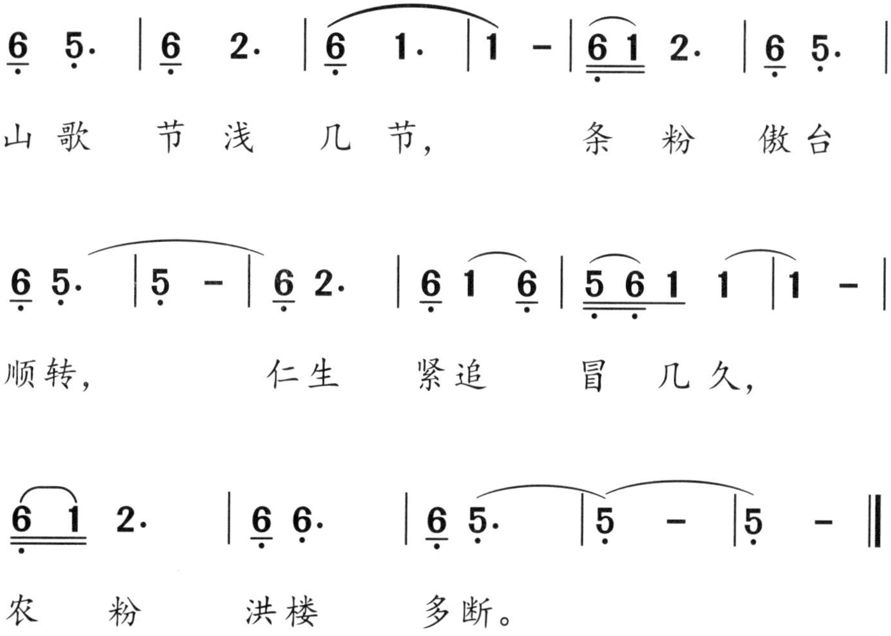

6 5· | 6 2· | 6 1· | 1 - | 6 1 2· | 6 5· |

山歌　节浅　几节，　　条粉　傲台

6 5· | 5 - | 6 2· | 6 1 6 | 5 6 1 1 | 1 - |

顺转，　　仁生　紧追　冒几久，

6 1 2· | 6 6· | 6 5· | 5 - | 5 - ‖

农粉　洪楼　多断。

提示：此歌歌词原是当地方言，现用汉字近音代替。

歌词大意：山歌暂唱几时，丢给后代流传，人生来世不几久，几分风流丢断。

嘎 亮

1=G $\frac{2}{4}$

杨兵妹 吴碰毅词
谢 梨 慧记谱

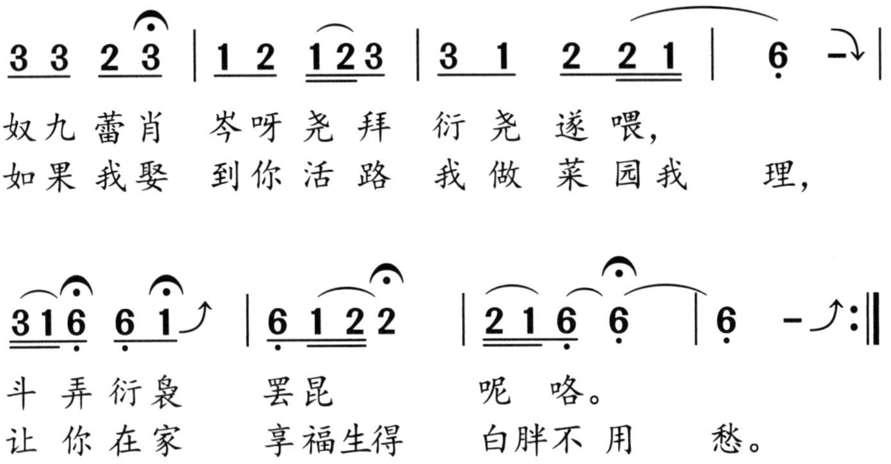

3 3 2 3 | 1 2 1 2 3 | 3 1 2 2 1 | 6 – |

奴九蕾肖 岑呀尧拜 衍尧遂喂，
如果我娶 到你活路 我做菜园我 理，

3 1 6 6 1 | 6 1 2 2 | 2 1 6 6 | 6 – :‖

斗弄衍臬 罢昆 呢 咯。
让你在家 享福生得 白胖不用 愁。

提示：此歌是用侗语音记录。

打肩号子

1=C $\frac{2}{4}$

河池民歌

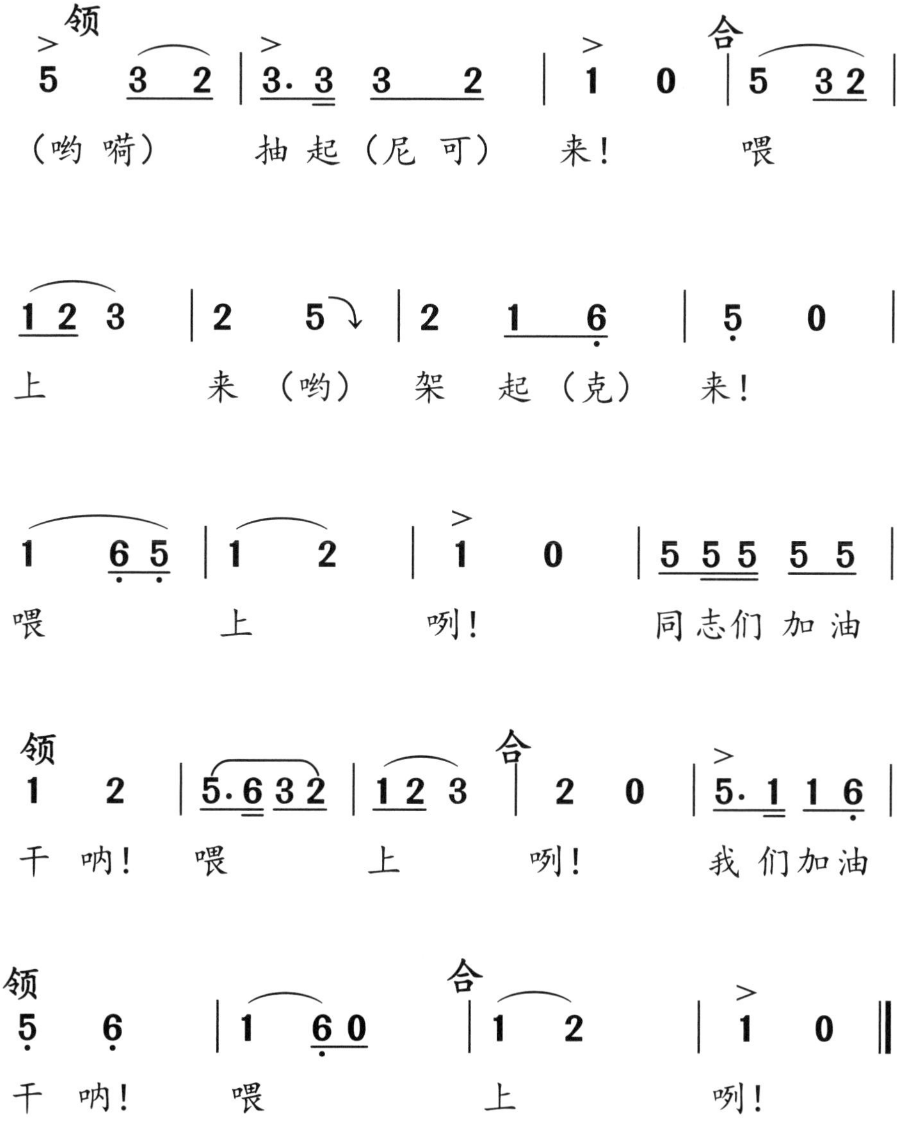

燕子垒窝在屋檐

（欢）

1=G $\frac{2}{4}$ $\frac{3}{4}$

河池民歌

6 6 6 5 | 6 6 2 | 5 5 5 3 | 3 2 3 |

燕子垒窝 屋檐 下，弯嘴朝下 操官 话，

3 2 3 2 | 2 2 2 3 2 | 2 2 2 3 |

我你结交 有（啊）良缘， 是真是假

#1 1 2 - | 3 #1 1 1 | 2 2 #1 | 3 2 2 2 |

全由妹， 今日成对 在人间，结伴长久

3 2 1 | 3 1 1 1 | 2 2 2 | 2 1 1 1 | 1 1 2 - ‖

方宿愿，莫要中途 便折枝，让妹如何 去处世。

我俩愿死愿离

（比. 啦柳啦）

1=C $\frac{2}{4}$

河池民歌

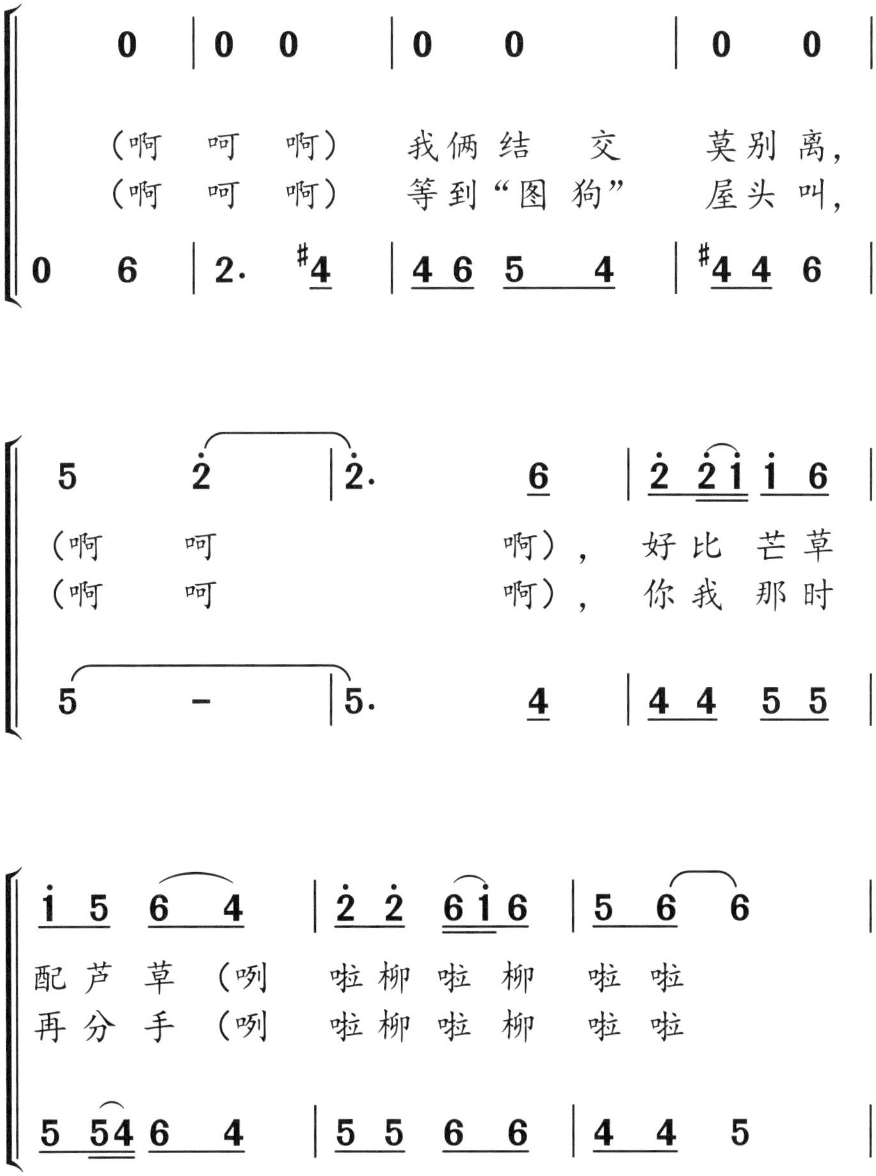

0	0 0	0 0	0 0
（啊	呵 啊）	我俩结 交	莫别离，
（啊	呵 啊）	等到“图 狗”	屋头叫，
0 6	2. #4	4 6 5 4	#4 4 6

5 2̇	2̇. 6	2̇ 2̇1̇ 1̇ 6
（啊 呵	啊），	好比 芒草
（啊 呵	啊），	你我 那时
5 -	5. 4	4 4 5 5

1̇ 5 6 4	2̇ 2̇ 6 1̇ 6	5 6 6
配 芦 草 （咧	啦 柳 啦 柳	啦 啦
再 分 手 （咧	啦 柳 啦 柳	啦 啦
5 54 6 4	5 5 6 6	4 4 5

| 5 – | 4 4 6 6 | 6 2̇ 2̇ i̇ 6 | 4 4 5 5 |

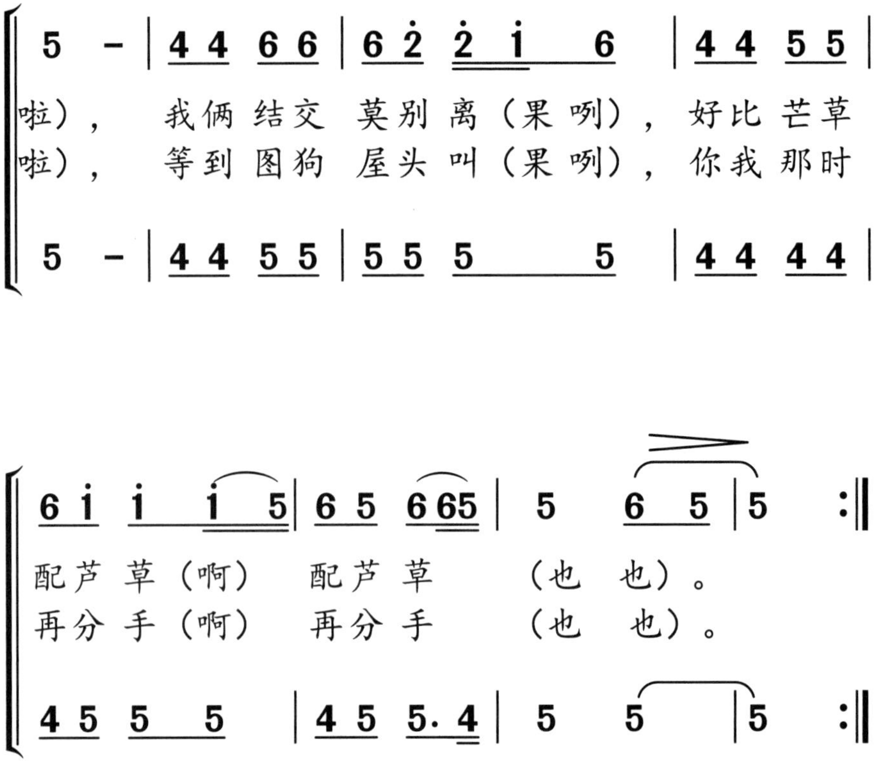

啦），　我俩结交　莫别离（果咧），好比芒草
啦），　等到图狗　屋头叫（果咧），你我那时

| 5 – | 4 4 5 5 | 5 5 5 5 | 4 4 4 4 |

| 6 i̇ i̇ i̇ 5 | 6 5 6 65 | 5 6 5 | 5 :‖

配芦草（啊）　配芦草　　（也　也）。
再分手（啊）　再分手　　（也　也）。

| 4 5 5 5 | 4 5 5· 4 | 5 5 | 5 :‖

注：“图狗”为方言，意为猫头鹰。

歌城美誉天下传

1=D $\frac{2}{4}\frac{4}{4}\frac{5}{4}$

宜州山歌
樊洁汶记谱

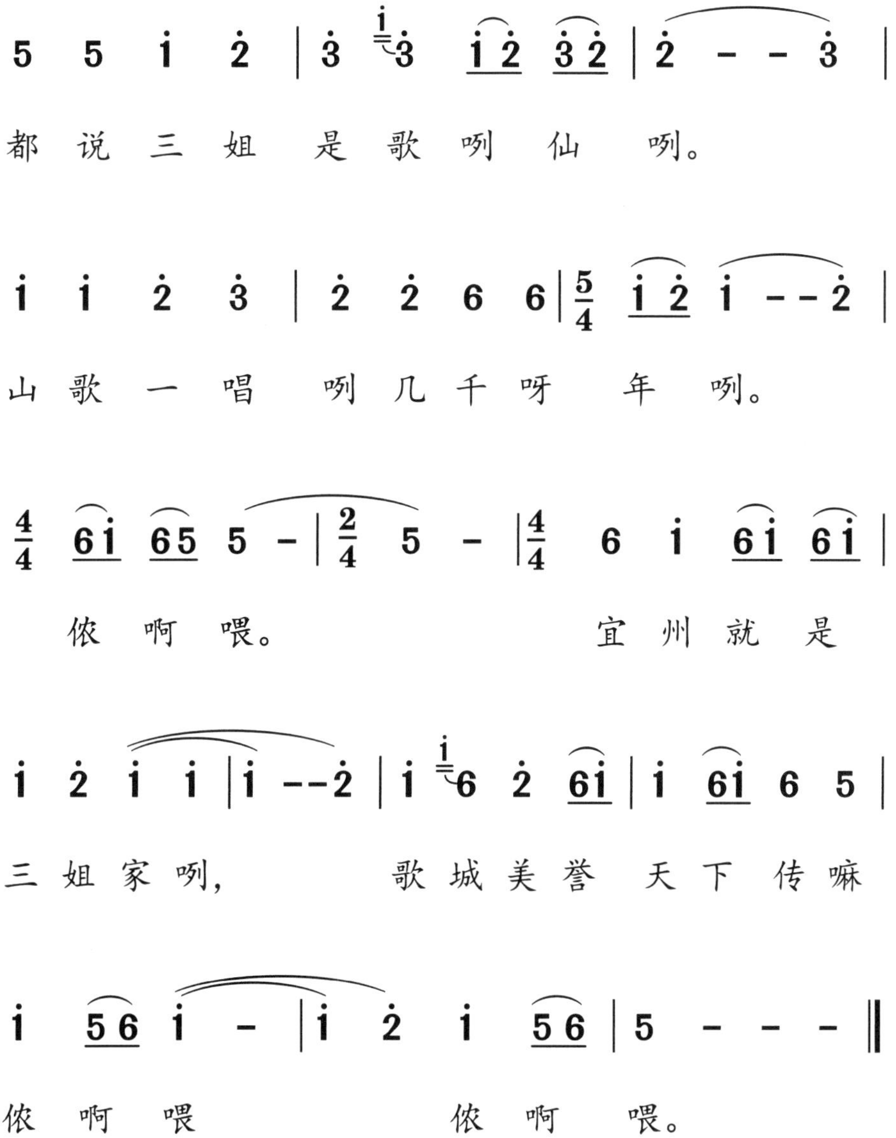

都说三姐是歌咧仙咧。

山歌一唱咧几千呀年咧。

侬啊喂。宜州就是

三姐家咧，歌城美誉天下传嘛

侬啊喂侬啊喂。

改革开放换新颜

1＝C $\frac{3}{4}$ $\frac{4}{4}$

宜州山歌

莫详合记谱

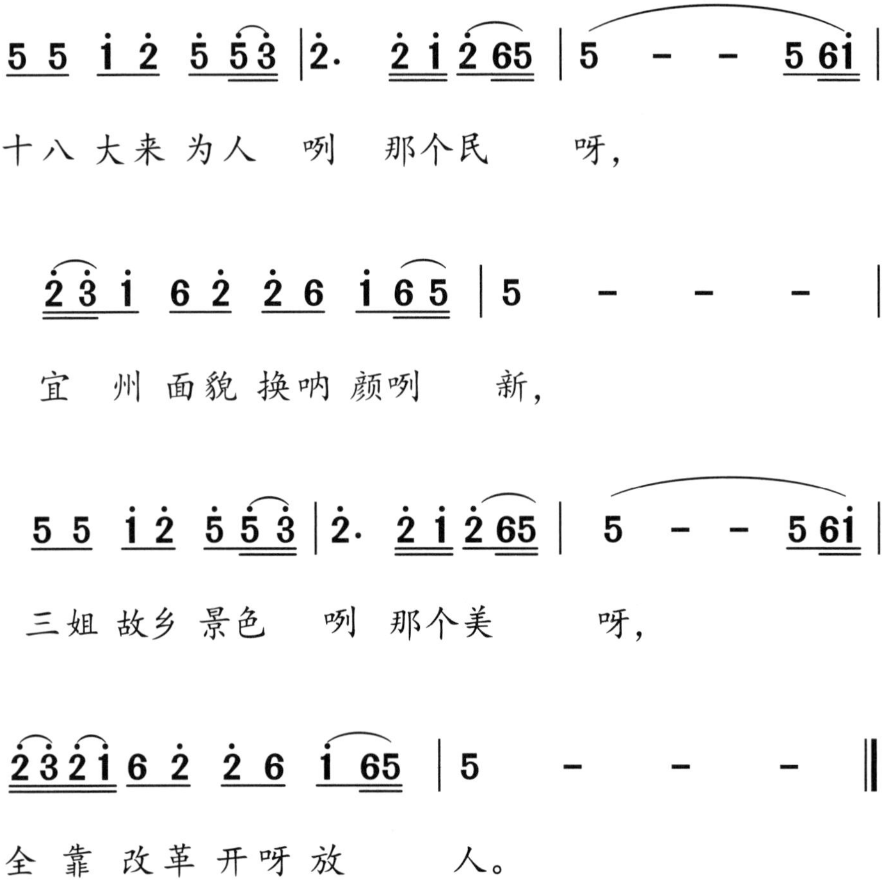

5 5 i̇ 2̇ 5̇ 5̇3̇ | 2̇· 2̇ i̇ 2̇ 65 | 5 – – 5 6i̇ |

十八大来为人 咧 那个民 呀，

2̇3̇ i̇ 6 2̇ 2̇ 6 i̇ 6 5 | 5 – – – |

宜 州 面貌 换呐 颜咧 新，

5 5 i̇ 2̇ 5̇ 5̇3̇ | 2̇· 2̇ i̇ 2̇ 65 | 5 – – 5 6i̇ |

三姐 故乡 景色 咧 那个美 呀，

2̇3̇2̇i̇ 6 2̇ 2̇ 6 i̇ 65 | 5 – – – ‖

全 靠 改革 开呀 放 人。

新春壮乡喜连连

1=C $\frac{2}{4}$ $\frac{5}{4}$

宜 州 山 歌
莫详合记谱

5 5 1̇ 2̇ | 3̇ 2̇3̇ 2̇ 2̇ | 3̇ 2̇3̇ 2̇ 2̇ |

新 春 壮 乡 喜 连 连 咧，宜 州 人 民

2̇1̇6 1̇2̇1̇ | 2̇ 2̇ 2̇ 1̇ 5 5 2̇ 1̇ |

舞 翩 千 咧。唰 啦 啦 的 杨 柳

1̇ 1̇ 1̇ 6 5 - - - | 5 5 1̇ 2̇ |

哗 啦啦 的 山水， 我 们 怀 远

3̇ 2̇3̇ 2̇ 2̇ | 3̇ 2̇3̇ 2̇ 2̇ | 2̇1̇6 1̇2̇1̇ |

新 歌 手 啊，三 姐 小 牛 来 拜 年 咧，

2̇ 2̇ 2̇ 1̇ 5 6 2̇ 1̇ | 1̇ 1̇ 1̇ 6 5 - - - ‖

唰 啦 啦 的 杨 柳 哗 啦 啦 的 山 水。

登台赛歌

1=C 2/4 4/4 5/4

宜州山歌
莫详合记谱

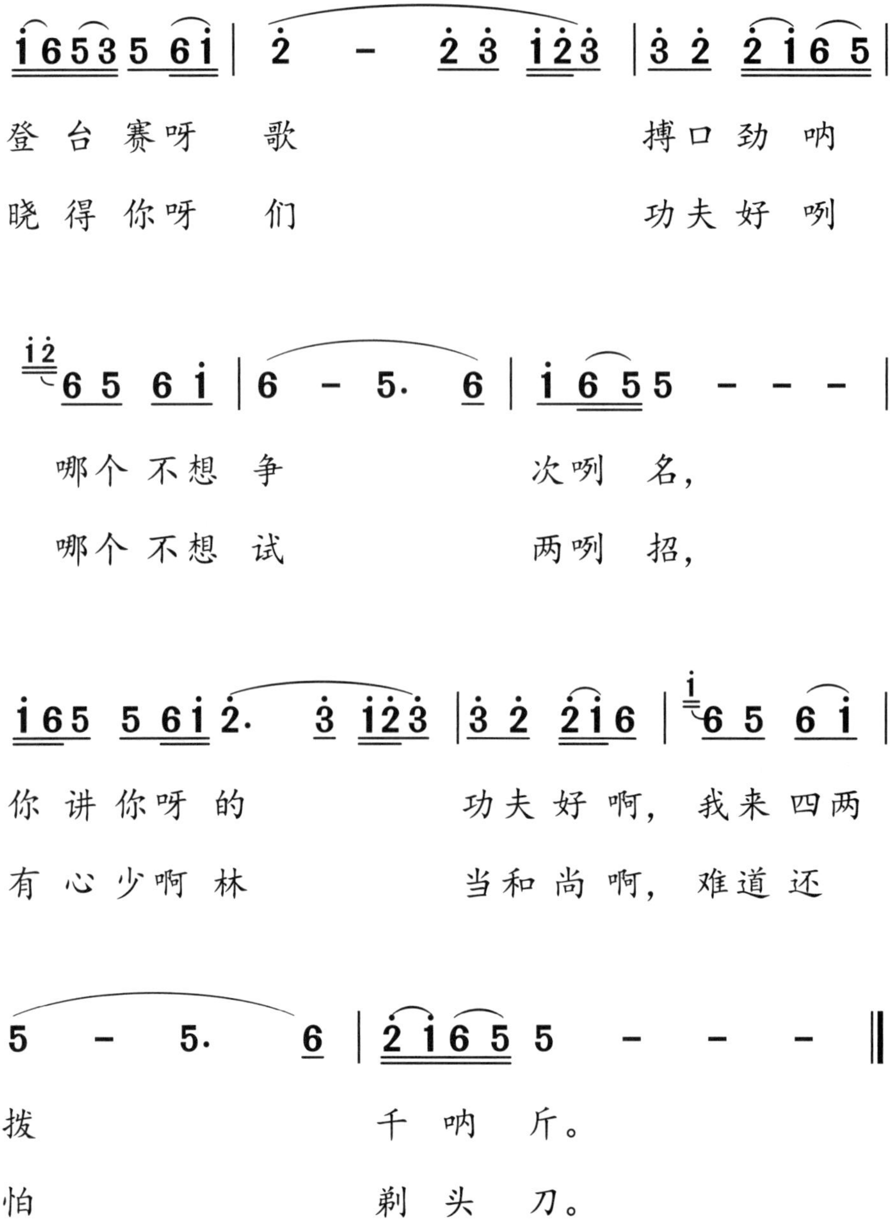

登台赛呀歌 搏口劲呐
晓得你呀们 功夫好咧

哪个不想争 次咧名，
哪个不想试 两咧招，

你讲你呀的 功夫好啊，我来四两
有心少啊林 当和尚啊，难道还

拨 千呐斤。
怕 剃头刀。

敬酒歌

$1={}^{\flat}A\ \frac{2}{4}$

宜州山歌

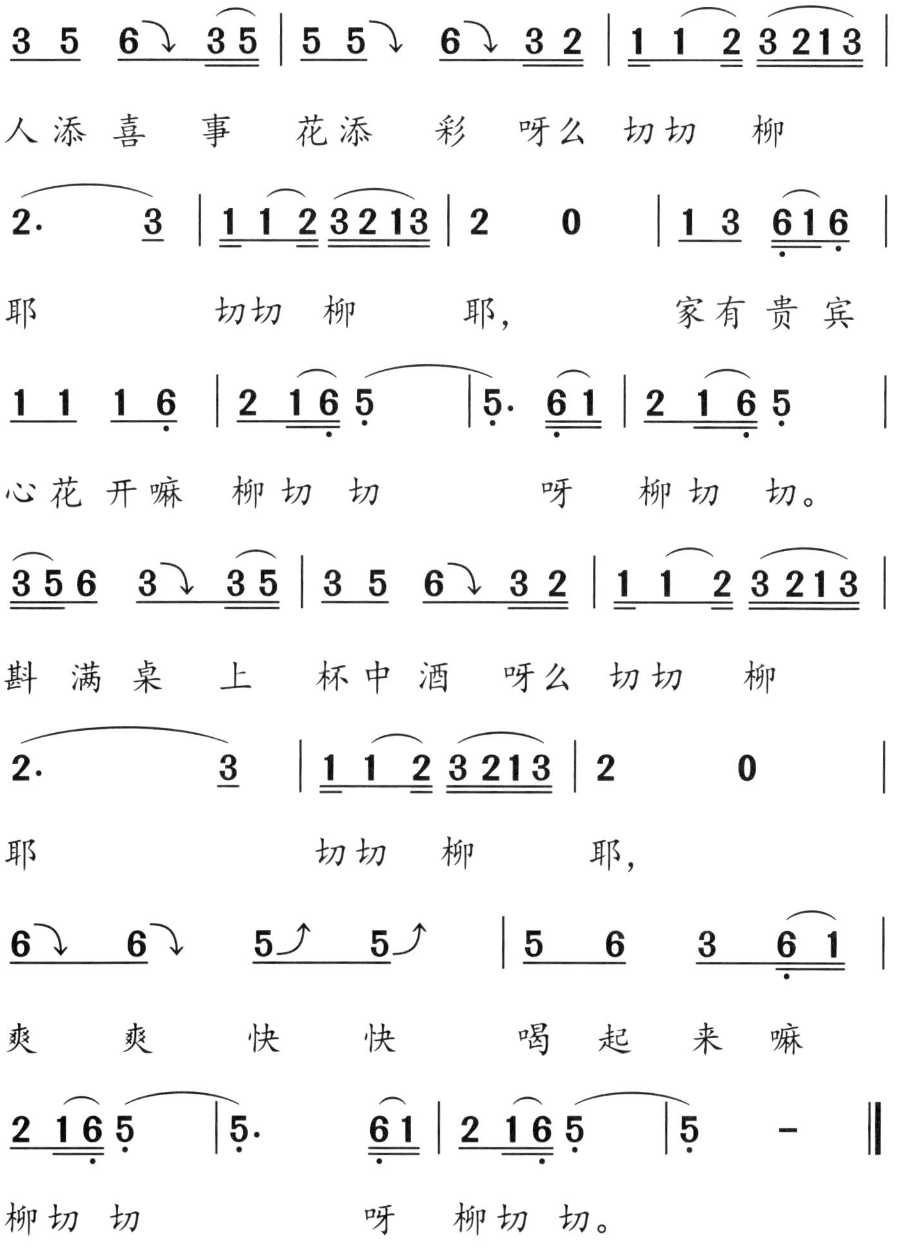

3 5 6 3 5 | 5 5 6 3 2 | 1 1 2 3 2 1 3 |

人添喜事花添彩呀么切切柳

2· 3 | 1 1 2 3 2 1 3 | 2 0 | 1 3 6 1 6 |

耶 切切柳 耶， 家有贵宾

1 1 1 6 | 2 1 6 5 | 5· 6 1 | 2 1 6 5 |

心花开嘛 柳切切 呀 柳切切。

3 5 6 3 3 5 | 3 5 6 3 2 | 1 1 2 3 2 1 3 |

斟满桌上杯中酒呀么切切柳

2· 3 | 1 1 2 3 2 1 3 | 2 0 |

耶 切切柳 耶，

6 6 5 5 | 5 6 3 6 1 |

爽爽快快喝起来嘛

2 1 6 5 | 5· 6 1 | 2 1 6 5 | 5 - ‖

柳切切 呀 柳切切。

客人来了唱山歌

（迎客歌）

1=♭E $\frac{3}{4}$

宜州山歌

6 2̇ 1̇2̇ | 6 5 5 | 6 (1̇ 61̇) |

三 姐 那个 故 乡 呀 山 歌

金 鸡 那个 飞 出 呀 茅 草

门 前 那个 喜 鹊 呀 叫 不

(2̇3̇) 2̇ - | 1̇ 2̇ 1̇2̇ |

多 咧， 家 家 那 个

岭 咧， 画 眉 那 个

停 咧， 今 天 那 个

6 5 5 | 6 (2̇ 1̇6) | 5 5 - |

都 有 呀 三 五 箩 咧。

呀 飞 出 金 竹 林 咧。

家 里 呀 来 贵 宾 咧。

6 2̇ 1̇2̇ | 6 5 5 | 6 1̇ 61̇ |

当 年 那个 三 姐 呀 交 代
贵 客 那个 来 到 呀 宜 州
我 今 那个 捧 出 呀 红 兰

2̇1̇ 6 - | 1̇ 2̇ 1̇2̇ | 6 5 5 |

过 咧， 客 人 那个 来 了 呀
要 咧， 同 唱 那个 山 歌 呀
酒 咧， 还 唱 那个 山 歌 呀

6 2̇ 1̇6 | 5 5 - ‖

唱 山 歌 咧。
来 欢 迎 咧。
来 欢 迎 咧。

姐妹难离分

（哭嫁歌）

1=C $\frac{2}{4}$

宜州山歌

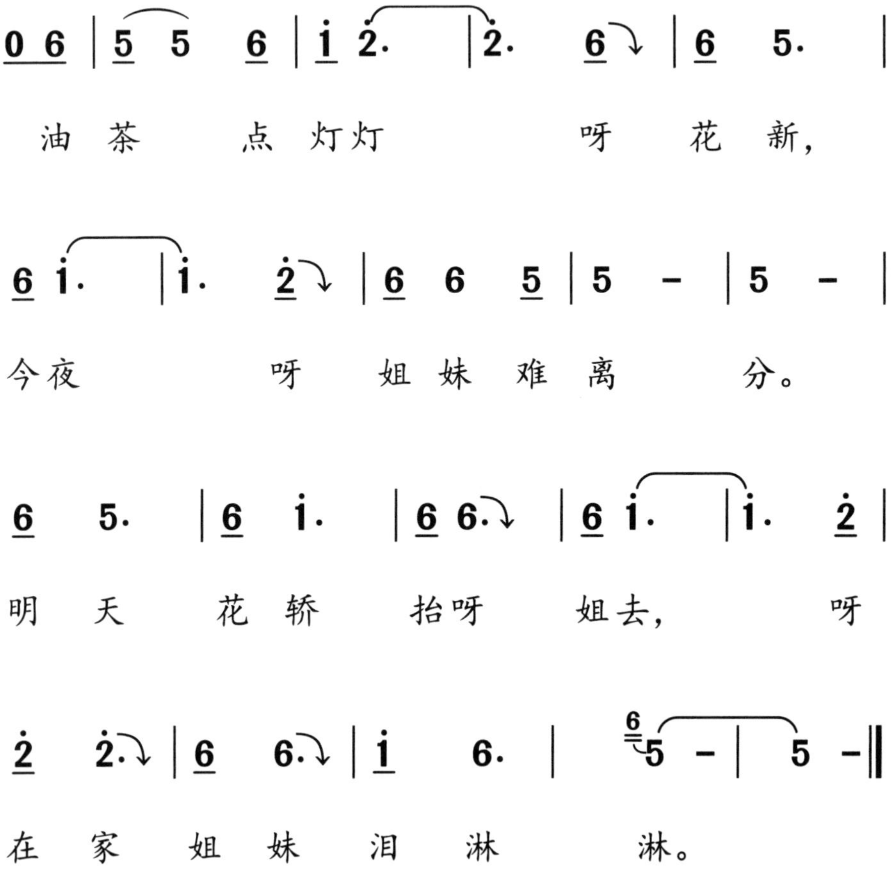

油 茶 点 灯灯 呀 花 新，

今夜 呀 姐 妹 难 离 分。

明 天 花 轿 抬呀 姐去， 呀

在 家 姐 妹 泪 淋 淋。

壮乡——我的家

武鸣山歌
黄绍武词
刘海珍曲

1=F $\frac{4}{4}$

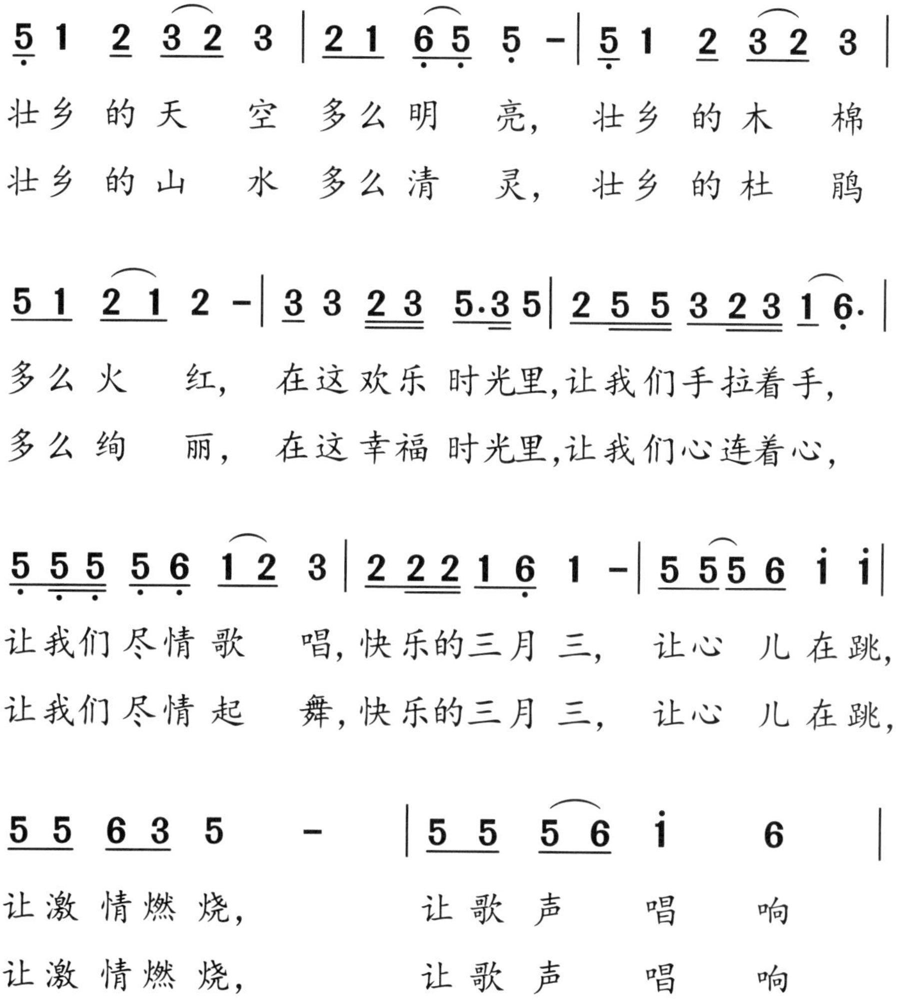

5 1 2 3 2 3 | 2 1 6 5 5 - | 5 1 2 3 2 3 |

壮乡 的天 空 多么明 亮，壮乡 的木 棉

壮乡 的山 水 多么清 灵，壮乡 的杜 鹃

5 1 2 1 2 - | 3 3 2 3 5·3 5 | 2 5 5 3 2 3 1 6· |

多么火 红， 在这欢乐 时光里，让我们手拉着手，

多么绚 丽， 在这幸福 时光里，让我们心连着心，

5 5 5 5 6 1 2 3 | 2 2 2 1 6 1 - | 5 5 5 6 1̇ 1̇ |

让我们尽情 歌 唱，快乐的三月 三， 让心 儿 在 跳，

让我们尽情 起 舞，快乐的三月 三， 让心 儿 在 跳，

5 5 6 3 5 - | 5 5 5 6 1̇ 6 |

让激 情燃 烧， 让 歌 声 唱 响

让激 情燃 烧， 让 歌 声 唱 响

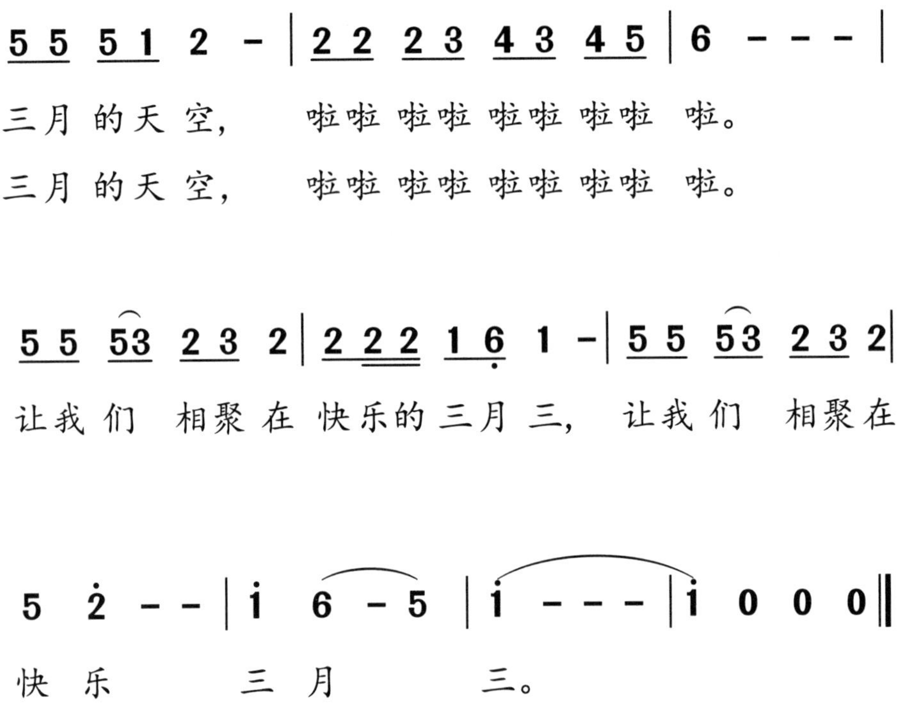

5 5 5 1 2 - | 2 2 2 3 4 3 4 5 | 6 - - - |

三月 的天 空，　啦啦 啦啦 啦啦 啦啦 啦。

三月 的天 空，　啦啦 啦啦 啦啦 啦啦 啦。

5 5 53 2 3 2 | 2 2 2 1 6̣ 1 - | 5 5 53 2 3 2 |

让我们 相聚在 快乐的三月三，让我们 相聚在

5 2̇ - - | 1̇ 6 - 5 | 1̇ - - - | 1̇ 0 0 0 ‖

快 乐 三 月 三。

迎客歌

1=D $\frac{4}{4}$

隆林山歌
韦永星词曲

1 6 | 2 - - - |

欢 迎 咧
欢 迎 咧

2 1 6 5 6 1 6 5 3 2 | 2 3 5 6 1 2 1 6 5 6 |

家酿 米酒 等您 来，香喷 米酒 等您 喝。
坑上 腊肉 迎接 您，壮家 饭菜 等您 尝。

1 6 5 5 - - | 1 5 5 6 1 2 - |

朋友 咧，酒杯相 碰，
朋友 咧，门上辣椒 串，

6 2 1 65 6 - | 5 6 1 6 1 2 3 3· 1 |

情 义 在，山 歌 一 曲 为 你 唱。
红 火 情，壮 家 舞 蹈 为 你 跳。

6 2 1 65 6 1 6 5 | 5 - - - ‖

为 你 唱（比 侬 咧）。
为 你 跳（比 侬 咧）。

布洛陀歌

（布洛陀）

1＝F $\frac{2}{4}$

东兰民歌

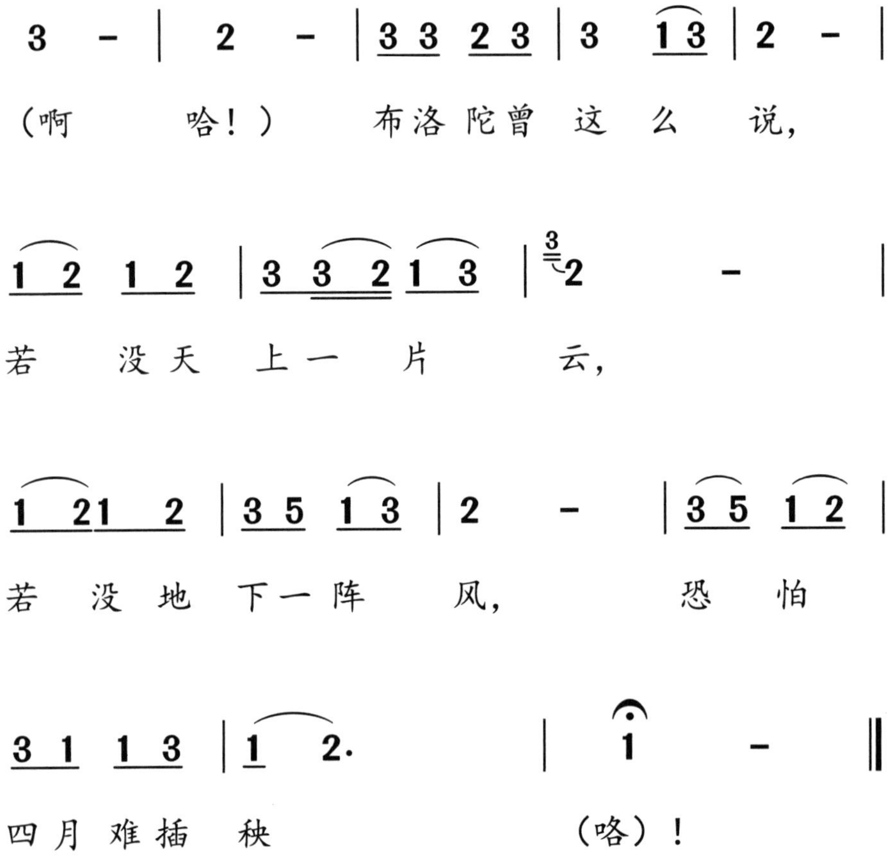

3 － | 2 － | 3 3 2 3 | 3 1 3 | 2 － |

（啊　哈！）布洛陀曾这么说，

1 2 1 2 | 3 3 2 1 3 | 2 － |

若没天上一片云，

1 2 1 2 | 3 5 1 3 | 2 － | 3 5 1 2 |

若没地下一阵风，恐怕

3 1 1 3 | 1 2. | 1 － ‖

四月难插秧（咯）！

右江老苏区

$1={}^{\flat}B$ $\frac{6}{8}$

巴马民歌

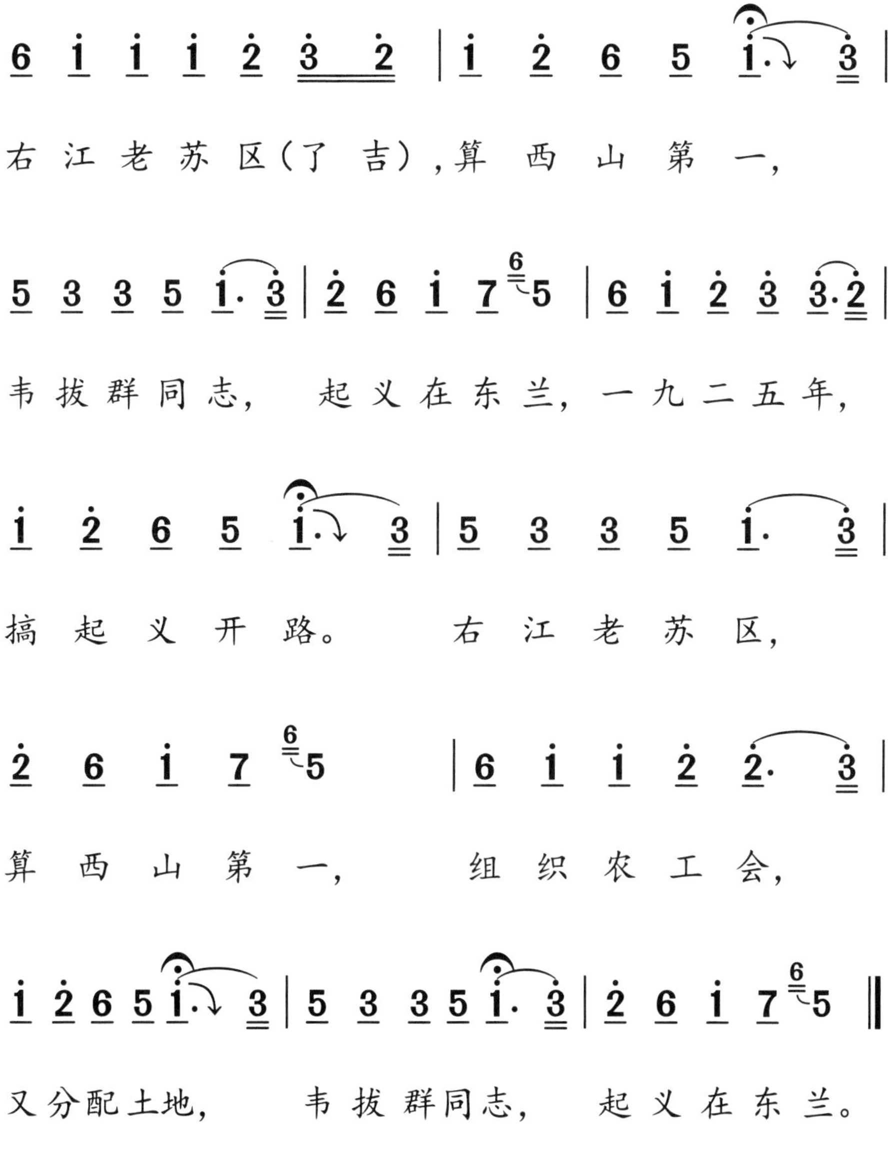

右 江 老 苏 区(了 吉),算 西 山 第 一,

韦 拔 群 同 志, 起 义 在 东 兰, 一 九 二 五 年,

搞 起 义 开 路。 右 江 老 苏 区,

算 西 山 第 一, 组 织 农 工 会,

又 分 配 土 地, 韦 拔 群 同 志, 起 义 在 东 兰。

妹家门前有条河

1=♭B $\frac{2}{4}$

天峨壮族民歌

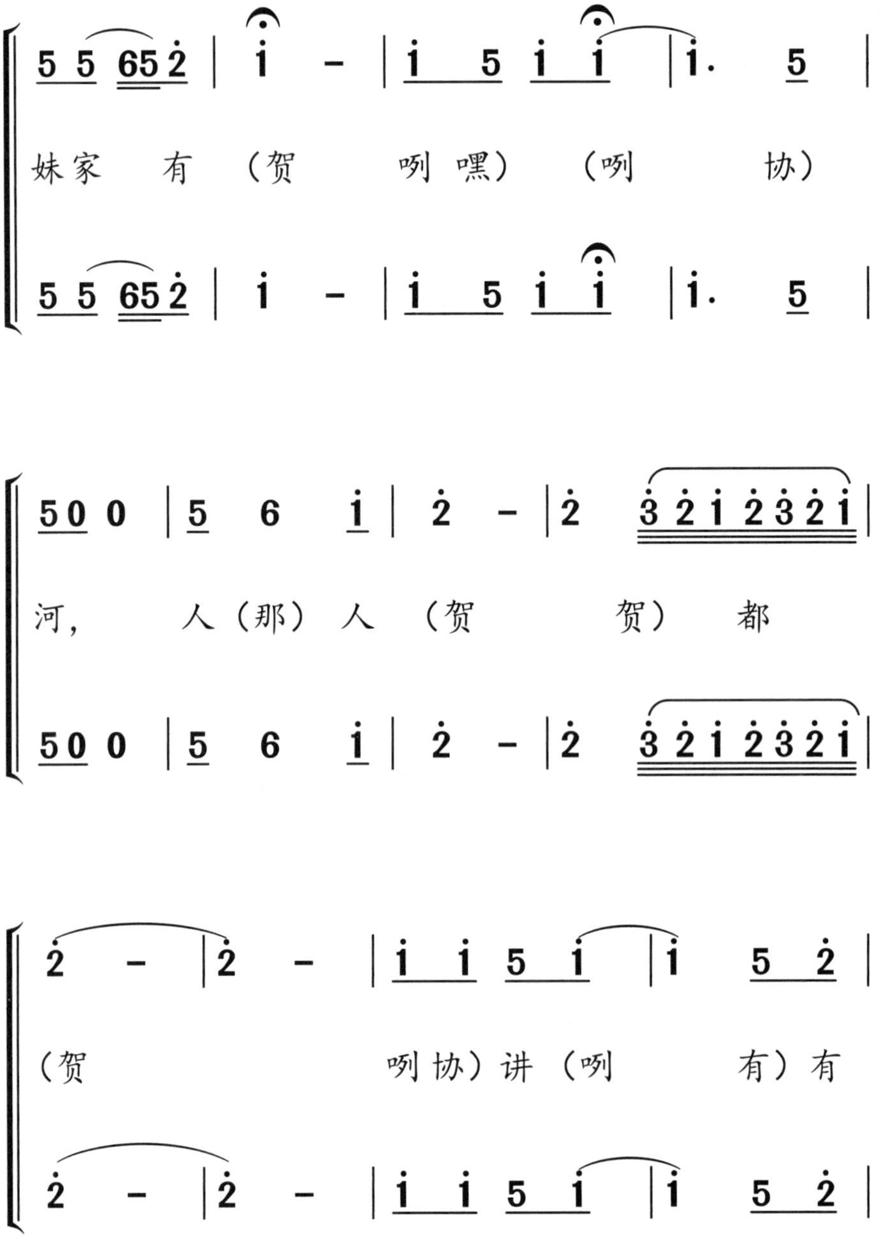

妹家 有（贺 咧 嘿）（咧 协）

河， 人（那）人（贺 贺） 都

（贺 咧 协）讲（咧 有）有

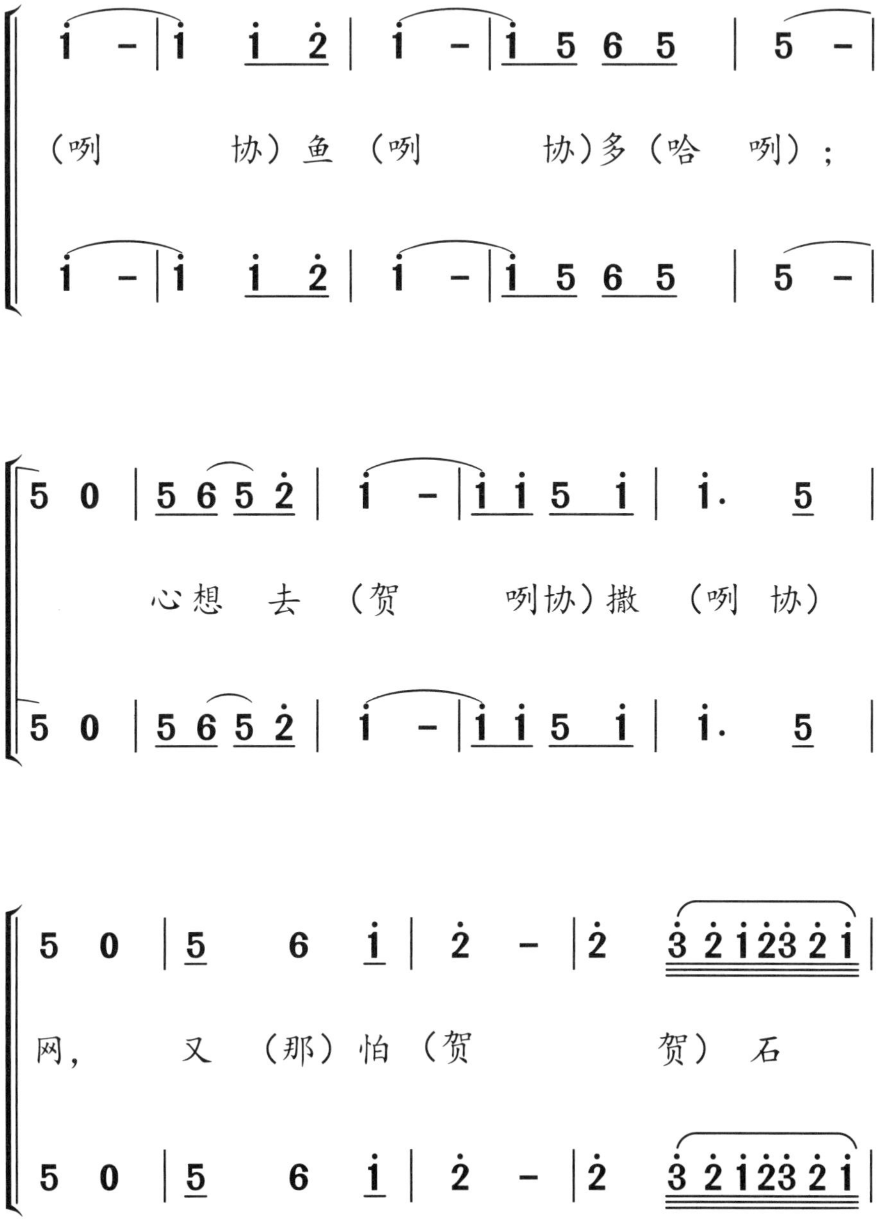

1 - | 1 1 2 | 1 - | 1 5 6 5 | 5 - |

（咧 协）鱼（咧 协）多（哈 咧）；

1 - | 1 1 2 | 1 - | 1 5 6 5 | 5 - |

5 0 | 5 6 5 2 | 1 - | 1 1 5 1 | 1. 5 |

心想去（贺 咧协）撒（咧 协）

5 0 | 5 6 5 2 | 1 - | 1 1 5 1 | 1. 5 |

5 0 | 5 6 1 | 2 - | 2 3 2 1 2 3 2 1 |

网，又（那）怕（贺 贺）石

5 0 | 5 6 1 | 2 - | 2 3 2 1 2 3 2 1 |

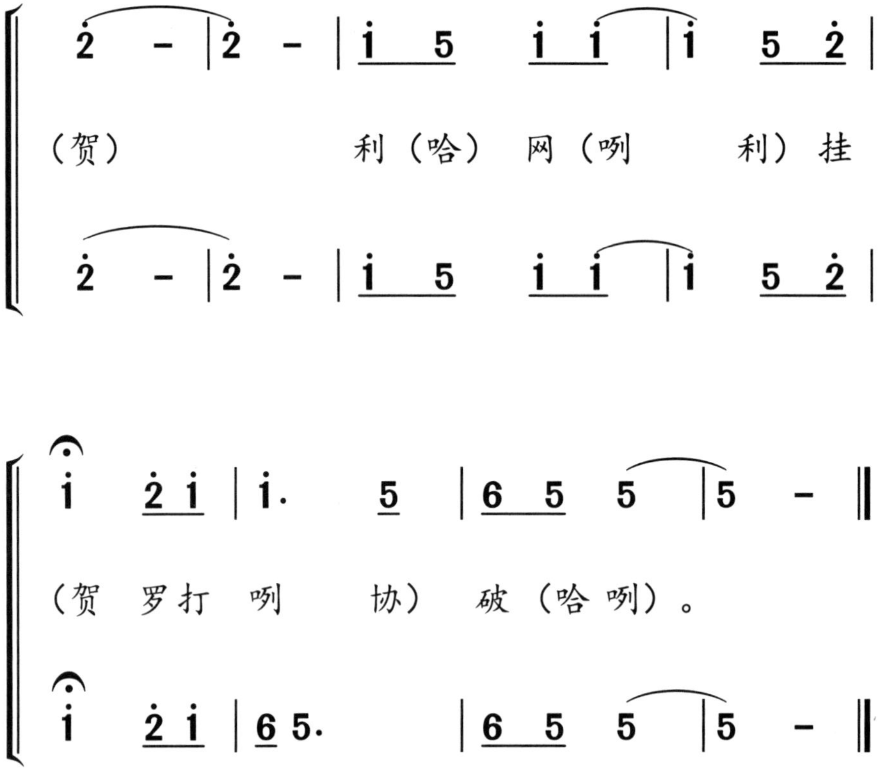

2̇ – | 2̇ – | 1̇ 5 1̇ 1̇ | 1̇ 5 2̇ |

（贺） 利（哈）网（咧 利）挂

2̇ – | 2̇ – | 1̇ 5 1̇ 1̇ | 1̇ 5 2̇ |

1̇ 2̇ 1̇ | 1̇. 5 | 6 5 5 | 5 – ‖

（贺 罗打 咧 协） 破（哈 咧）。

1̇ 2̇ 1̇ | 6 5. | 6 5 5 | 5 – ‖

带回家去天天想

（定婚歌）

1=♭E $\frac{3}{4}\frac{4}{4}$

融水苗族民歌

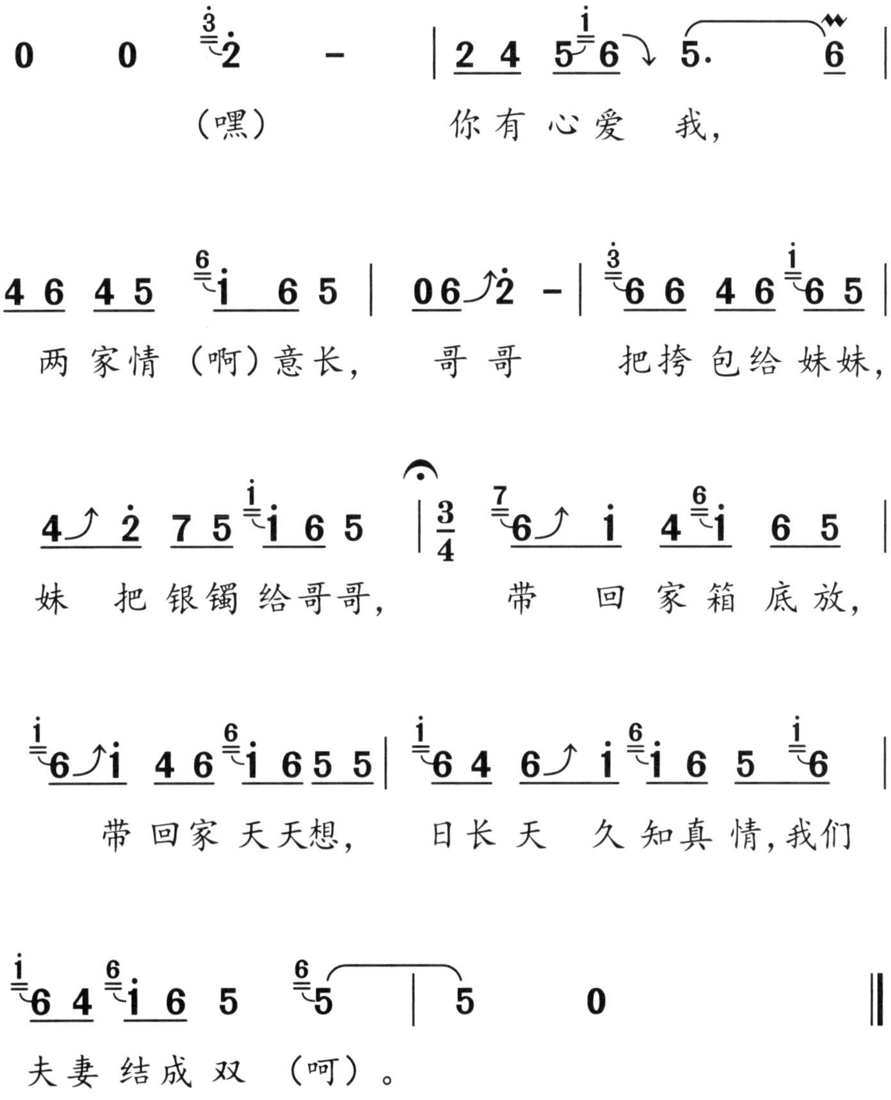

（嘿） 你有心爱 我，

两家情（啊）意长， 哥哥 把挎包给妹妹，

妹 把银镯给哥哥， 带 回 家箱 底放，

带回家 天天想， 日长天 久知真 情，我们

夫妻 结成双 （呵）。

汗滴石板能穿窿

1＝A $\frac{4}{4}$

都安苗族民歌

中速

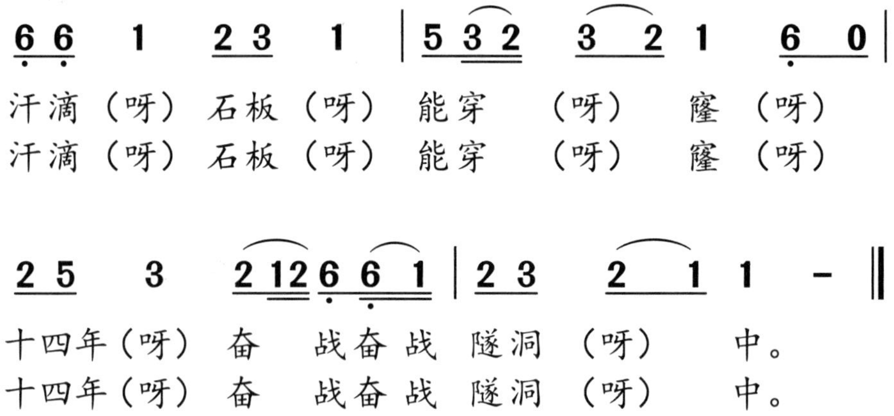

6 6 1 2 3 1 | 5 3 2 3 2 1 6 0 |

汗滴（呀）石板（呀）能穿 （呀） 窿（呀）
汗滴（呀）石板（呀）能穿 （呀） 窿（呀）

2 5 3 2 12 6 6 1 | 2 3 2 1 1 － ‖

十四年（呀） 奋 战奋战 隧洞 （呀） 中。
十四年（呀） 奋 战奋战 隧洞 （呀） 中。

相见不要像仇人

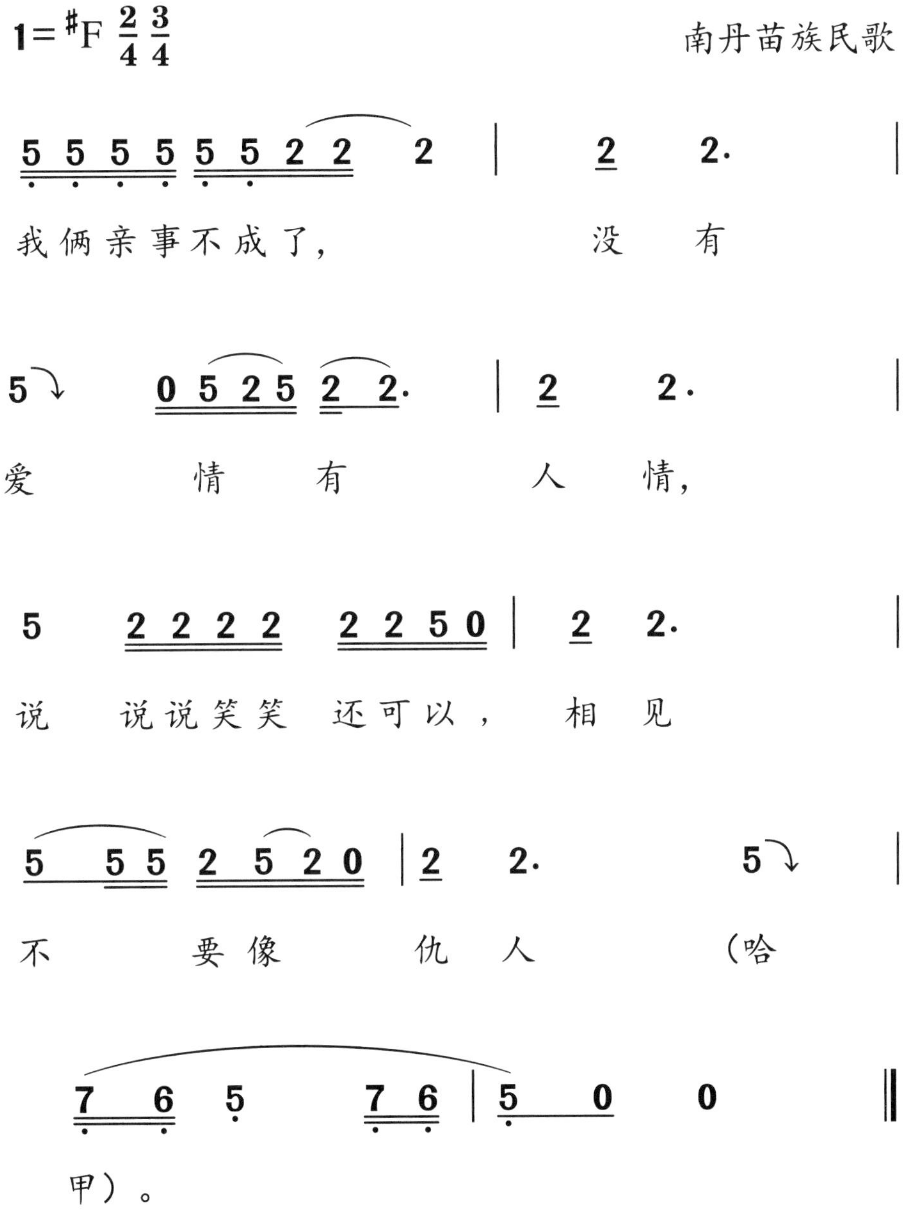

1= #F 2/4 3/4

南丹苗族民歌

5 5 5 5 5 5 2 2 2 | 2 2. |

我俩亲事不成了，没有

5↘ 0 5 2 5 2 2. | 2 2. |

爱情有人情，

5 2 2 2 2 2 2 5 0 | 2 2. |

说说说笑笑还可以，相见

5 5 5 2 5 2 0 | 2 2. 5↘ |

不要像仇人（哈

7 6 5 7 6 | 5 0 0 ‖

甲）。

双手捧水给妹喝

1=C $\frac{2}{4}\frac{3}{4}\frac{3}{8}$

河池瑶族民歌

中速

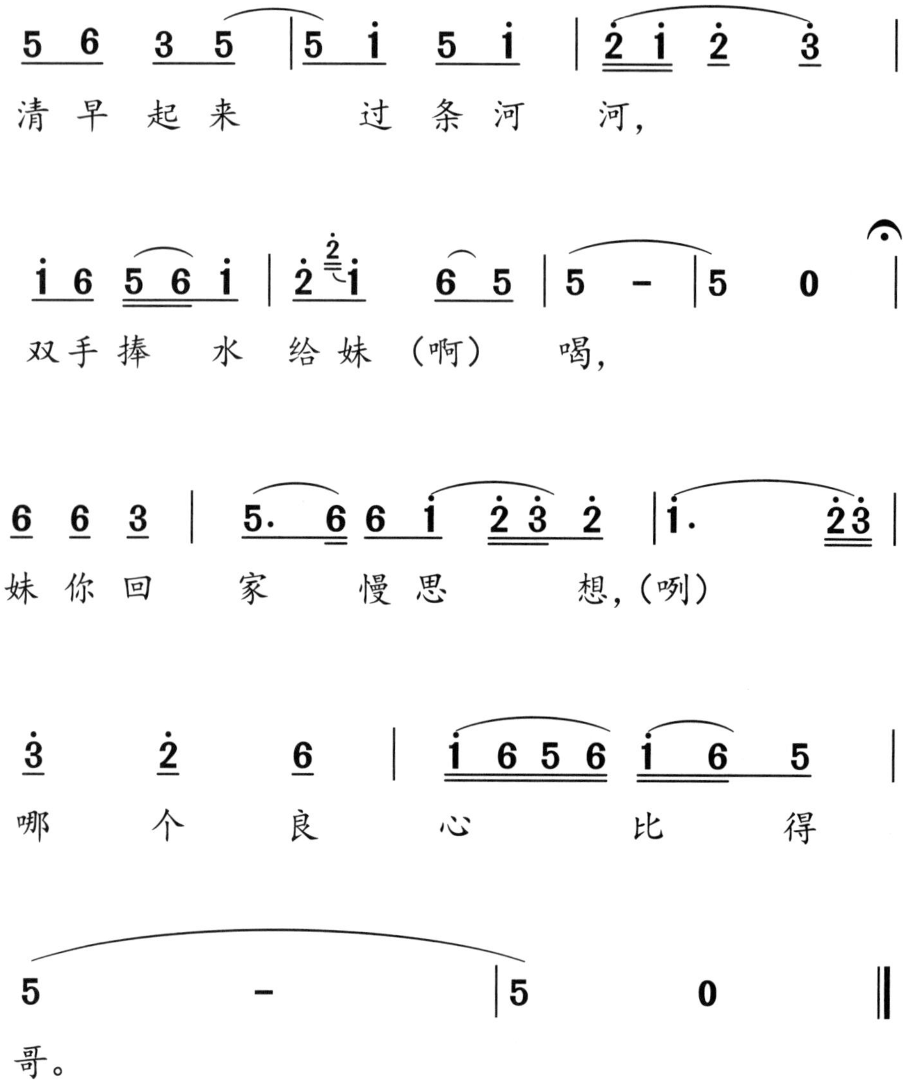

清早起来　过条河　河，

双手捧　水　给妹（啊）　喝，

妹你回　家　慢思　想，（咧）

哪　个　良　心　比　得

哥。

好日多无比

（飞撒）

1＝D $\frac{2}{4}$　　巴马瑶族民歌

慢

今天蒙（呀）忙（几）走，还有好时日，少今天不去（喏）好日多无比。

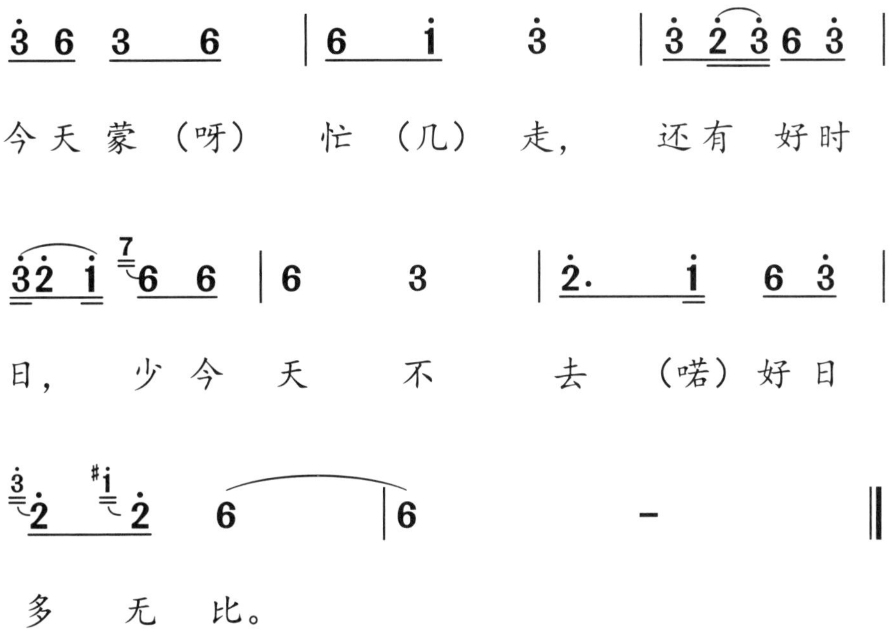

我在穷村寨

（飞撒）

1＝D $\frac{2}{4}$

巴马瑶族民歌

慢

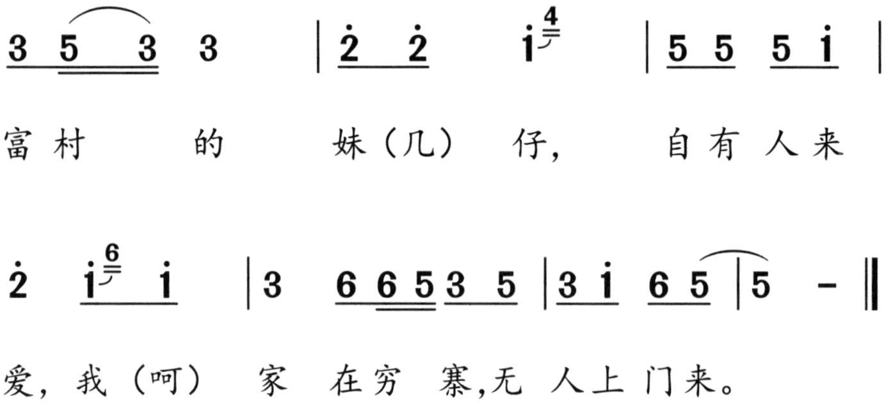

3 5 3 3 | 2̇ 2̇ i | 5 5 5 i |

富村 的 妹（几）仔， 自有人来

2̇ i i | 3 6 6 5 3 5 | 3 i 6 5 | 5 – ‖

爱，我（呵） 家 在穷 寨，无 人上门来。

有棵香果树

（飞撒）

1＝D $\frac{2}{4}\frac{3}{4}$

巴马瑶族民歌

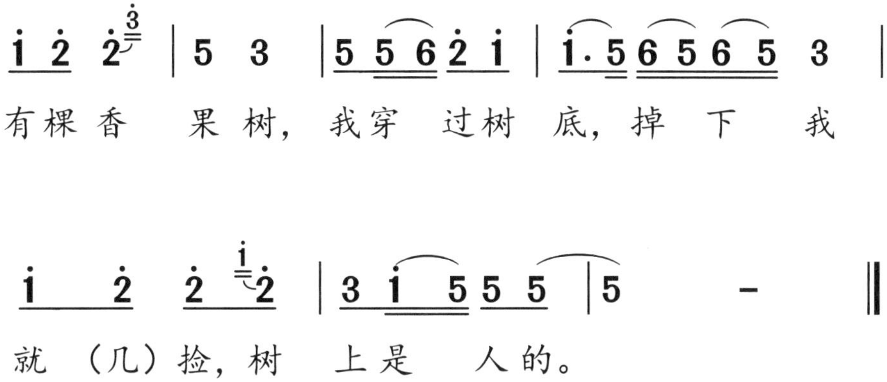

有棵香　果树，我穿　过树　底，掉　下　　我

就　（几）捡，树　上是　人的。

公路翻山顶

1＝C $\frac{2}{4}$

巴马瑶族（安定瑶）民歌

稍快

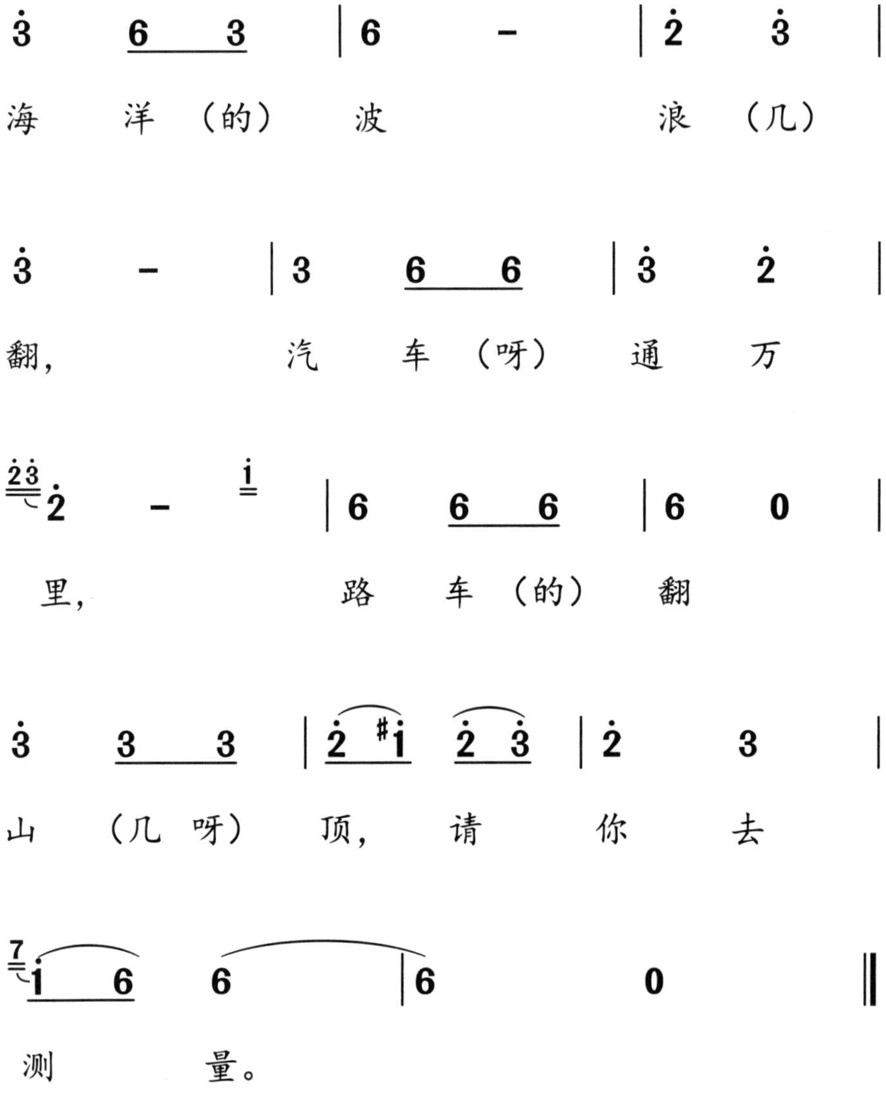

叫哥记心扉

（飞撒）

1＝A $\frac{2}{4}$

巴马瑶族（安定瑶）民歌

慢

3 2 3 3 3 | 6 5 6 3 |

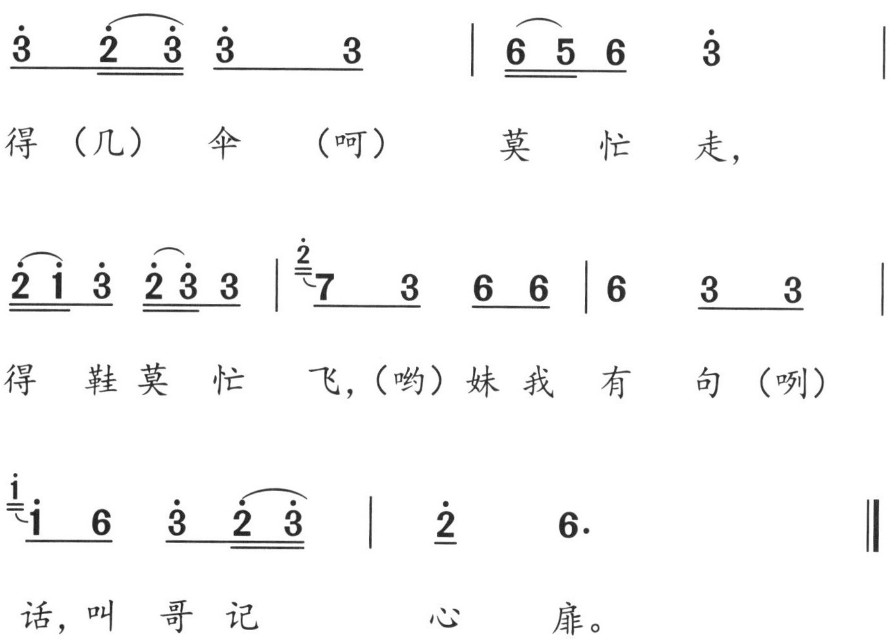

得（几）伞（呵）莫忙走，

2 1 3 2 3 3 | 7 3 6 6 | 6 3 3 |

得鞋莫忙飞，（哟）妹我有句（咧）

话，叫哥记心扉。

等我再来唱

（引歌）

1=♭B 2/4

凌云瑶族（背篓瑶）民歌

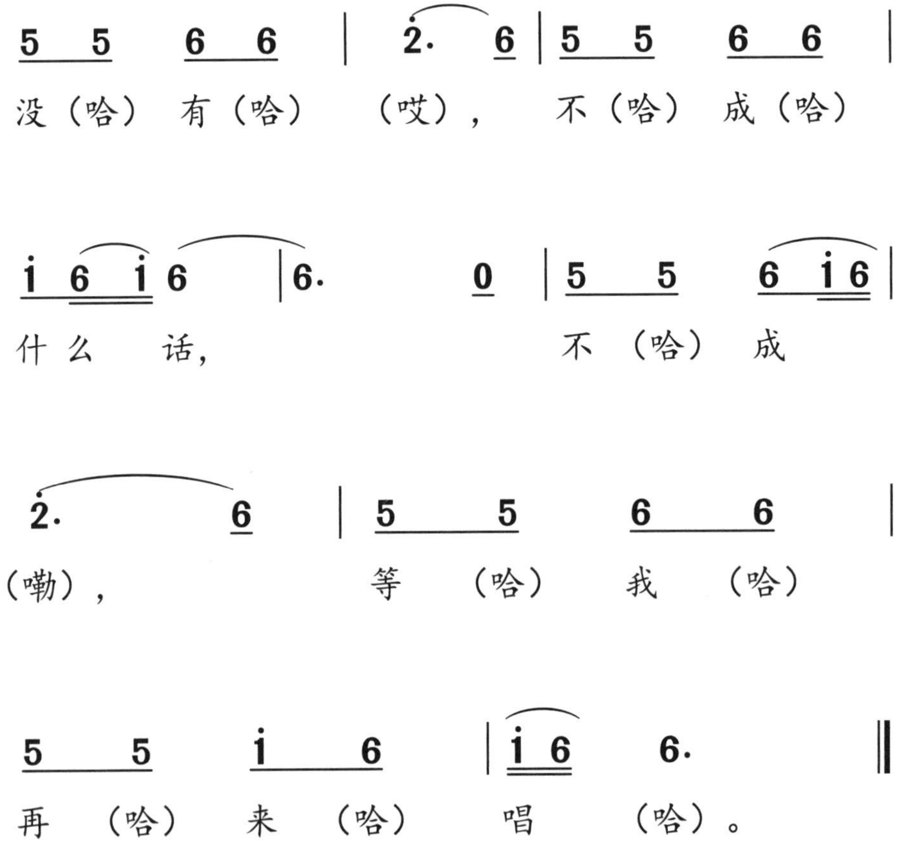

5 5 6 6 | 2̇. 6 | 5 5 6 6 |

没（哈）有（哈）（哎），不（哈）成（哈）

1̇ 6 1̇ 6 | 6. 0 | 5 5 6 1̇ 6 |

什么 话，不（哈）成

2̇. 6 | 5 5 6 6 |

（嘞），等（哈）我（哈）

5 5 1̇ 6 | 1̇ 6 6. ‖

再（哈）来（哈）唱（哈）。

我像山花自由开

1=♯F $\frac{4}{4}$ $\frac{5}{4}$

南丹瑶族（白裤瑶）民歌

中速

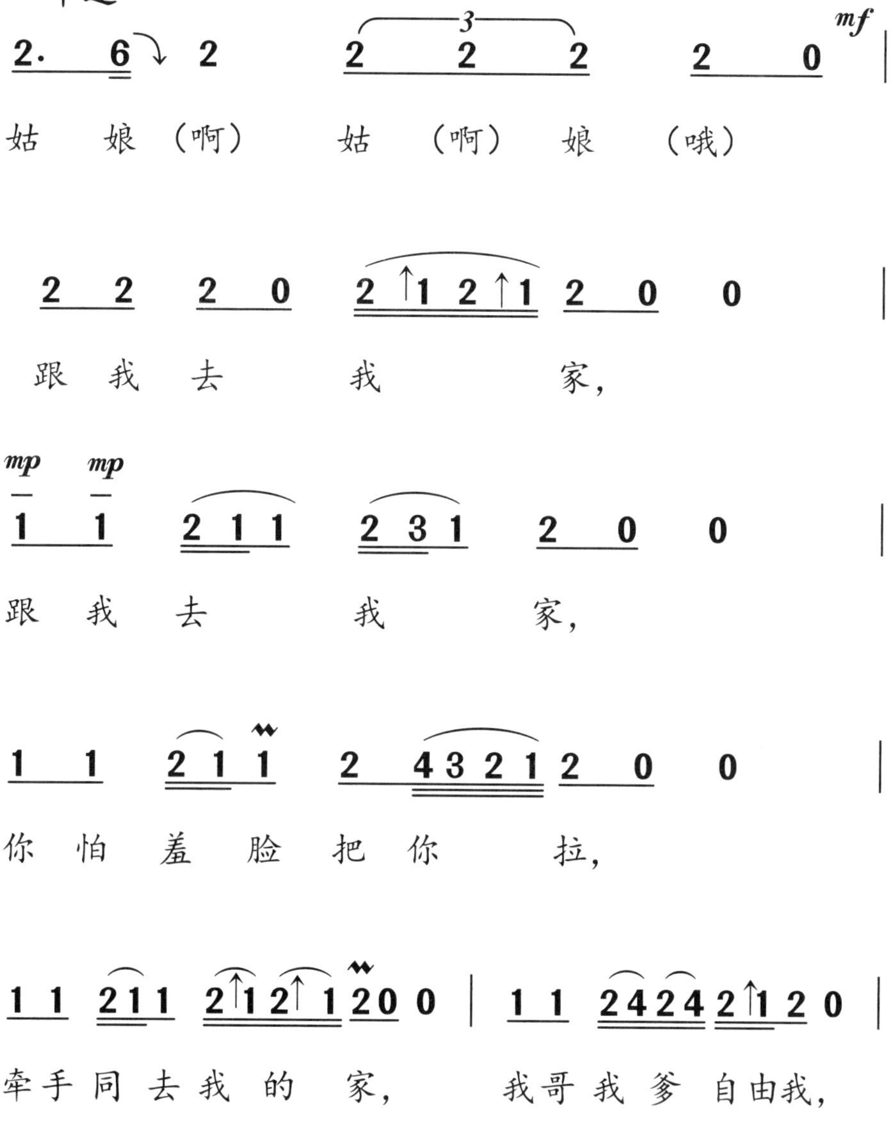

2. 6 2 2 2 2 2 0 |

姑 娘（啊） 姑 （啊） 娘 （哦）

2 2 2 0 2 ↑1 2 ↑1 2 0 0 |

跟 我 去 我 家，

1 1 2 1 1 2 3 1 2 0 0 |

跟 我 去 我 家，

1 1 2 1 1 2 4 3 2 1 2 0 0 |

你 怕 羞 脸 把 你 拉，

1 1 2 1 1 2 ↑1 2 ↑1 2 0 0 | 1 1 2 4 2 4 2 ↑1 2 0 |

牵手同去我的家， 我哥我爹自由我，

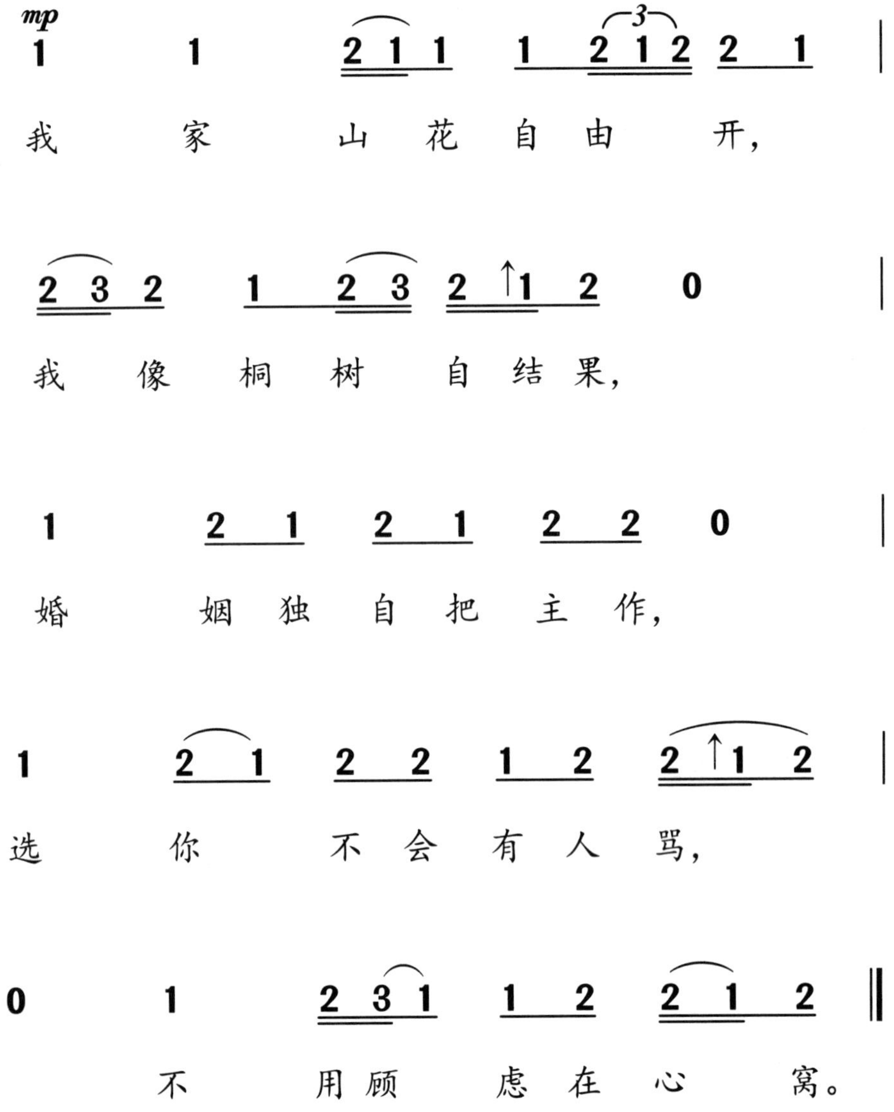
mp
我家山花自由开，
我像桐树自结果，
婚姻独自把主作，
选你不会有人骂，
不用顾虑在心窝。

有缘千里来相逢

1=G $\frac{2}{4}$

慢

凤山瑶族(蓝靛瑶)山歌

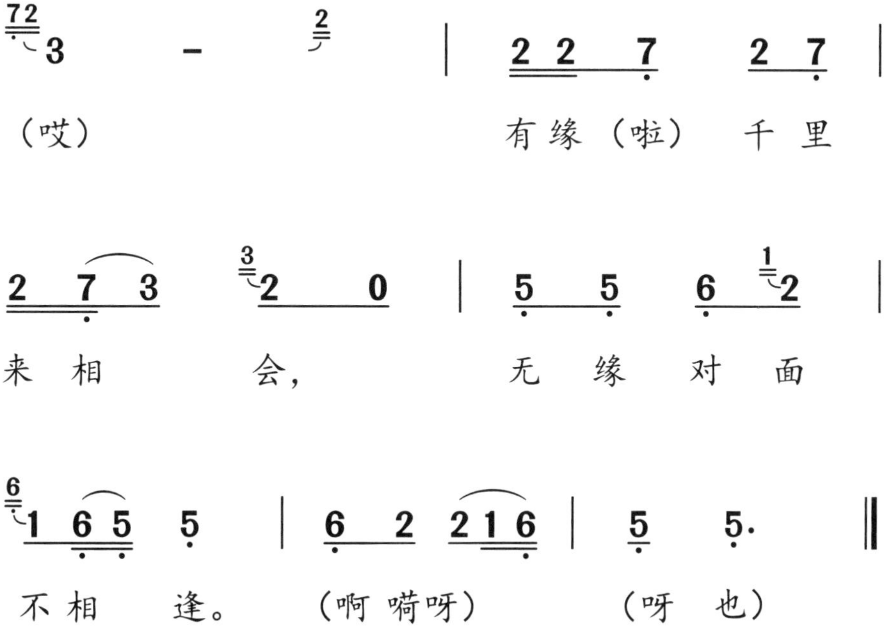

(哎) 有缘(啦)千里

来相会, 无缘对面

不相逢。(啊 嗬呀) (呀 也)

诗曲腔

1＝F $\frac{3}{4}$

罗城瑶族民歌

5 5 - | 1 1 5 | 1 1 5 | 2 - - | 1 5 1 |

树上 喜雀 闹洋 洋， 地上

5 1 5 | 1 1 5 | 1 - 5 | 5 1 - |

金谷 铺上 山， 瑶族

5 2 1 | 2 1 6 | 5 - - | 2 1 - |

山乡 真是 好， 快乐

5 5 - | 2 1 65 | 5 - - | 6 6 5 | 6 2 - |

歌声 震山 岗，（连罗 呐雷

1 6 - | 2 - - | 2 2 - | 1 1 5 |

雷呐 雷， 拉雷 连罗

1 6 5 | 1 - 5 | 6 5 - | 6 2 - | 2 1 - |

雷呐 虽， 连罗 呐雷 雷呐

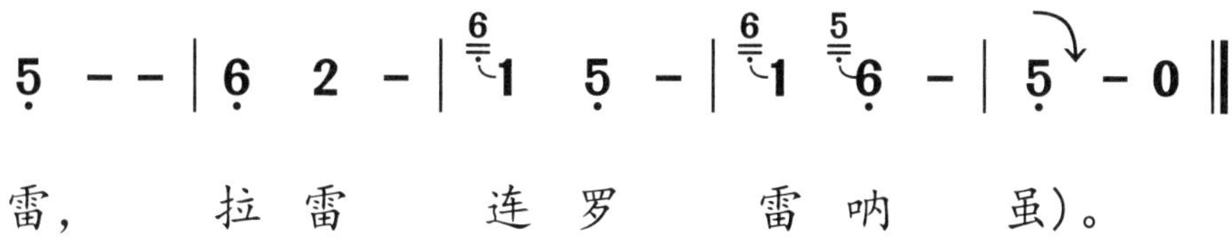

5̣ — — | 6̣ 2 — | $^{\frac{6}{\equiv}}$1 5̣ — | $^{\frac{6}{\equiv}}$1 $^{\frac{5}{\equiv}}$6̣ — | 5̣ — 0 ‖

雷， 拉 雷 连 罗 雷 呐 虽)。

提示：此歌流传于广西壮族自治区河池市罗城仫佬族自治县纳翁乡。

四句腔

1=F $\frac{2}{4}$

罗城仫佬族民歌

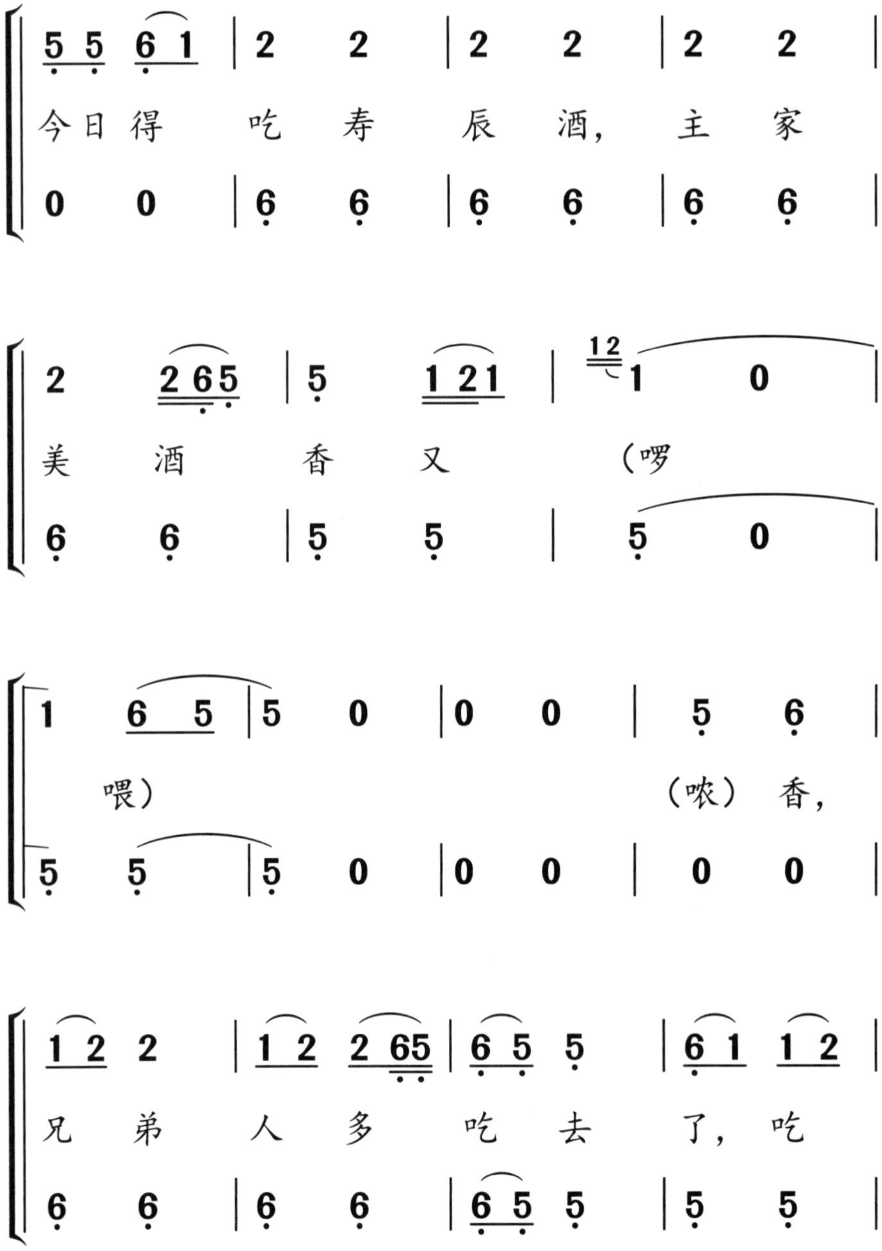

5 5 6 1 | 2 2 | 2 2 | 2 2 |
今日得 吃寿 辰酒，主家
0 0 | 6 6 | 6 6 | 6 6 |

2 265 | 5 121 | 12 1 0 |
美酒 香又 （啰
6 6 | 5 5 | 5 0 |

1 6 5 | 5 0 | 0 0 | 5 6 |
喂） （哝）香，
5 5 | 5 0 | 0 0 | 0 0 |

1 2 2 | 1 2 2 65 | 6 5 5 | 6 1 1 2 |
兄弟 人多 吃去 了，吃
6 6 | 6 6 | 6 5 5 | 5 5 |

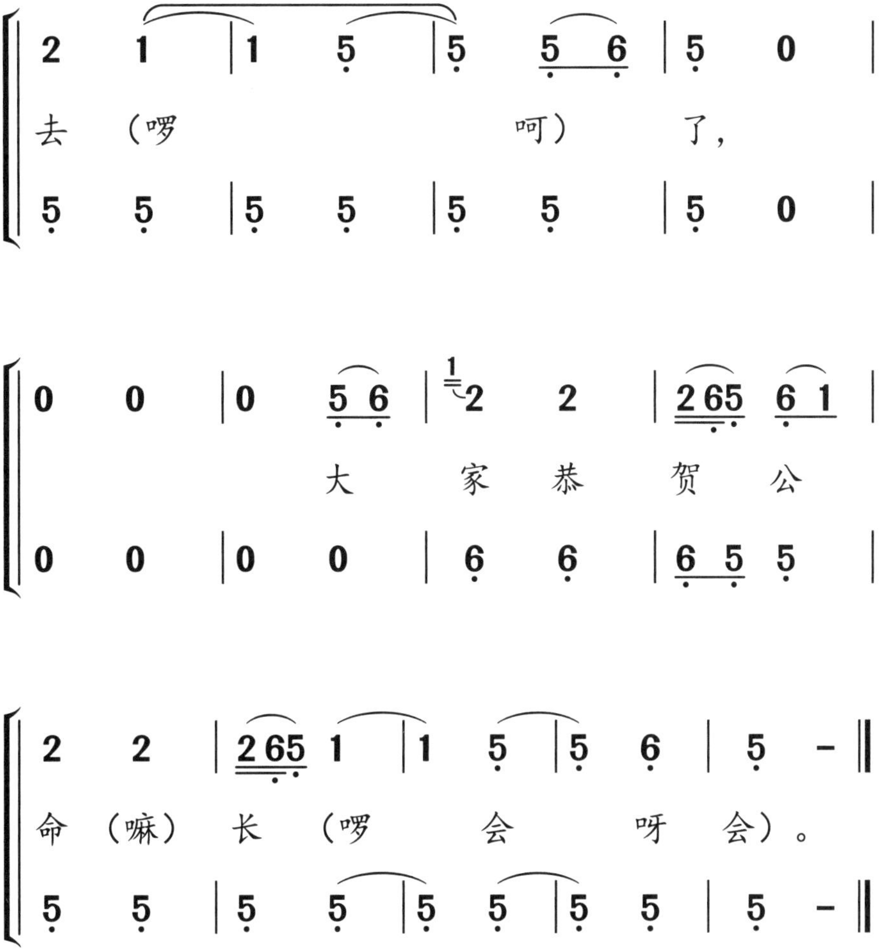

2 1 | 1 5 | 5 5 6 | 5 0 |

去（啰 呵）了，

5 5 | 5 5 | 5 5 | 5 0 |

0 0 | 0 5 6 | 2 2 | 265 6 1 |

大 家 恭 贺 公

0 0 | 0 0 | 6 6 | 6 5 5 |

2 2 | 265 1 | 1 5 | 5 6 | 5 – ‖

命（嘛）长（啰 会 呀 会）。

5 5 | 5 5 | 5 5 | 5 5 | 5 – ‖

接亲歌

（引字歌）

1＝C $\frac{2}{4}$

罗城仫佬族民歌

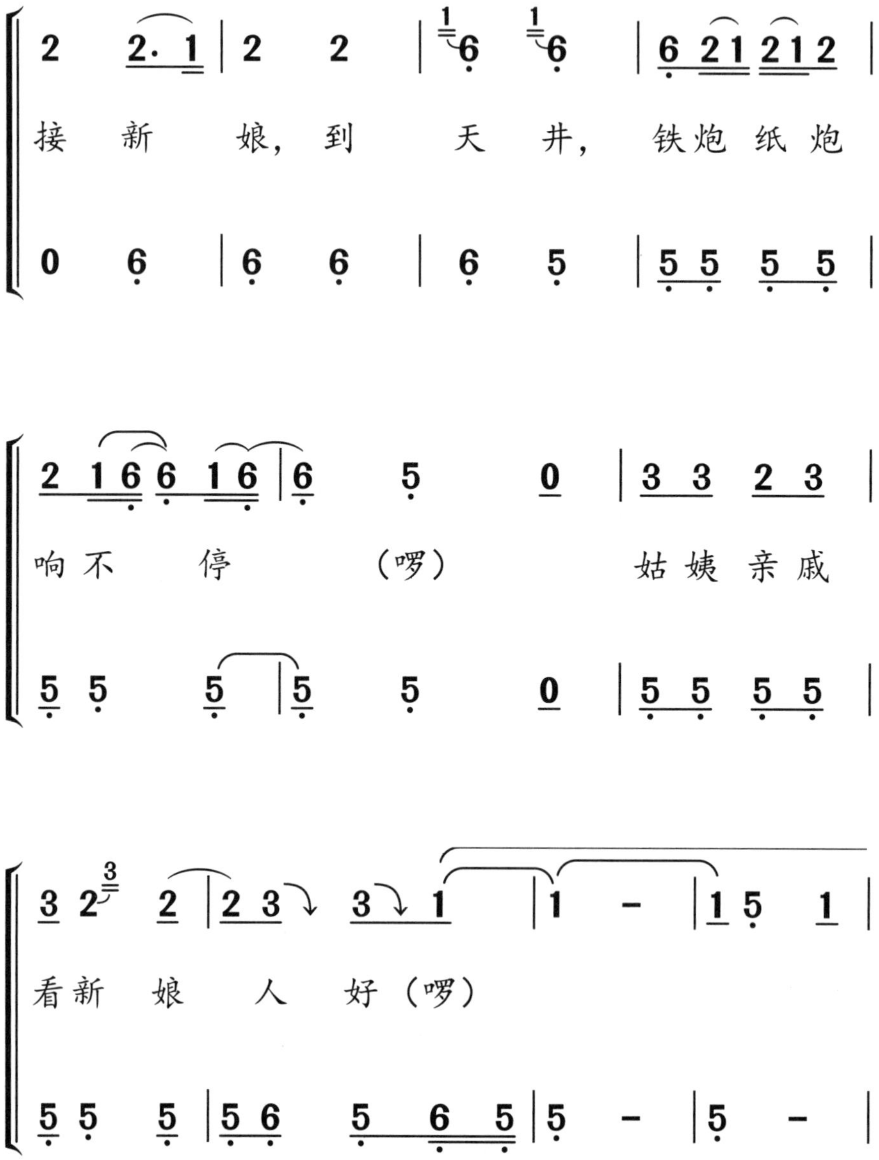

接新娘，到天井，铁炮纸炮

响不停（啰）姑姨亲戚

看新娘人好（啰）

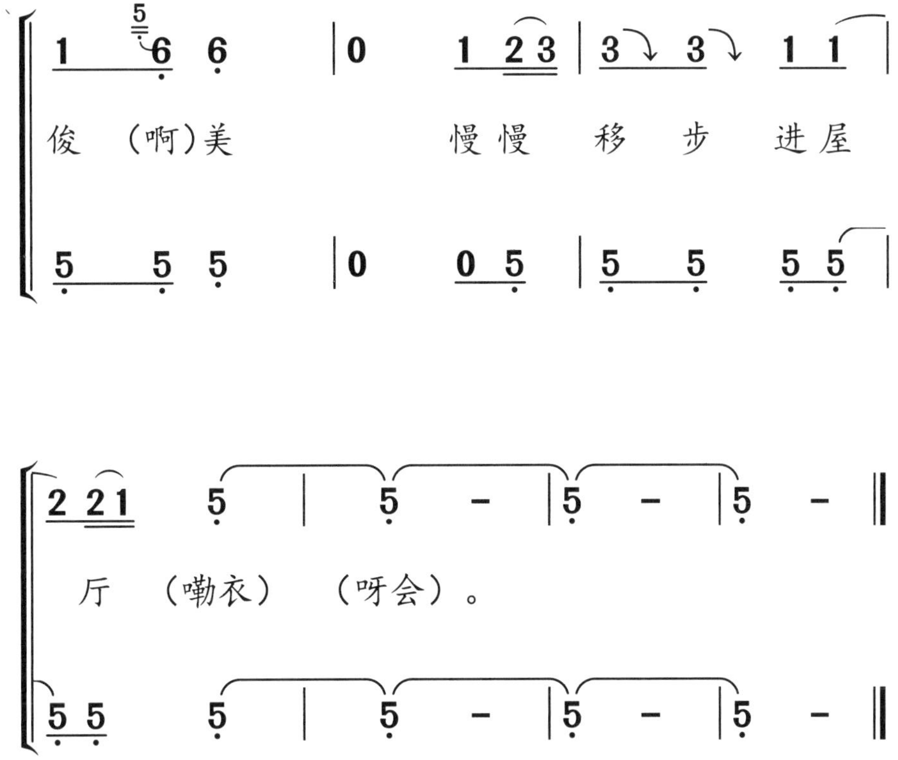

俊 （啊）美 慢慢 移 步 进屋

厅 （嘞衣） （呀会）。

邀哥唱　哥莫推

（三句歌）

1=C $\frac{2}{4}\frac{3}{4}\frac{4}{4}$

罗城仫佬族民歌

稍快

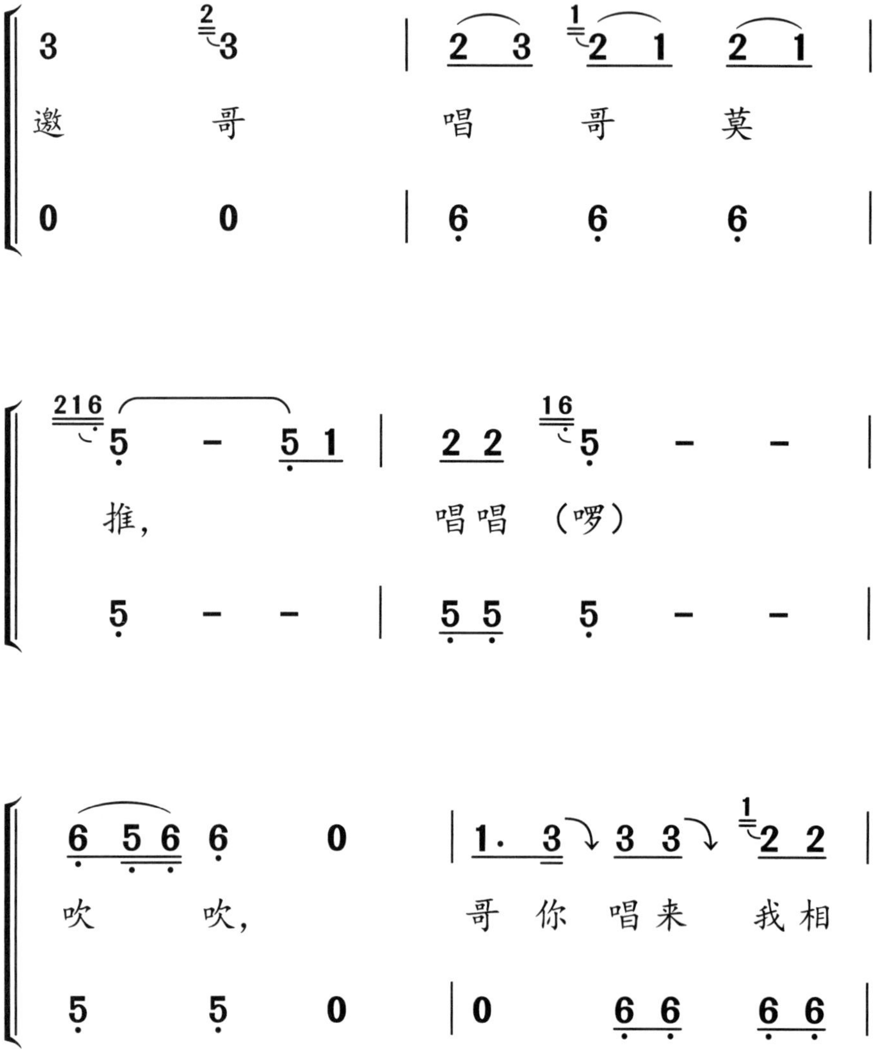

邀　哥　唱　哥　莫

推，　唱唱（啰）

吹　吹，　哥你唱来　我相

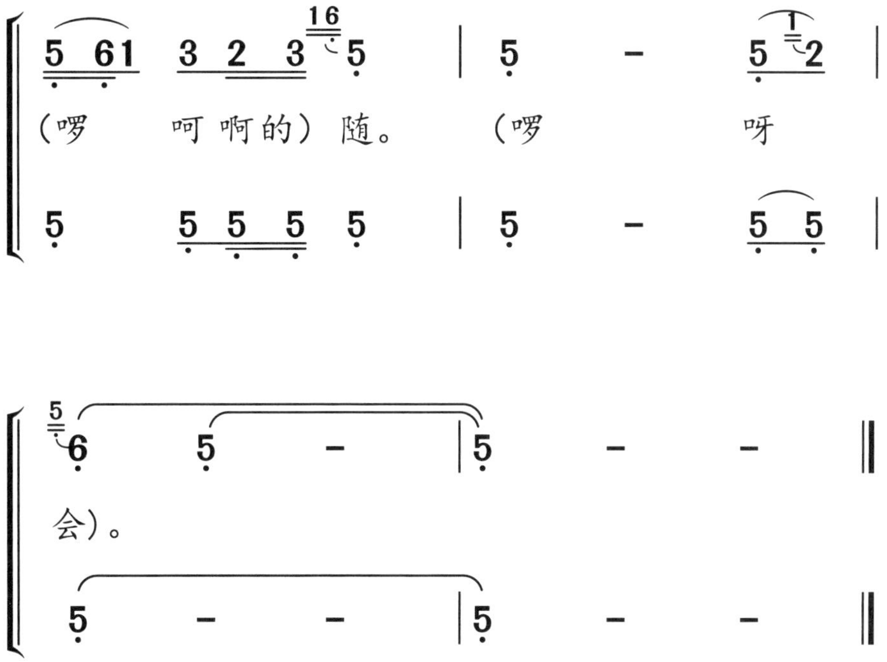

5 61 3 2 3 (16)5 | 5 - 5 (1)2 |

（啰 呵 啊的）随。 （啰 呀

5 5 5 5 5 | 5 - 5 5 |

(5)6 5 - | 5 - - ‖

会）。

5 - - | 5 - - ‖

我今唱歌生妹还

（四句歌）

1＝B $\frac{2}{4}$

罗城仫佬族民歌

稍慢

6 1 6 3　2	2 3　3 2　3	2 3 2 3　1 6　5 6

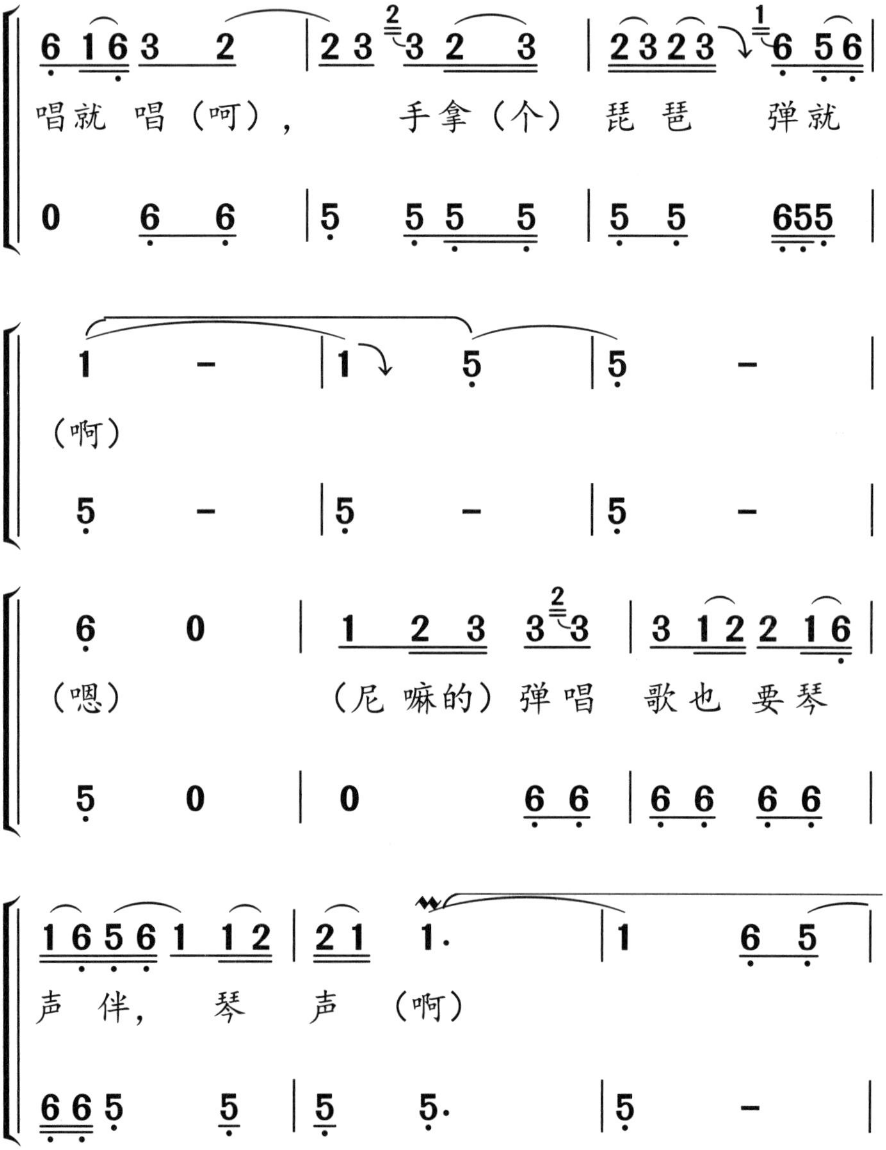

唱就 唱（呵）， 手拿（个）琵 琶 弹就

0　6　6 ｜ 5　5 5 5 ｜ 5 5　6 5 5 ｜

1 － ｜ 1　5 ｜ 5 － ｜

（啊）

5 － ｜ 5 － ｜ 5 － ｜

6　0 ｜ 1　2　3　3 3 ｜ 3 1 2 2 1 6 ｜

（嗯） （尼 嘛的）弹唱 歌也 要琴

5　0 ｜ 0　6 6 ｜ 6 6　6 6 ｜

1 6 5 6 1　1 2 ｜ 2 1　1. ｜ 1　6　5 ｜

声 伴， 琴 声 （啊）

6 6 5　5 ｜ 5　5. ｜ 5 － ｜

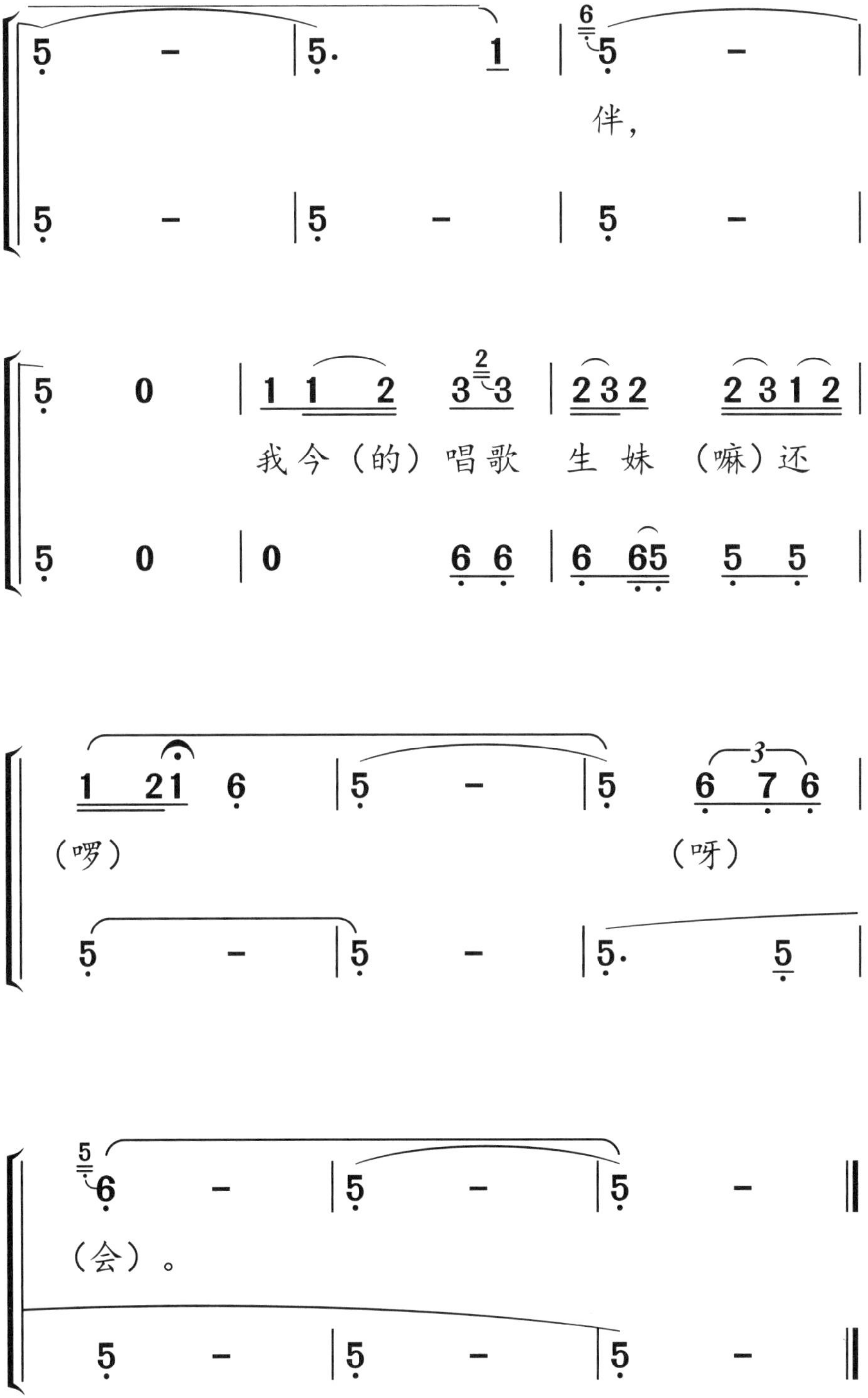

伴，

我今（的）唱歌 生 妹 （嘛）还

（啰） （呀）

（会）。

田间四处响犁耙

（五句歌）

1=B $\frac{2}{4}$ $\frac{3}{4}$

罗城仫佬族民歌

中速

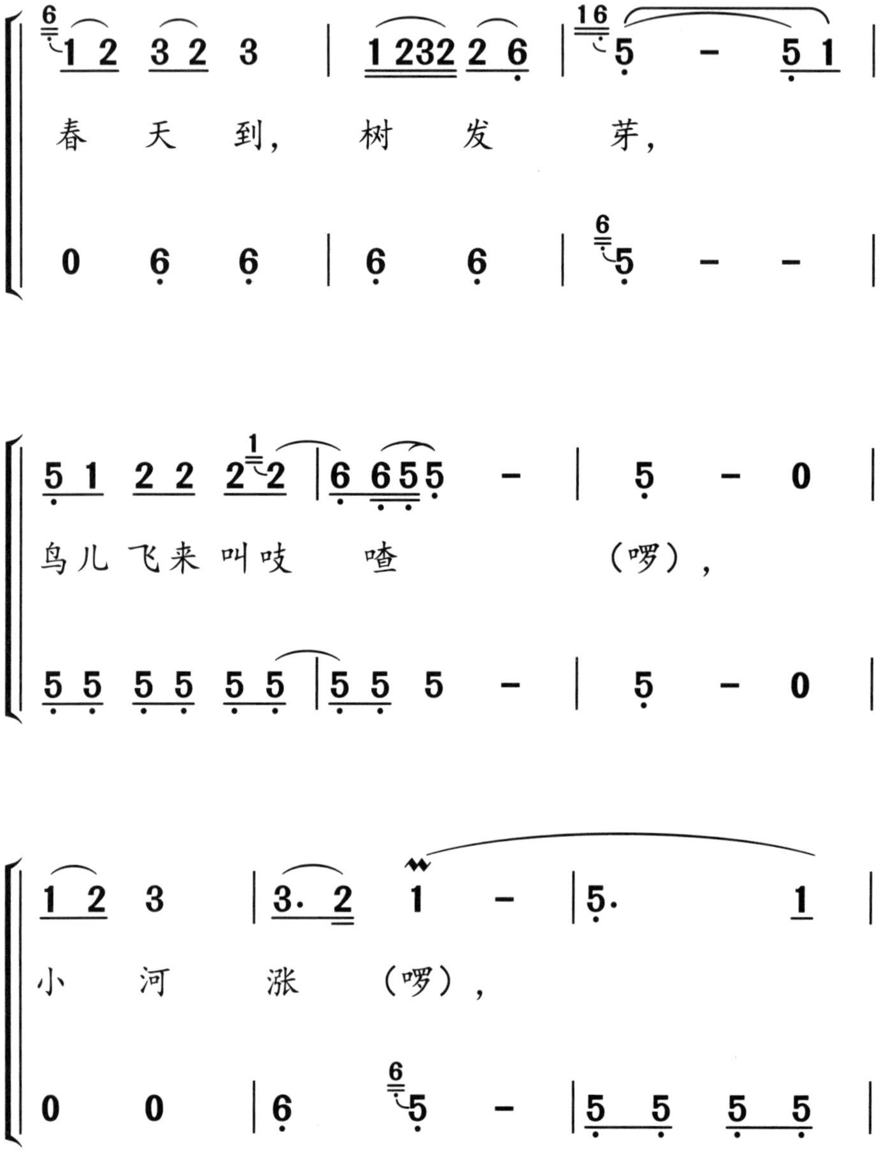

春天到，树发芽，

鸟儿飞来叫吱喳（啰），

小河涨（啰），

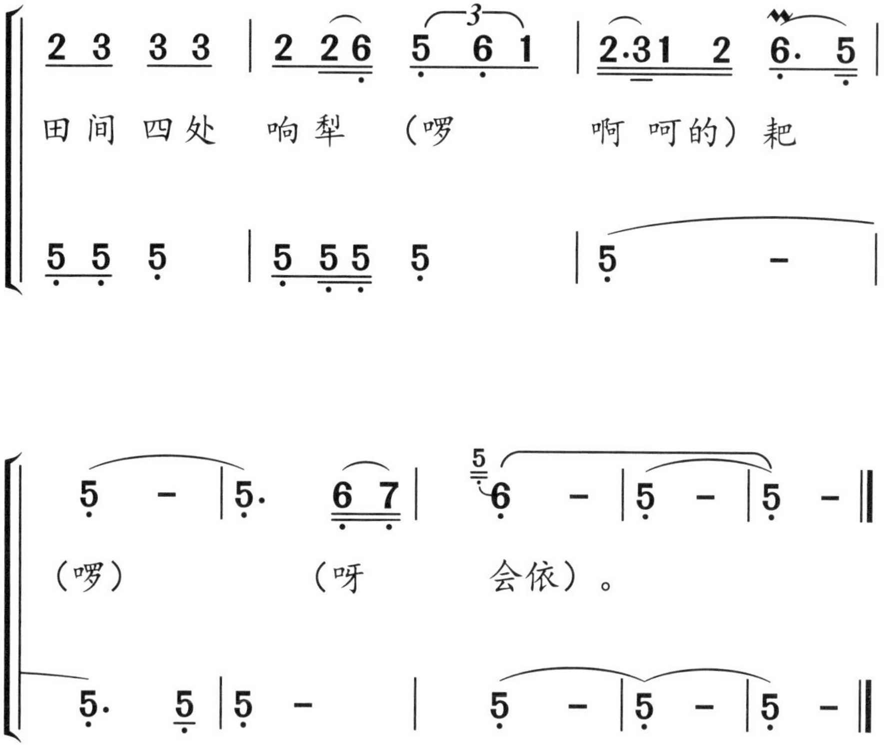

2 3 3 3 | 2 2 6 5 6 1 | 2·31 2 6· 5 |

田间四处 响犁（啰 啊 呵的）耙

5 5 5 | 5 5 5 5 | 5 – |

5 – | 5· 6 7 | 6 – | 5 – | 5 – ‖

（啰） （呀 会依）。

5· 5 | 5 – | 5 – | 5 – | 5 – ‖

一个螺蛳九个弯

（六句歌）

1＝B $\frac{2}{4}$

罗城仫佬族民歌

稍快

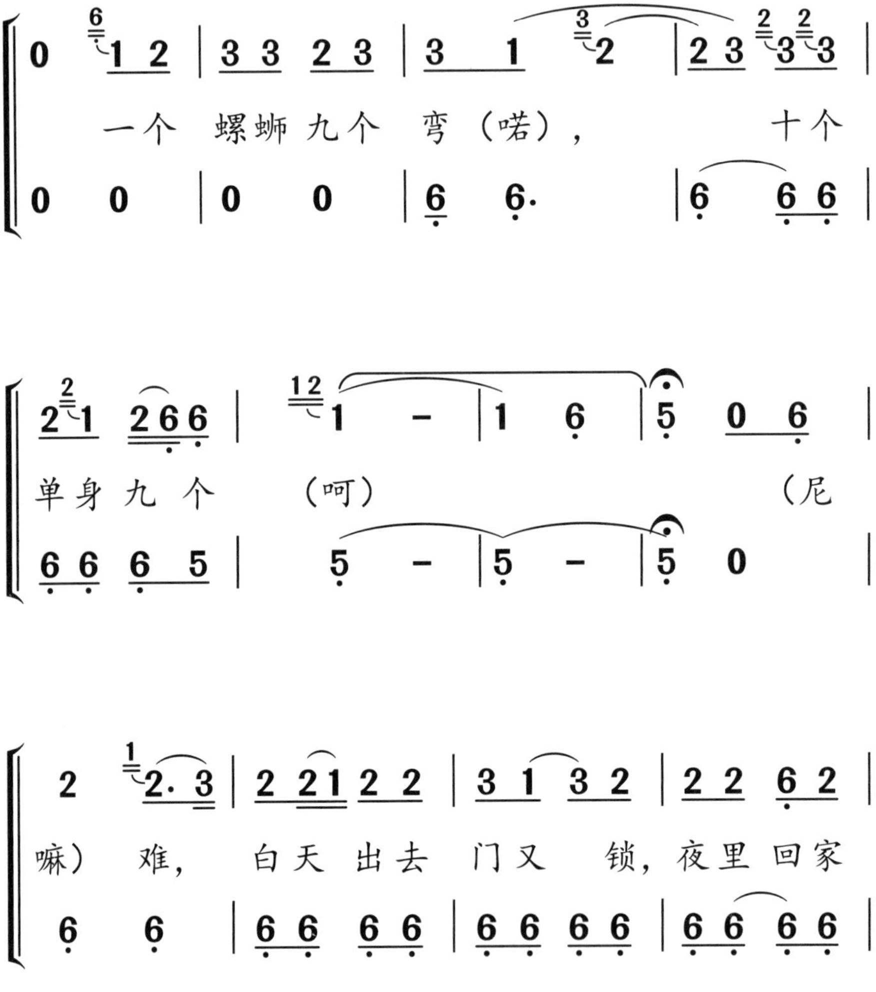

一个螺蛳九个弯（喏），十个

单身九个（呵）（尼

嘛）难，白天出去门又锁，夜里回家

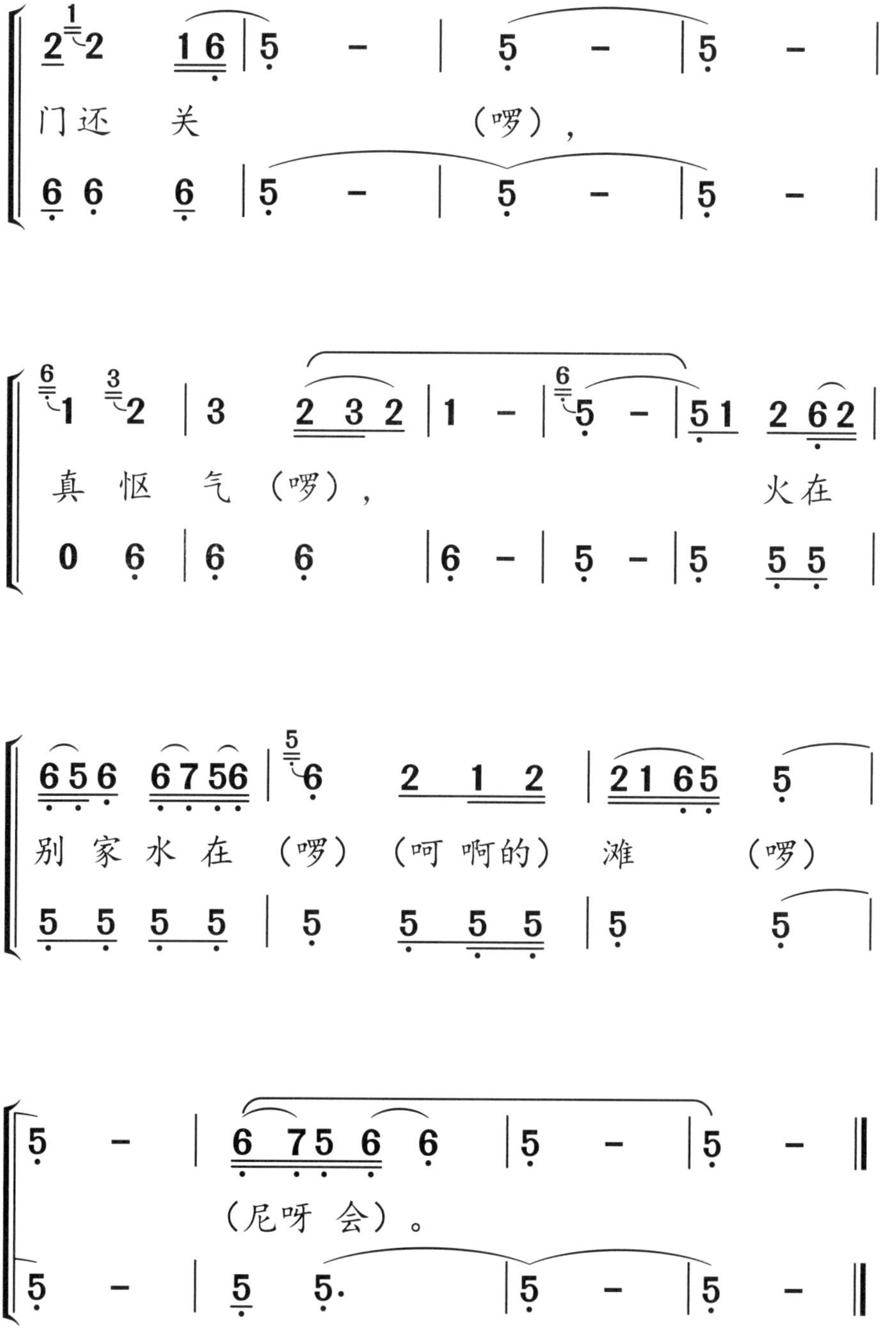

门还关（啰），

真怄气（啰），火在

别家水在（啰）（呵啊的）滩（啰）

（尼呀会）。

我想邀哥上坡游

（七句歌）

1=♭B $\frac{2}{4}\frac{4}{8}\frac{5}{8}$

罗城仫佬族民歌

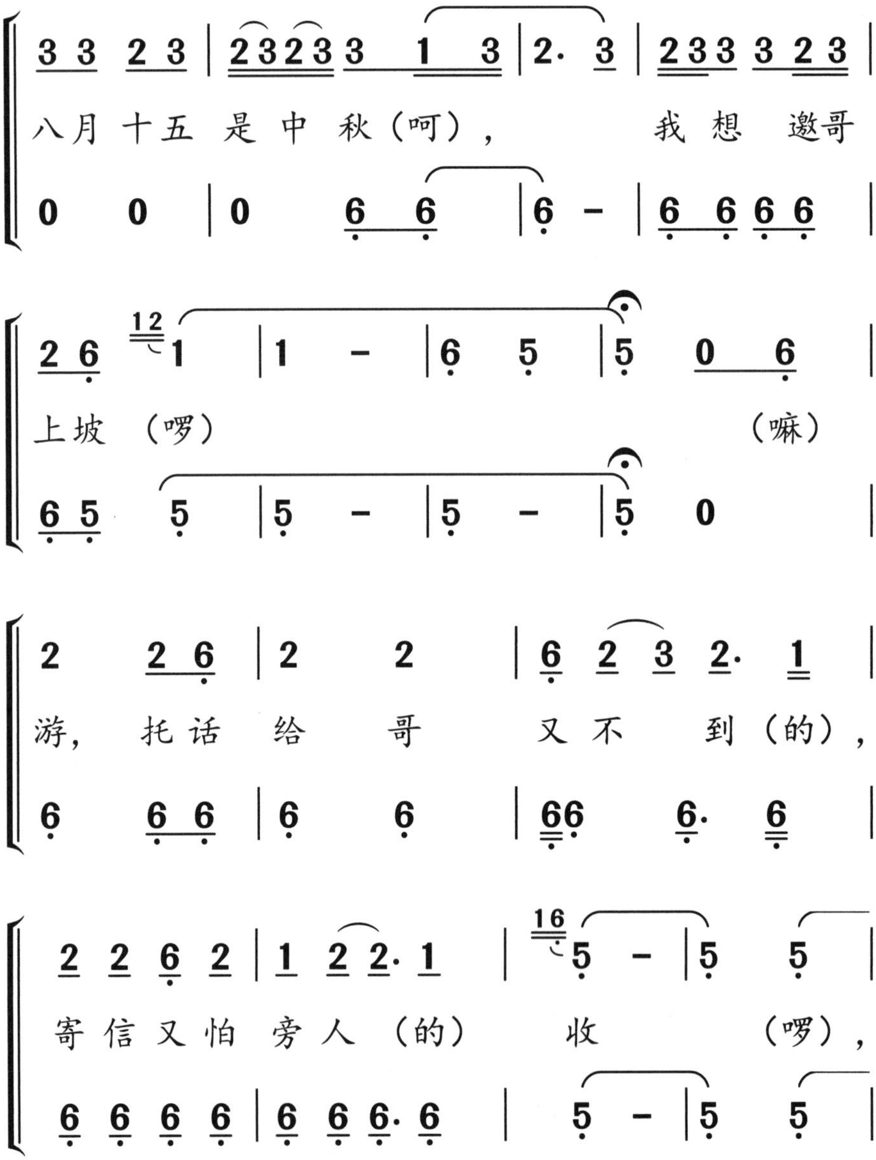

八月十五是中秋（呵），我想邀哥

上坡（啰）（嘛）

游，托话给哥又不到（的），

寄信又怕旁人（的）收（啰），

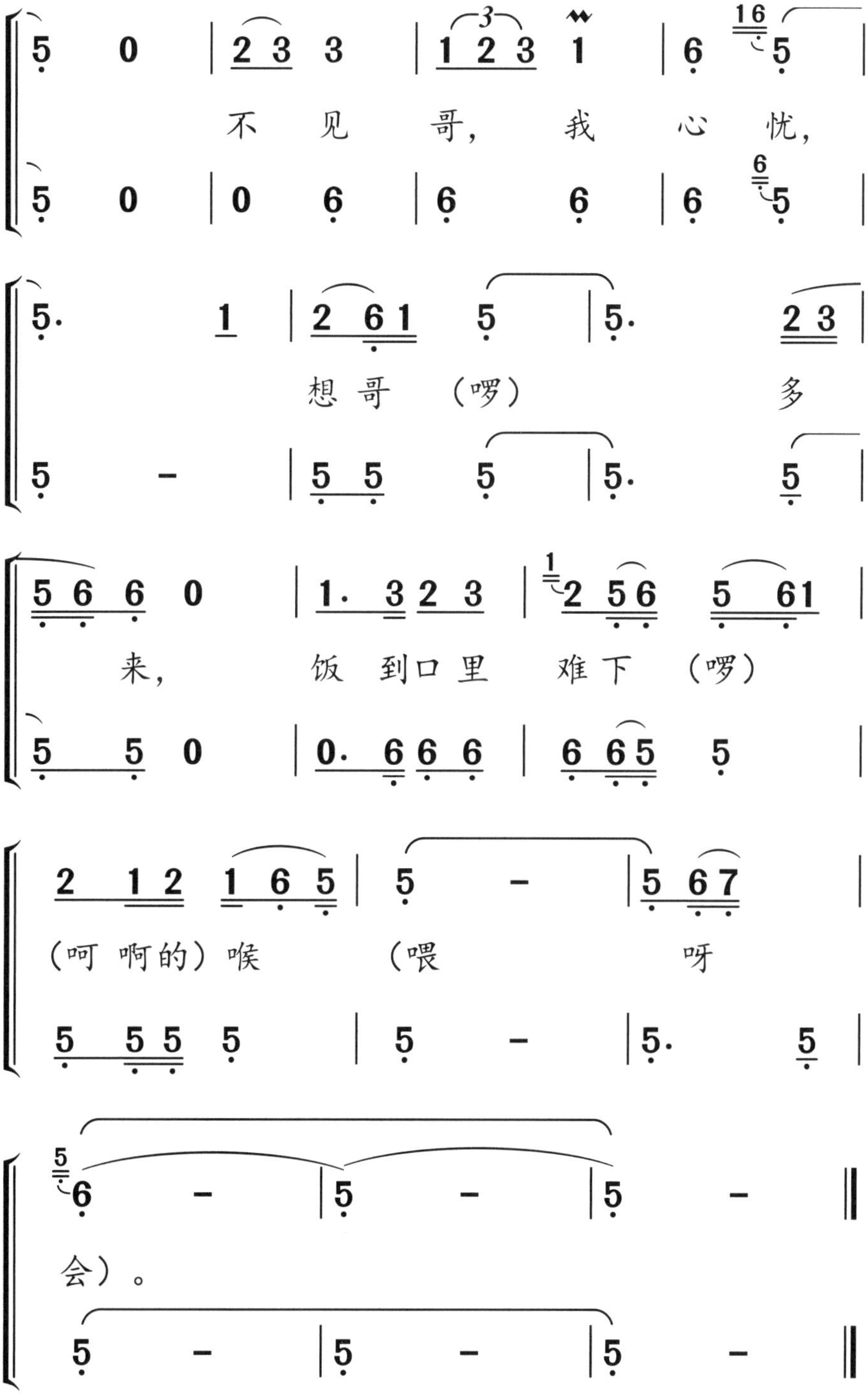

不见哥，我心忧，

想哥（啰）多

来，饭到口里难下（啰）

（呵 啊的）喉（喂 呀

会）。

想到以前真伤心

（八句歌）

1＝B $\frac{2}{4}$

罗城仫佬族民歌

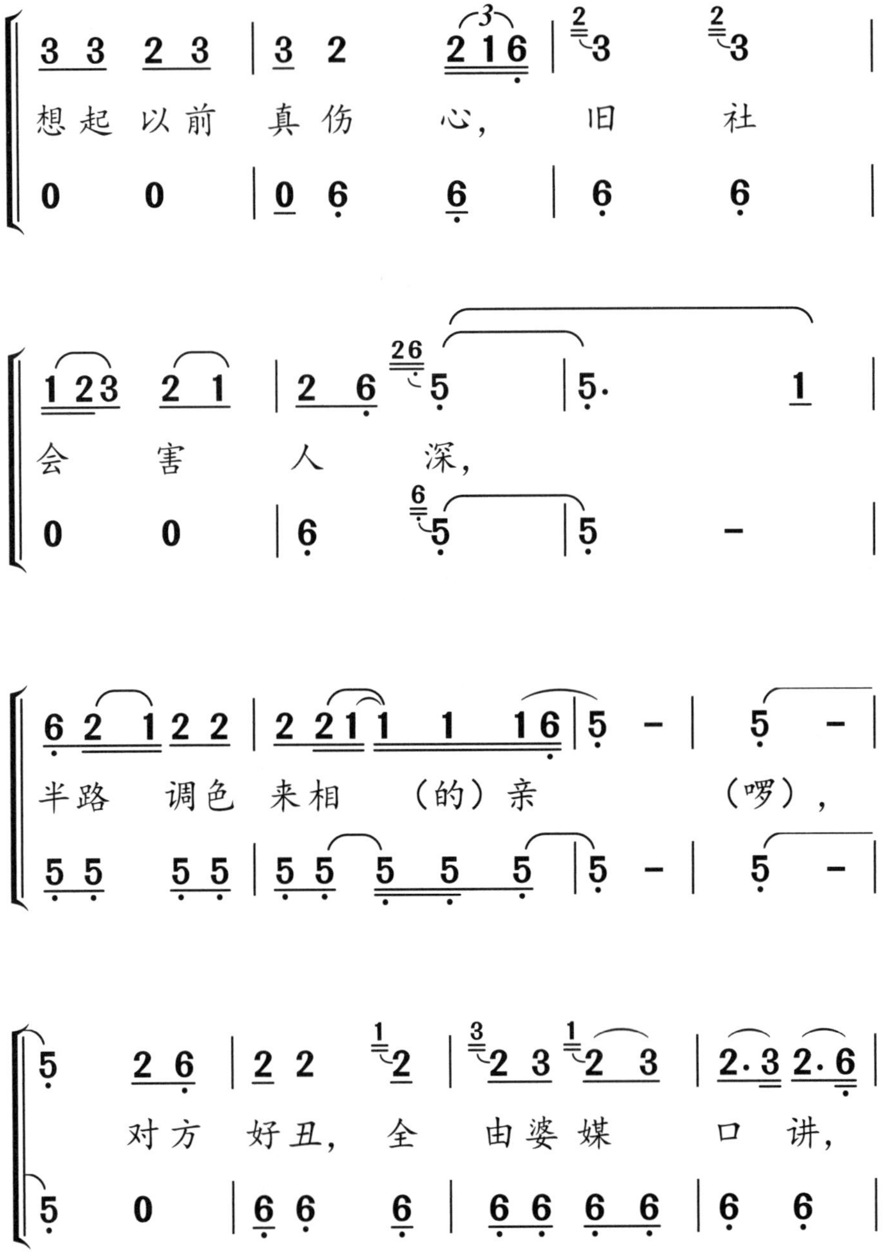

想起以前真伤心，旧社

会害人深，

半路调色来相（的）亲（啰），

对方好丑，全由婆媒口讲，

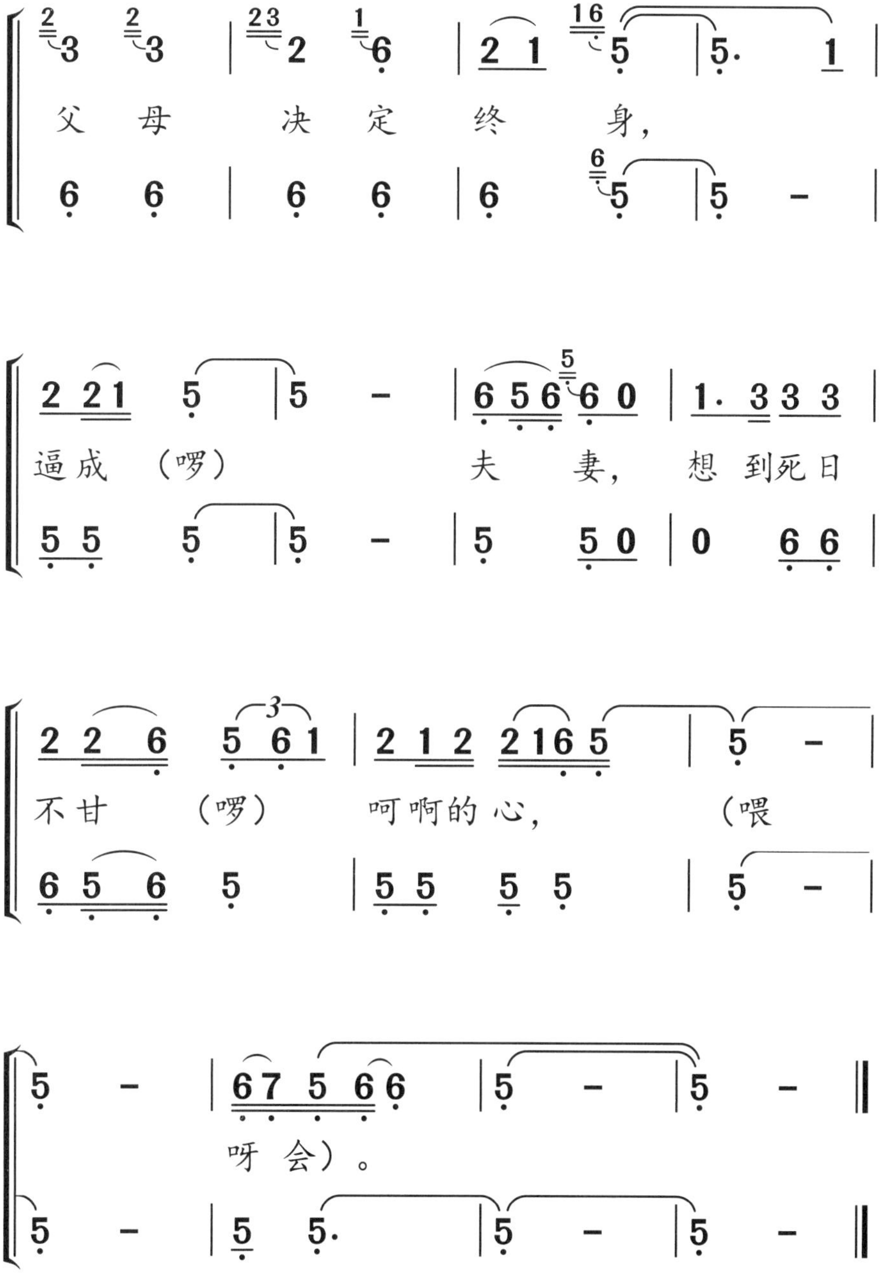

父 母 决 定 终 身，

逼成 （啰） 夫 妻， 想 到死日

不甘 （啰） 呵啊的 心， （喂

呀 会）。

我是莲藕在塘里

（九句歌）

1＝B $\frac{2}{4}$

罗城仫佬族民歌

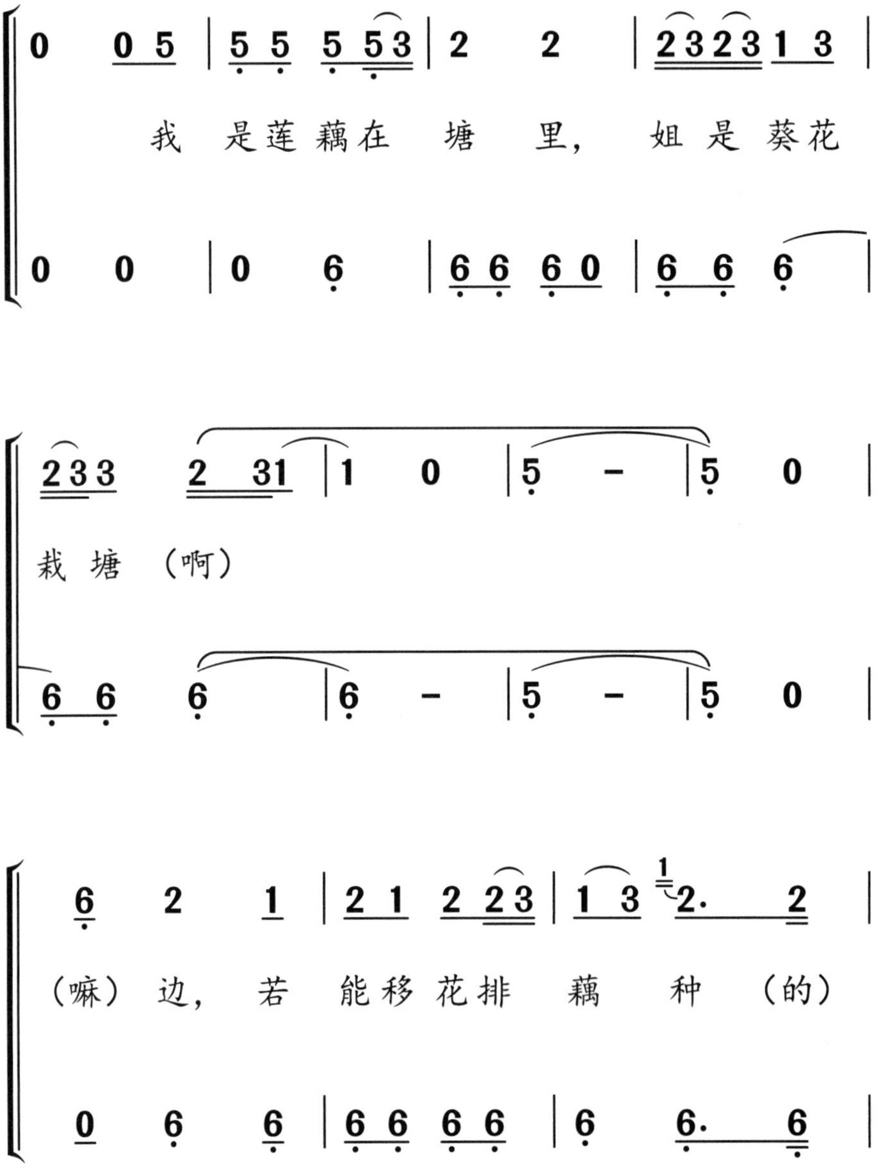

我 是莲 藕在 塘 里， 姐 是 葵花

栽 塘 （啊）

（嘛） 边， 若 能移 花排 藕 种 （的）

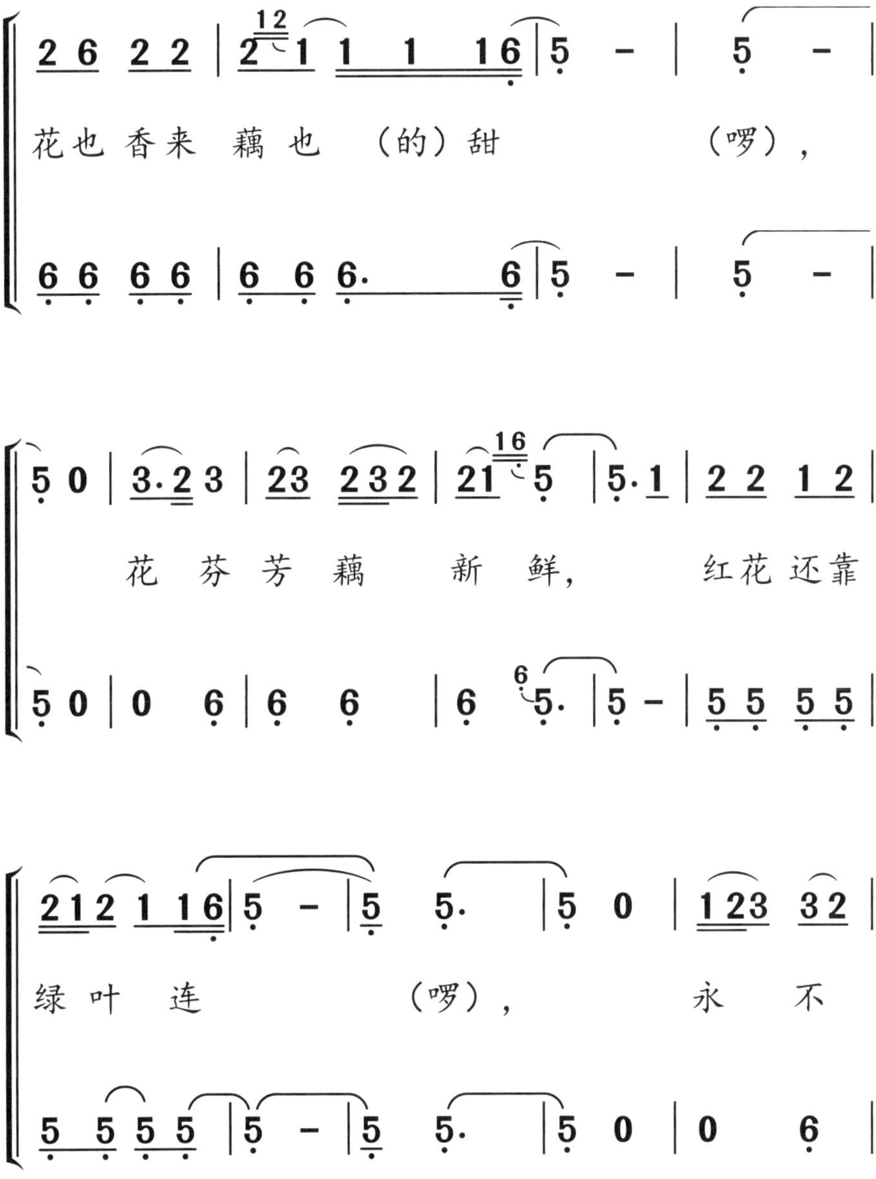

2 6 2 2 | 2 1 1 1 16 | 5 - | 5 - |

花也香来 藕也 （的）甜 （啰），

6 6 6 6 | 6 6 6· 6 | 5 - | 5 - |

5 0 | 3·2 3 | 23 232 | 21 5 | 5·1 | 2 2 1 2 |

花 芬 芳 藕 新 鲜， 红花还靠

5 0 | 0 6 | 6 6 | 6 5· | 5 - | 5 5 5 5 |

212 1 16 | 5 - | 5 5· | 5 0 | 123 32 |

绿叶 连 （啰）， 永 不

5 5 5 5 | 5 - | 5 5· | 5 0 | 0 6 |

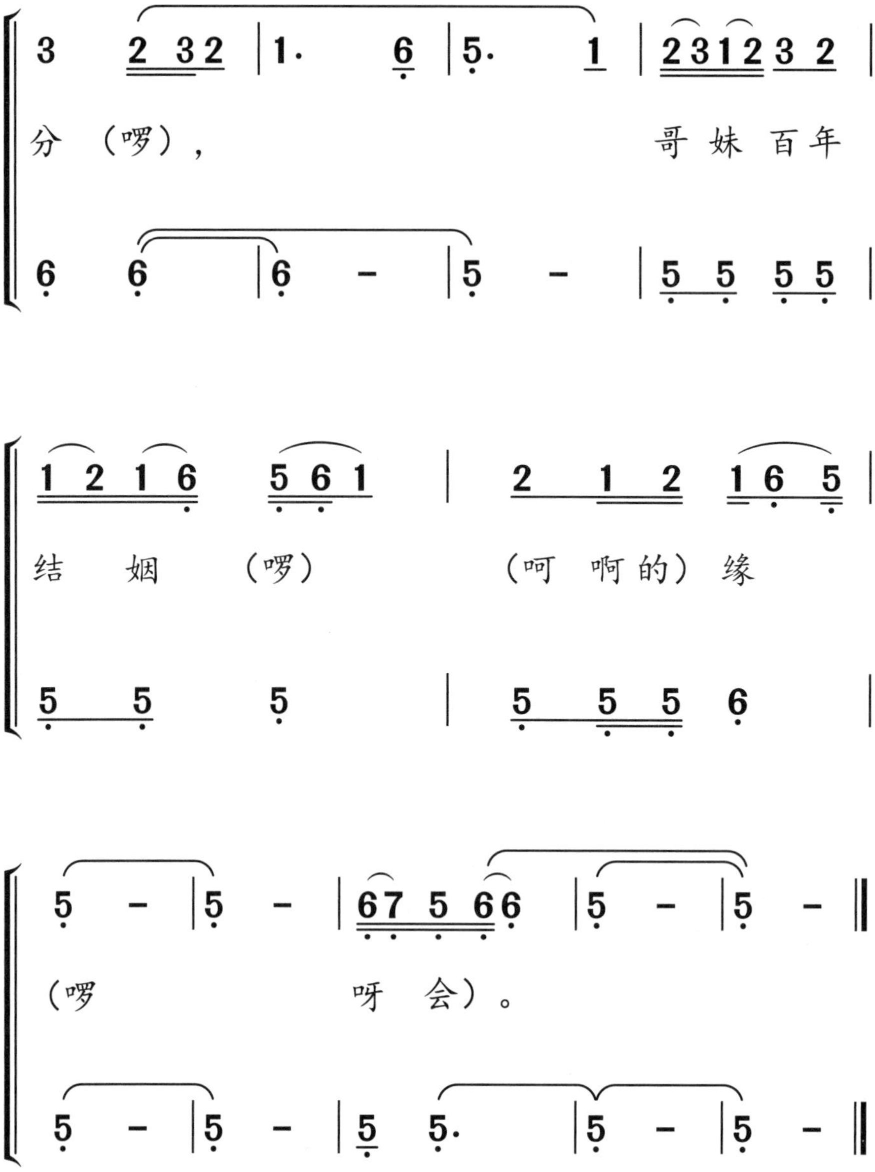

3 2 32 | 1· 6 | 5· 1 | 2312 3 2 |

分（啰），　　　　哥妹百年

6 6 | 6 – | 5 – | 5 5 5 5 |

1 2 1 6 5 6 1 | 2 1 2 1 6 5 |

结　姻　（啰）　（呵　啊的）缘

5 5 5 | 5 5 5 6 |

5 – | 5 – | 67 5 66 | 5 – | 5 – ‖

（啰　　　呀　会）。

5 – | 5 – | 5 5· | 5 – | 5 – ‖

葡萄结果颗连颗

（十一字歌）

1=G $\frac{2}{4}$

罗城仫佬族民歌

凤凰山上，葡萄结果颗连颗，

龙潭（啰）湖（嘛的）

边，大家唱歌音连音

（啰），仫佬农村好，田好地片

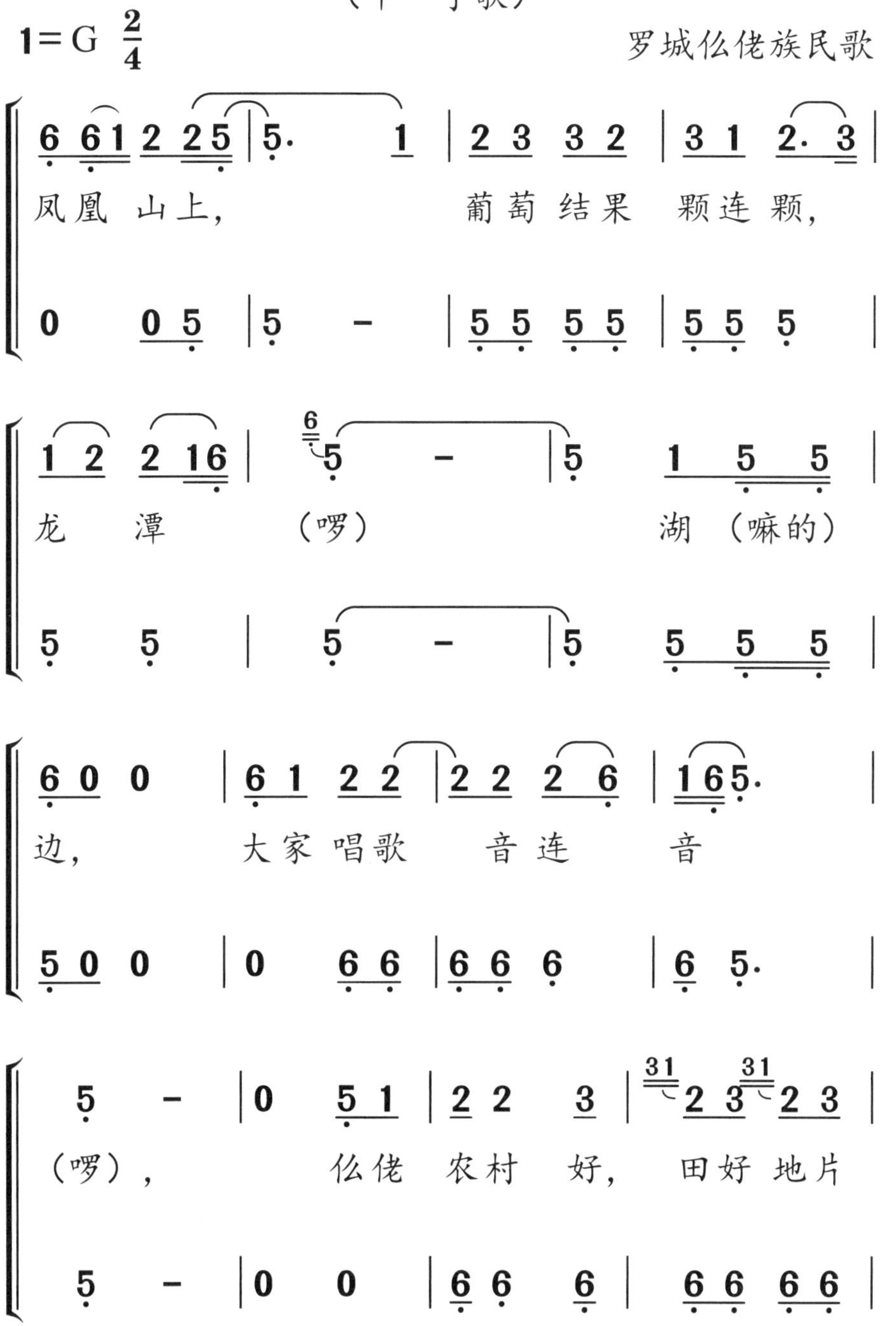

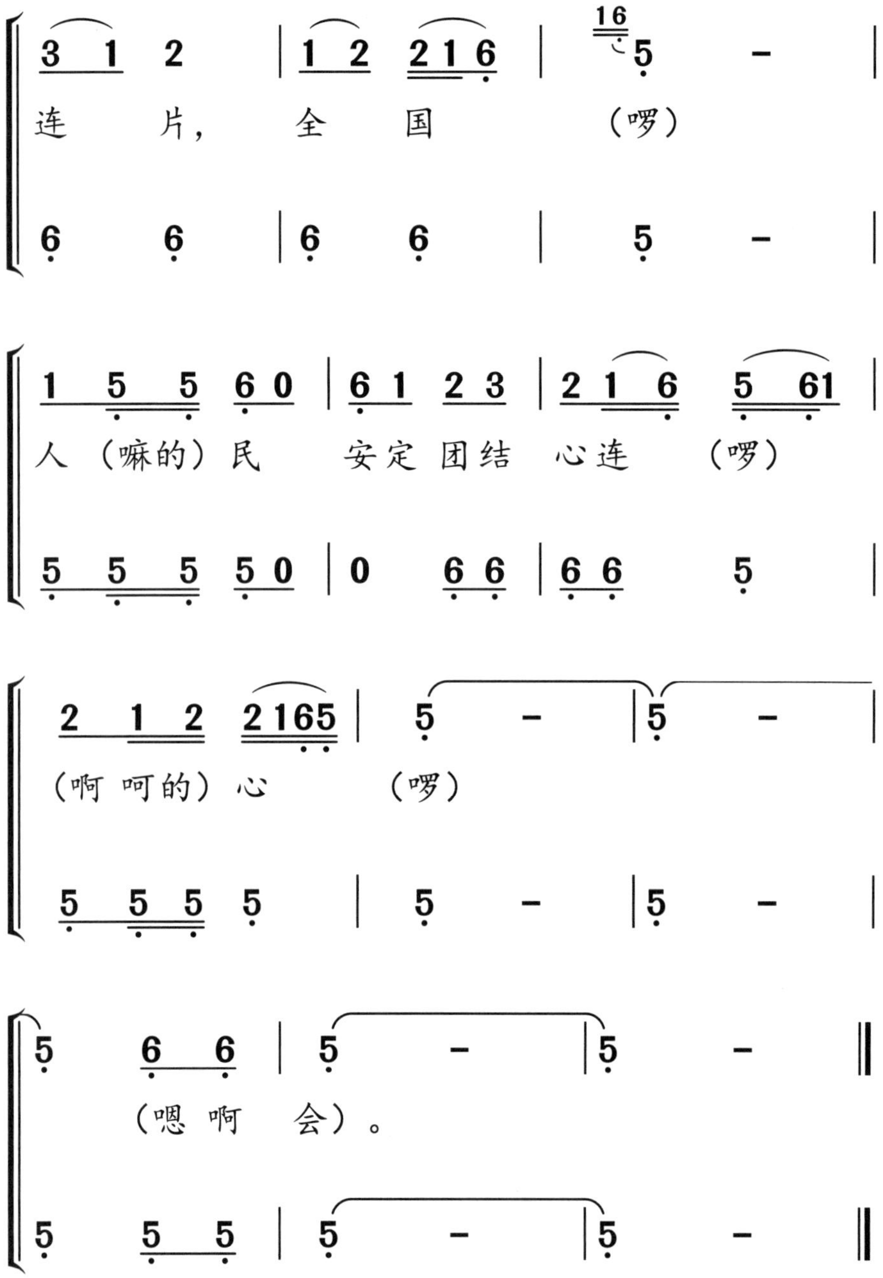

3 1 2 | 1 2 216 | 5 – |
连 片， 全 国 （啰）

6 6 | 6 6 | 5 – |

1 5 5 6 0 | 6 1 2 3 | 2 1 6 5 61 |
人（嘛的）民 安定团结 心连 （啰）

5 5 5 5 0 | 0 6 6 | 6 6 5 |

2 1 2 2165 | 5 – | 5 – |
（啊 呵的）心 （啰）

5 5 5 5 | 5 – | 5 – |

5 6 6 | 5 – | 5 – ‖
（嗯 啊 会）。

5 5 5 | 5 – | 5 – ‖

百花逢春盖世香

（三十字歌）

1= B $\frac{2}{4}$ $\frac{3}{4}$

罗城仫佬族民歌

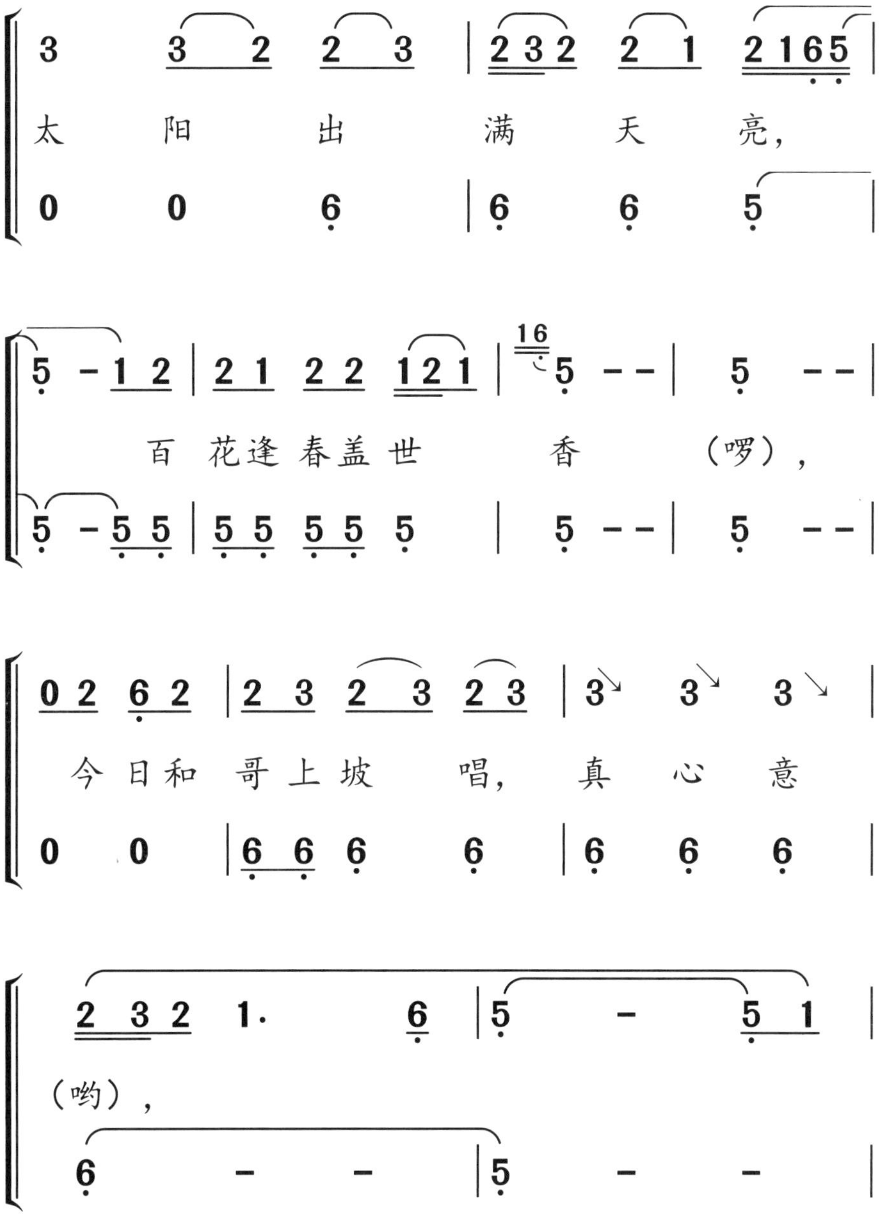

太阳出满天亮，百花逢春盖世香（啰），

今日和哥上坡唱，真心意（哟），

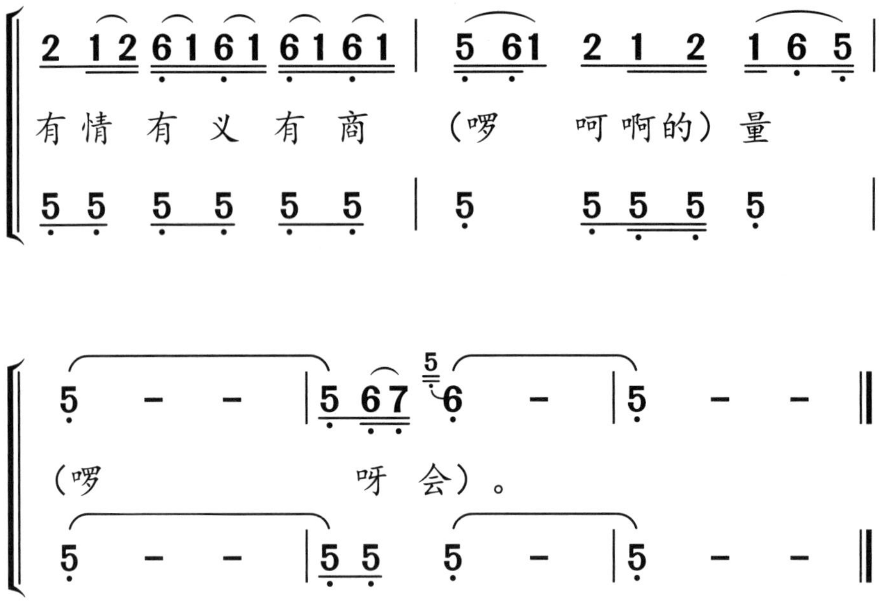

2 12 6161 6161 | 5 61 2 1 2 1 6 5 |

有情有义有商（啰 呵啊的）量

5 5 5 5 5 5 | 5 5 5 5 5 |

5 - - | 5 67 6 - | 5 - - ‖

（啰 呀 会）。

5 - - | 5 5 5 - | 5 - - ‖

我过田基眼望空

（七字喂）

1＝D $\frac{2}{4}$

罗城壮族民歌

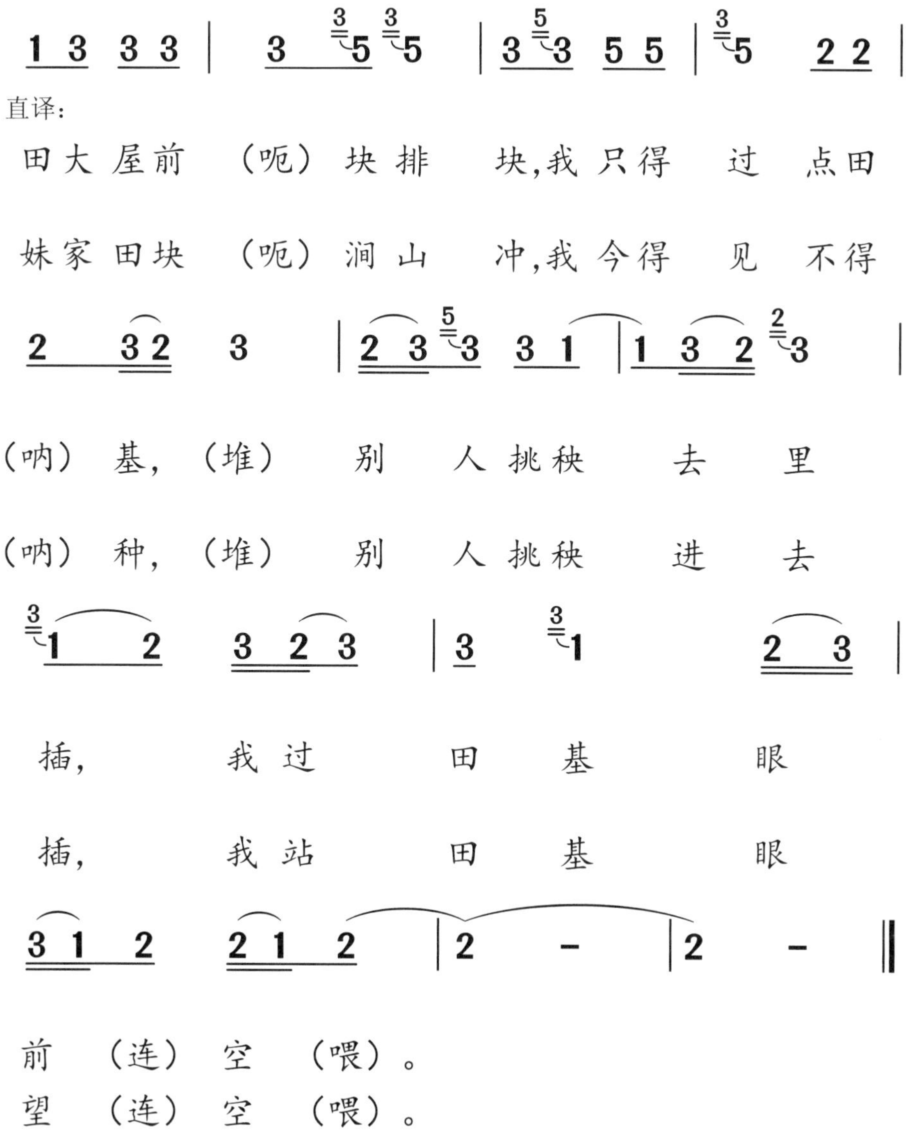

1 3 3 3 | 3 ³5 ³5 | 3 ⁵3 5 5 | ³5 2 2 |

直译：

田大屋前 （呃） 块 排 块，我 只得 过 点田

妹家田块 （呃） 涧 山 冲，我 今得 见 不得

2 3 2 3 | 2 3 ⁵3 3 1 | 1 3 2 ²3 |

（呐） 基，（堆） 别 人 挑秧 去 里

（呐） 种，（堆） 别 人 挑秧 进 去

³1 2 3 2 3 | 3 ³1 2 3 |

插， 我 过 田 基 眼

插， 我 站 田 基 眼

3 1 2 2 1 2 | 2 – | 2 – ‖

前 （连） 空 （喂）。

望 （连） 空 （喂）。

提示：此歌流传于广西壮族自治区河池市罗城仫佬族自治县兼爱乡。

燕子含泥飞不息

（啦了啦）

1＝G 2/4 3/4 4/4

环江壮族民歌

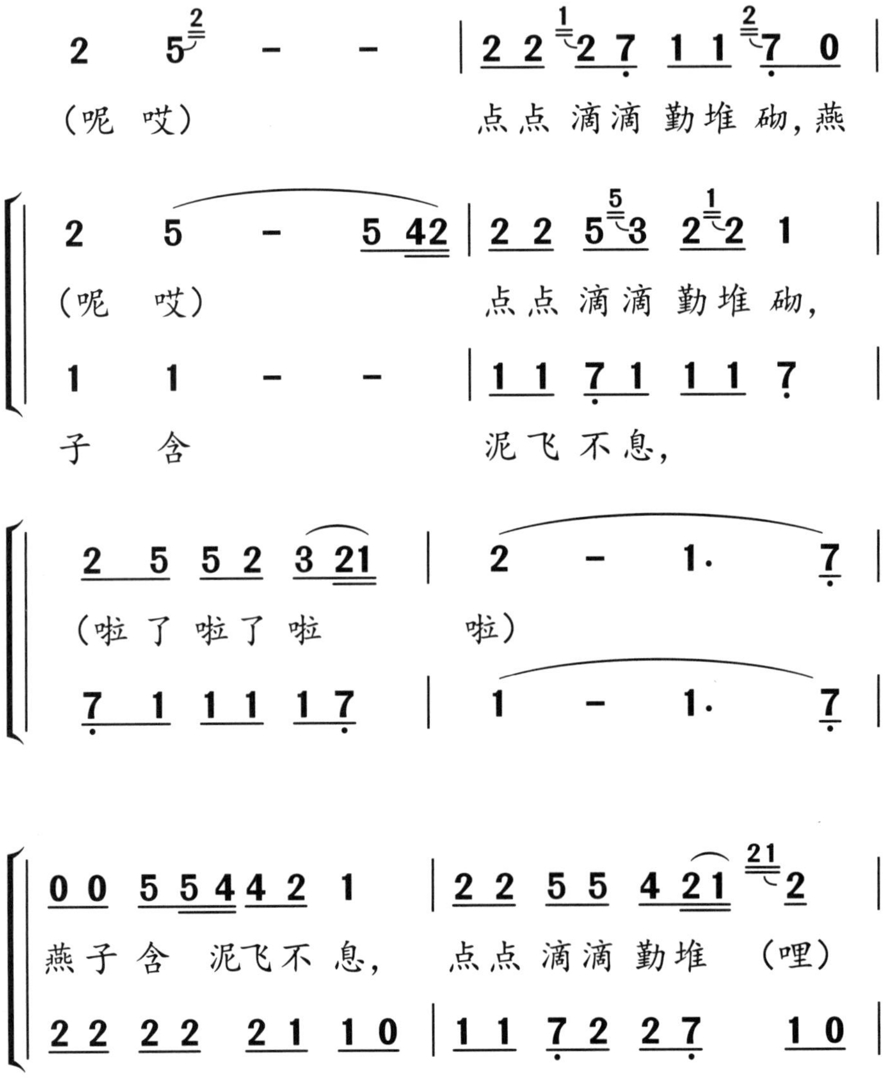

2 5 – – | 2 2 2 7 1 1 7 0 |

（呢 哎） 点点 滴滴 勤堆 砌，燕

2 5 – 5 42 | 2 2 5 3 2 2 1 |

（呢 哎） 点点 滴滴 勤堆 砌，

1 1 – – | 1 1 7 1 1 1 7 |

子 含 泥飞 不息，

2 5 5 2 3 21 | 2 – 1. 7 |

（啦了 啦了 啦 啦）

7 1 1 1 1 7 | 1 – 1. 7 |

0 0 5 54 42 1 | 2 2 5 5 4 21 2 |

燕子 含 泥飞不 息， 点点 滴滴 勤堆 （哩）

2 2 2 2 2 1 1 0 | 1 1 7 2 2 7 1 0 |

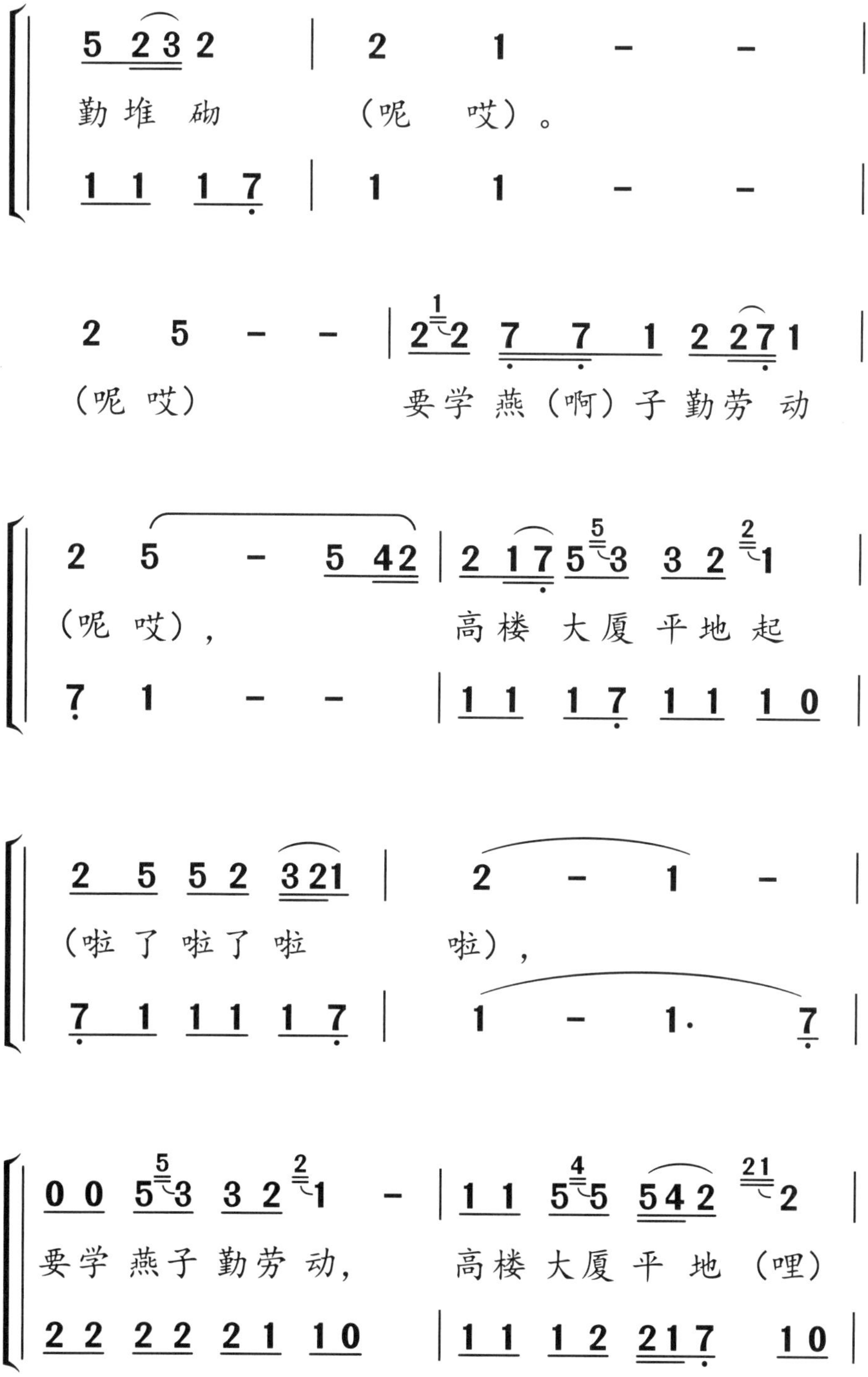

5 232 2 | 2 1 – – |
勤堆砌 （呢 哎）。
1 1 1 7 | 1 1 – – |

2 5 – – | 2 2 7 7 1 2 271 |
（呢 哎） 要学燕（啊）子勤劳动

2 5 – 5 42 | 2 17 53 3 2 1 |
（呢 哎）， 高楼大厦平地起
7 1 – – | 1 1 1 7 1 1 1 0 |

2 5 5 2 321 | 2 – 1 – |
（啦了啦了啦 啦），
7 1 1 1 1 7 | 1 – 1· 7 |

0 0 53 3 2 1 – | 1 1 55 542 2 |
要学燕子勤劳动， 高楼大厦平地（哩）
2 2 2 2 2 1 1 0 | 1 1 1 2 217 1 0 |

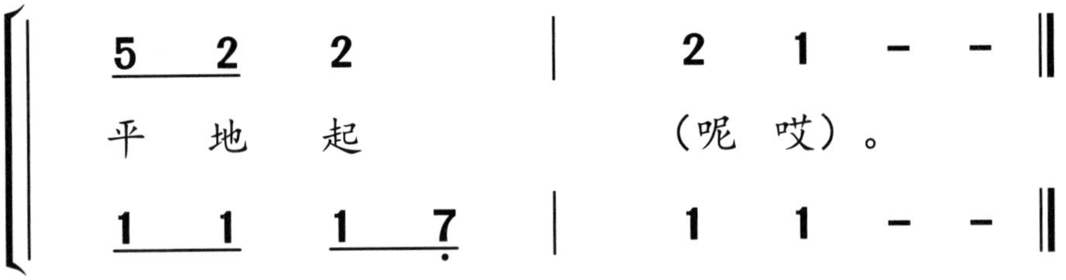

5 2 2	2 1 - - ‖
平 地 起	（呢 哎）。
1 1 1 7	1 1 - - ‖

哥妹把秧栽

（欢草）

1=E $\frac{2}{4}\frac{3}{4}$

环江毛南族民歌

0 0 | 0 0 | 2· 3 |
心想在一排（啦喂
6 6 2 2 | 2 6 1 | 1· 3 |
2 1 1 – | 1 1 1 3 | 2 – |
喔喂），心想在一排，
2 1 1 – | 6 6 1 1 | 1 – |
6 0 2 0 | 2 0 5 0 | 5 3 5 2 2 |
相随下田来（哪个）哥妹
6 0 6 0 | 2 0 2 0 | 2 2 1 6 1 |
2 3 1 | 6 2 2 5 | 3 3 5 2 2 |
把秧栽，嘴说要比赛（哪个）心想
1 6 1 | 6 6 2 2 | 2 2 1 2 6 |

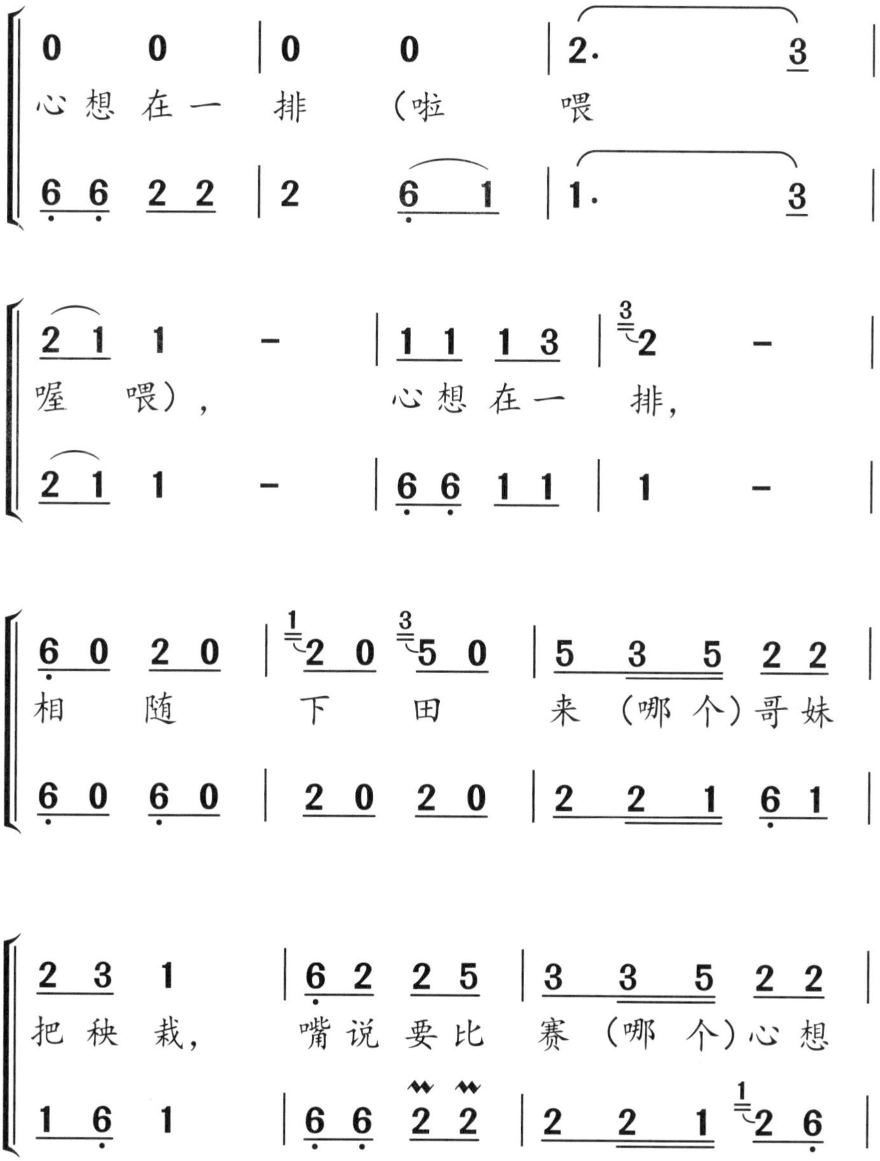

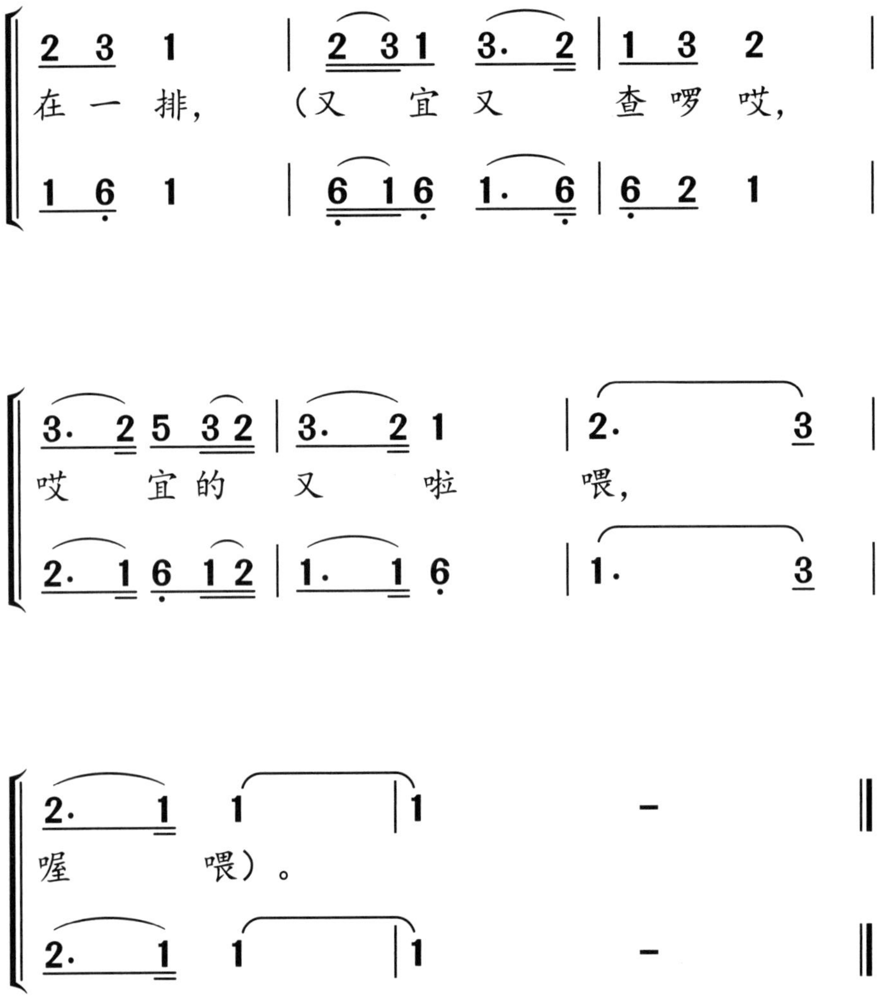

2 3 1 | 2 31 3. 2 | 1 3 2 |
在一排，（又宜又查啰哎，
1 6 1 | 6 16 1. 6 | 6 2 1 |

3. 2 5 32 | 3. 2 1 | 2. 3 |
哎宜的又啦喂，
2. 1 6 12 | 1. 1 6 | 1. 3 |

2. 1 1 | 1 - ‖
喔喂）。
2. 1 1 | 1 - ‖

各族团结向前进

（欢条）

1=C $\frac{2}{4}\frac{3}{4}$

环江毛南族民歌

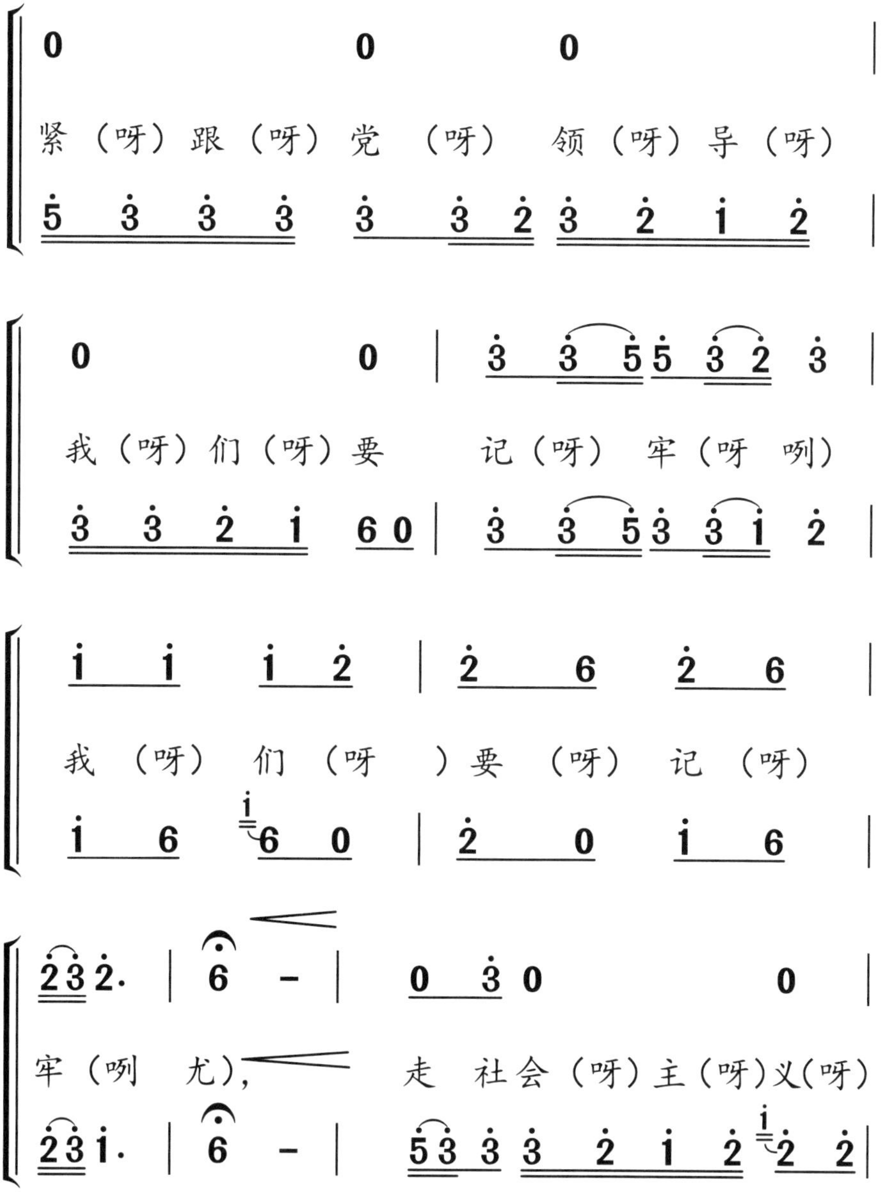

紧（呀）跟（呀）党（呀）领（呀）导（呀）

我（呀）们（呀）要 记（呀）牢（呀 咧）

我（呀）们（呀）要（呀）记（呀）

牢（咧 尤），走 社会（呀）主（呀）义（呀）

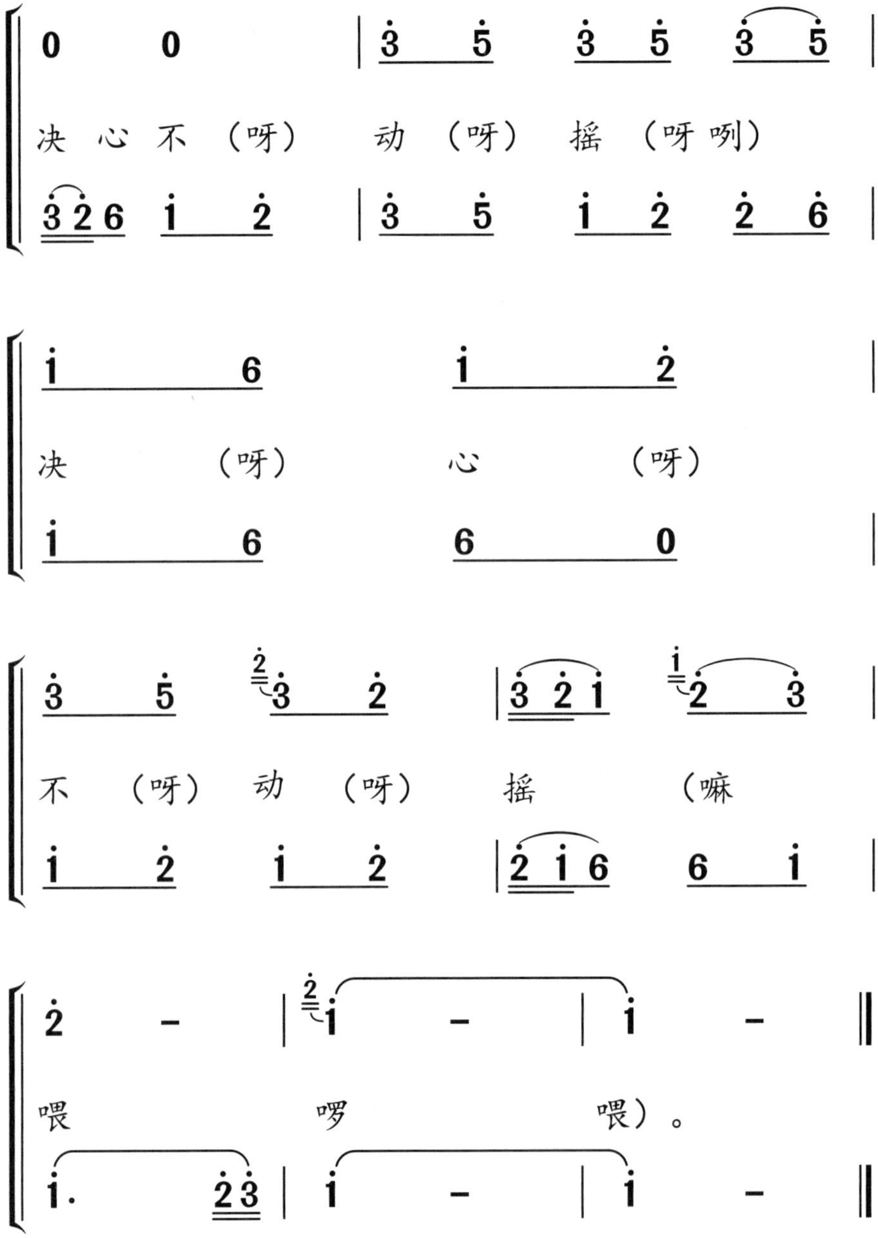

决心不（呀）动（呀）摇（呀咧）

决（呀）心（呀）

不（呀）动（呀）摇（嘛

喂啰喂）。

毛南菜牛肥又壮

（比西勒）

1＝C $\frac{2}{4}$ $\frac{3}{4}$

环江毛南族民歌

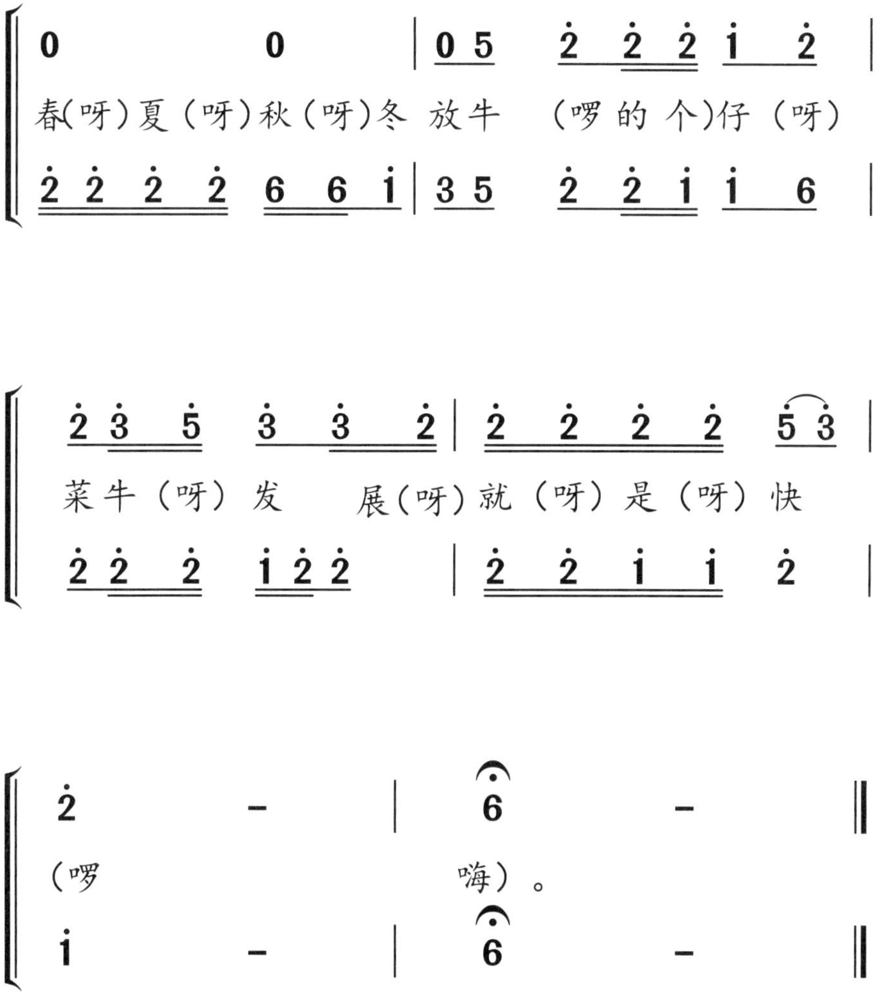

春(呀)夏（呀)秋（呀)冬 放牛 （啰 的 个)仔（呀)

菜牛（呀）发 展(呀)就（呀）是（呀）快

（啰 嗨）。

毛南红花人人爱

（比条）

1＝C $\frac{2}{4}$

环江毛南族民歌

中板

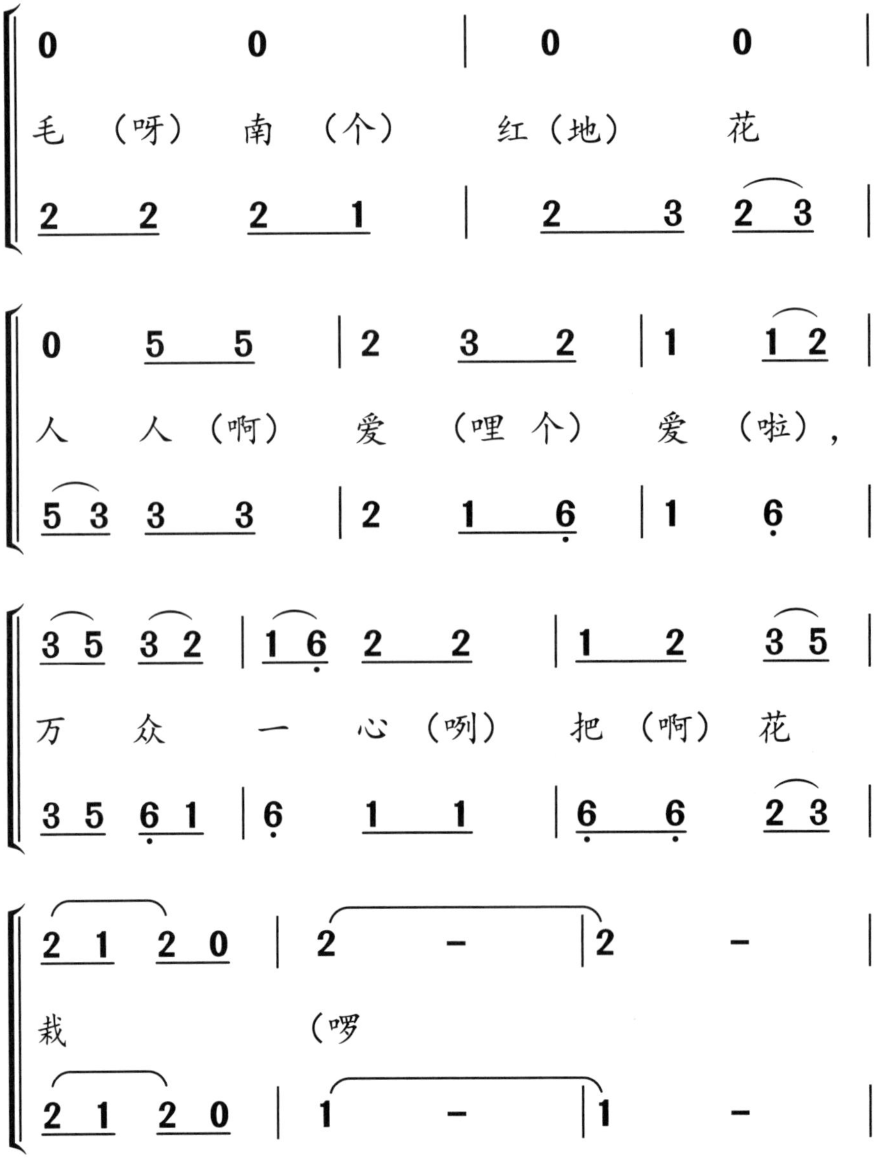

0 0 | 0 0 |

毛（呀）南（个）红（地）花

2 2 2 1 | 2 3 2 3 |

0 5 5 | 2 3 2 | 1 1 2 |

人人（啊）爱（哩 个）爱（啦），

5 3 3 3 | 2 1 6 | 1 6 |

3 5 3 2 | 1 6 2 2 | 1 2 3 5 |

万众一心（咧）把（啊）花

3 5 6 1 | 6 1 1 | 6 6 2 3 |

2 1 2 0 | 2 - | 2 - |

栽（啰

2 1 2 0 | 1 - | 1 - |

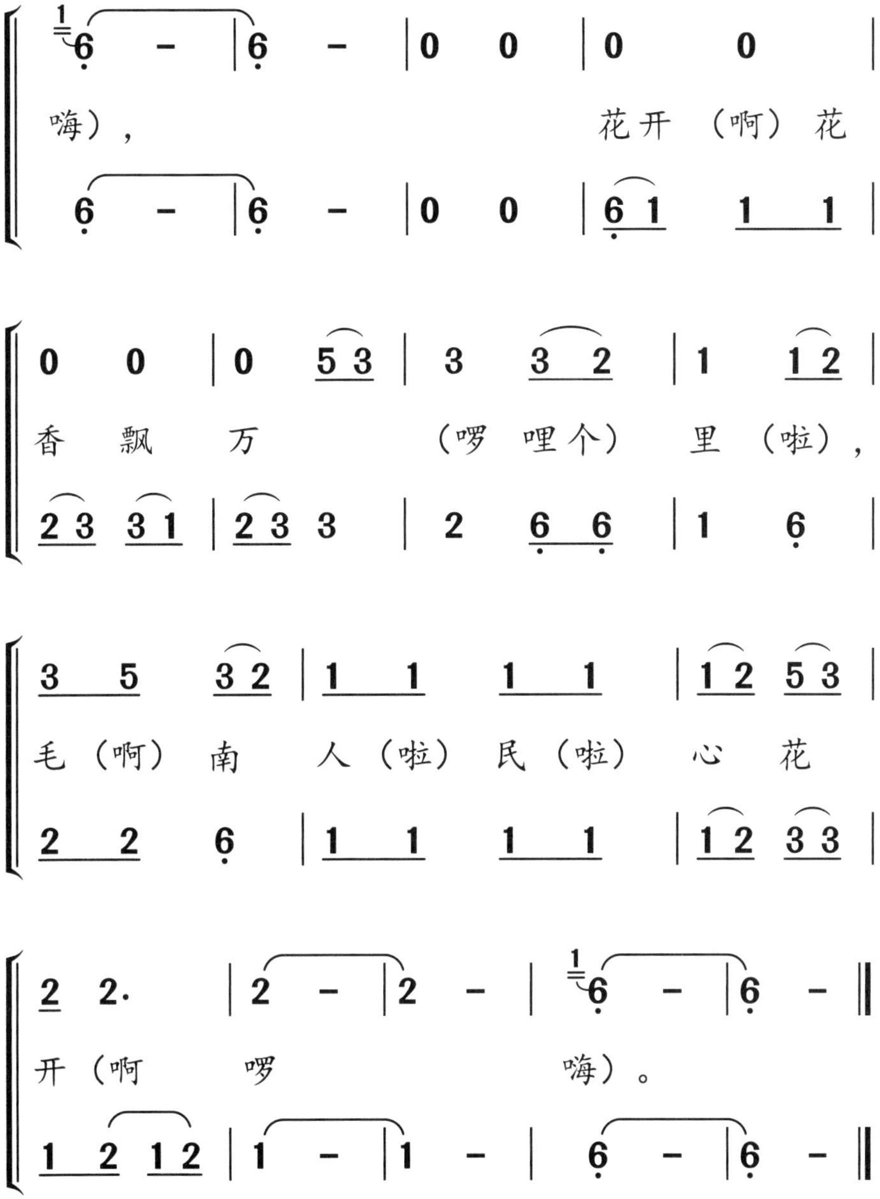

| 6 - | 6 - | 0 0 | 0 0 |
嗨），花开（啊）花
| 6 - | 6 - | 0 0 | 61 1 1 |

| 0 0 | 0 53 | 3 32 | 1 12 |
香 飘 万 （啰 哩个） 里（啦），
| 23 31 | 23 3 | 2 66 | 1 6 |

| 35 32 | 11 11 | 12 53 |
毛（啊）南 人（啦）民（啦）心 花
| 22 6 | 11 11 | 12 33 |

| 2 2· | 2 - | 2 - | 6 - | 6 - ‖
开（啊 啰 嗨）。
| 12 12 | 1 - | 1 - | 6 - | 6 - ‖

毛南人民见新天

（椰啰喂）

1=E $\frac{2}{4}$

环江毛南族民歌

稍快

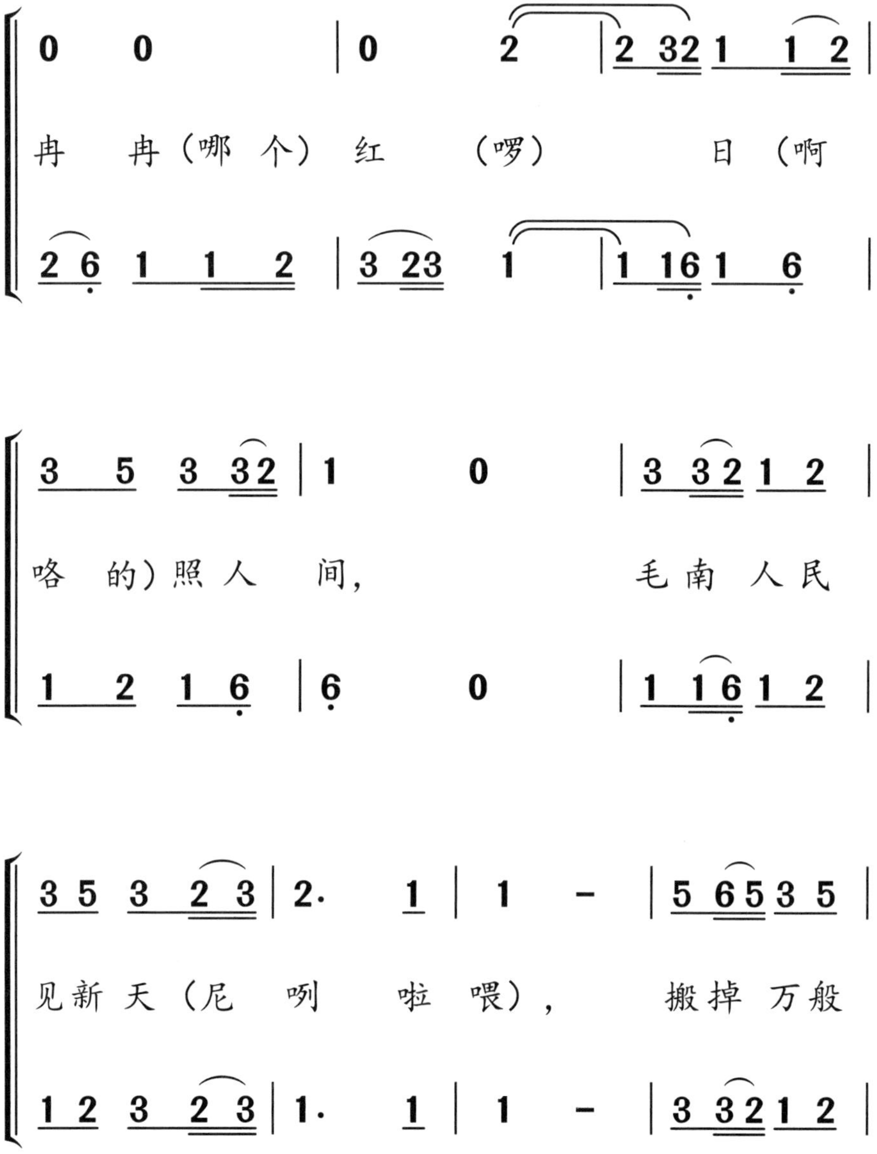

0 0 | 0 2 | 2 32 1 1 2 |

冉 冉（哪 个）红 （啰） 日（啊

2 6 1 1 2 | 3 23 1 | 1 16 1 6 |

3 5 3 32 | 1 0 | 3 32 1 2 |

咯 的）照 人 间， 毛 南 人 民

1 2 1 6 | 6 0 | 1 16 1 2 |

3 5 3 2 3 | 2· 1 | 1 － | 5 65 3 5 |

见新天（尼 咧 啦 喂）， 搬 掉 万 般

1 2 3 2 3 | 1· 1 | 1 － | 3 32 1 2 |

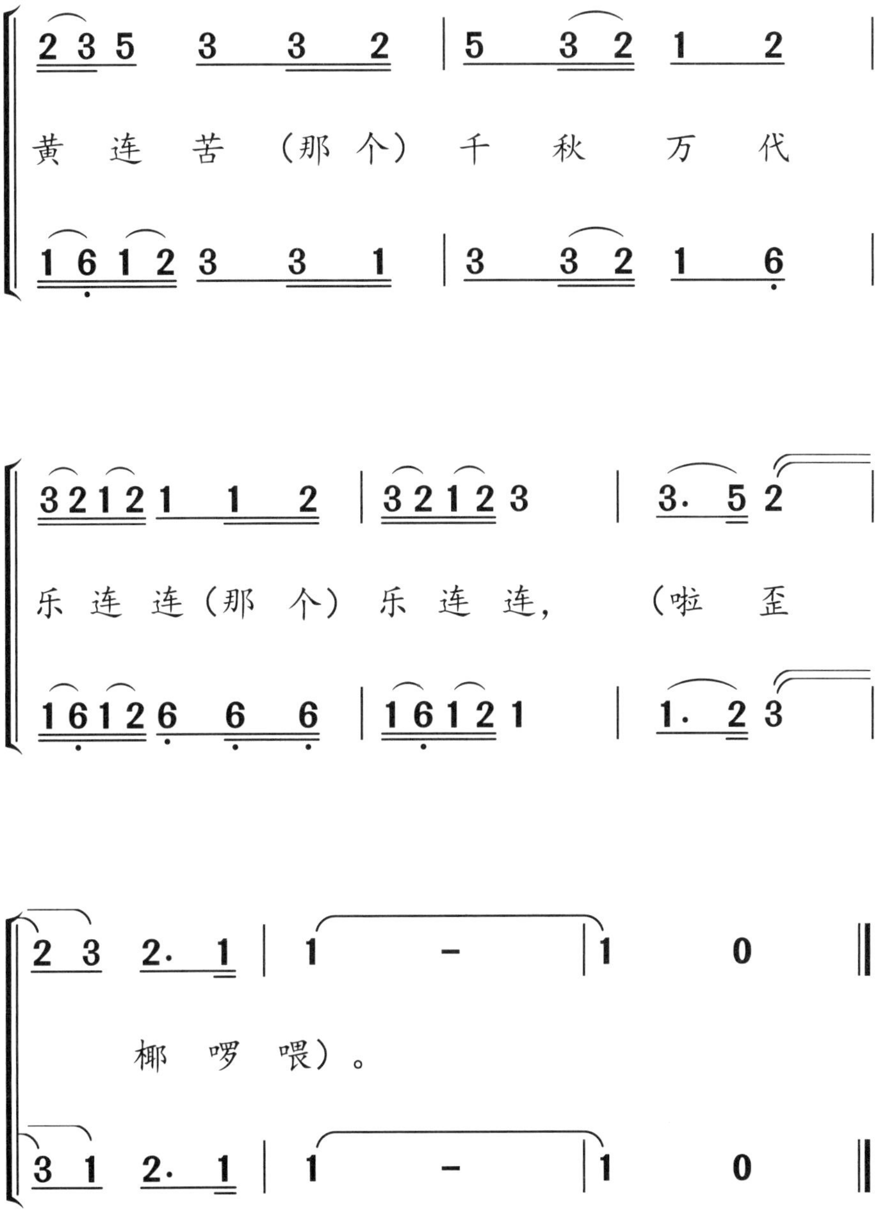

| 2 3 5 3 3 2 | 5 3 2 1 2 |

黄 连 苦（那 个）千 秋 万 代

| 1 6 1 2 3 3 1 | 3 3 2 1 6 |

| 3 2 1 2 1 1 2 | 3 2 1 2 3 | 3. 5 2 |

乐 连 连（那 个）乐 连 连，（啦 歪

| 1 6 1 2 6 6 6 | 1 6 1 2 1 | 1. 2 3 |

| 2 3 2. 1 | 1 – | 1 0 ‖

椰 啰 喂）。

| 3 1 2. 1 | 1 – | 1 0 ‖

巍巍岜音山

（比卧勒）

1=G $\frac{2}{4}$

环江毛南族民歌

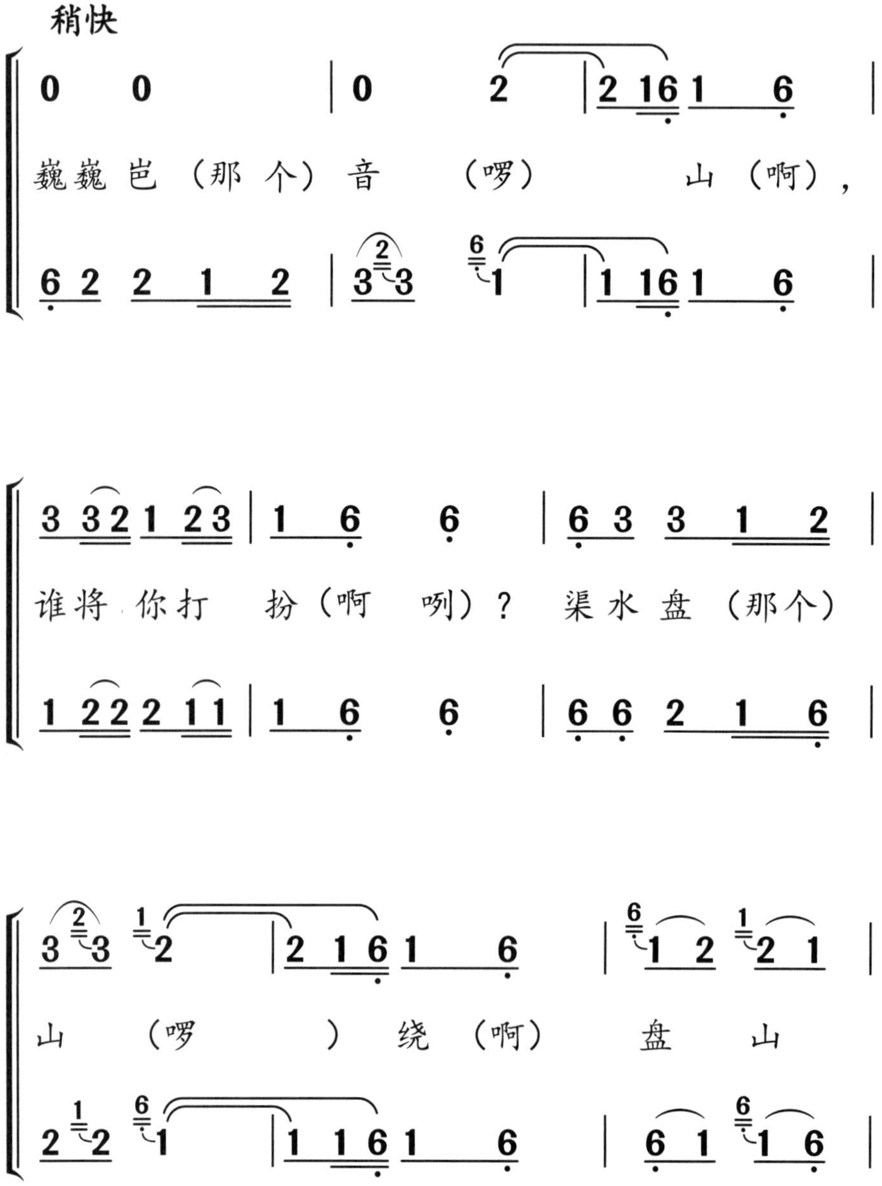

稍快

绕（啊 咧） 禾 苗 披绿毯

（啰 嗨）。

先谈快乐事

（比三结）

1＝G $\frac{2}{4}$　　环江毛南族民歌

稍快

0 0 | 3. 1 |

太阳（啊）三尺（喂）
去问（啊）你表（喂）
一谈（啊）盘和（喂）
皇帝（啊）印来（喂）

6 6 6 1 3 | 2. 6 |

1 1 1 1 1 | 1 2 3 2 | 2 – | 6 – ‖

高（啊）阳光（啊）照阶前（啰嗨）。
妹（啊）谈那（啊）句来先（啰嗨）。
古（啊）二谈（啊）人心甜（啰嗨）。
开（啊）谈快（啊）乐来先（啰嗨）。

1 6 2 1 1 | 6 1 1 | 1 – | 6 – ‖

第三部分

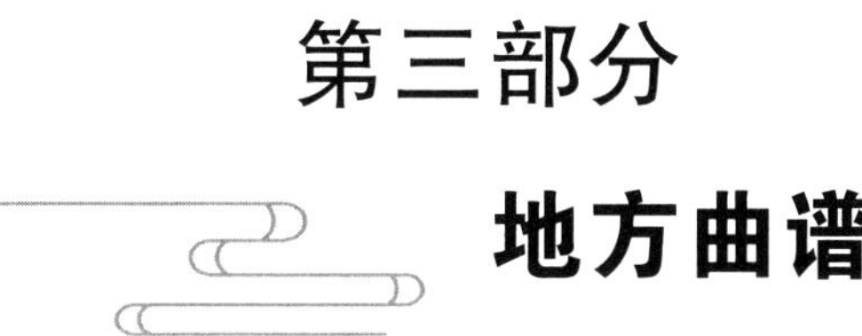

地方曲谱

龙岩欢

（壮族梁妹　曾妹演唱）

1＝♭B $\frac{2}{4}$ $\frac{3}{4}$　　　　韦　敏记谱

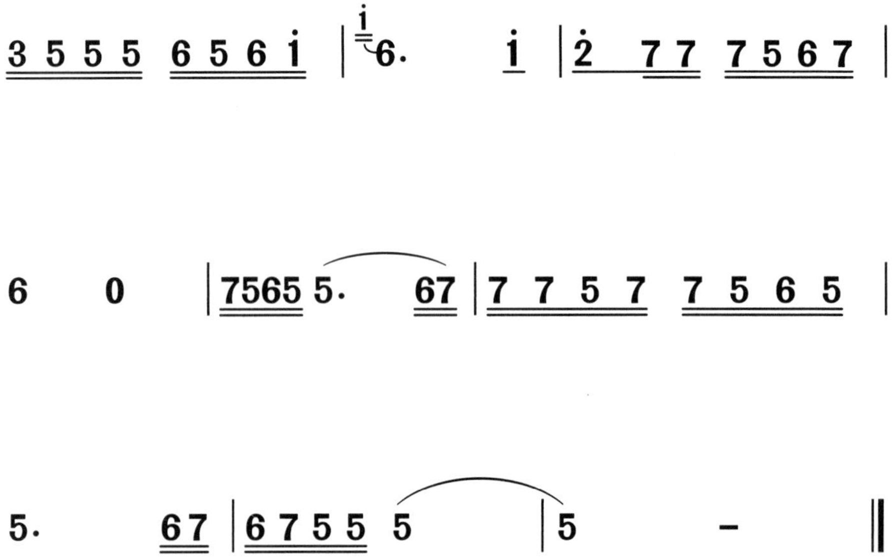

3 5 5 5　6 5 6 i | 6. i | 2 7 7 7 5 6 7 |

6 0 | 7565 5. 67 | 7 7 5 7 7 5 6 5 |

5. 67 | 6 7 5 5 5 | 5 – ‖

提示：此曲谱是流行于广西壮族自治区来宾市象州县马坪地区的壮欢。歌词无法翻译，根据演唱速度变换，可适用于多种场合演唱，且适用于情歌、盘歌、叙事歌的演唱。

天峨山歌（一）

（汉族曲调）

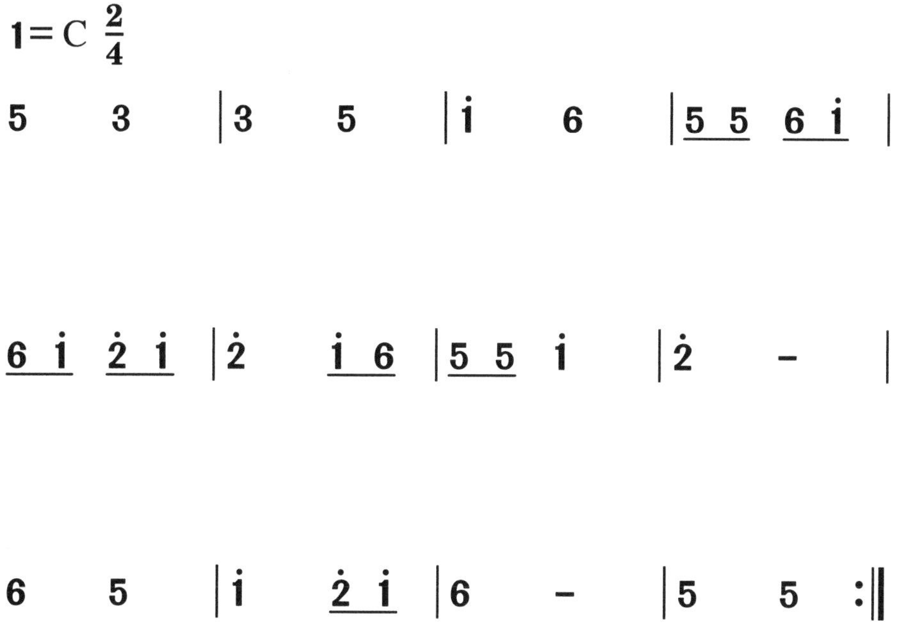

1=C $\frac{2}{4}$

5 3 | 3 5 | $\dot{1}$ 6 | <u>5 5</u> <u>6 $\dot{1}$</u> |

<u>6 $\dot{1}$</u> <u>$\dot{2}$ $\dot{1}$</u> | $\dot{2}$ <u>$\dot{1}$ 6</u> | <u>5 5</u> $\dot{1}$ | $\dot{2}$ - |

6 5 | $\dot{1}$ <u>$\dot{2}$ $\dot{1}$</u> | 6 - | 5 5 :‖

天峨山歌（二）

（巫歌曲调）

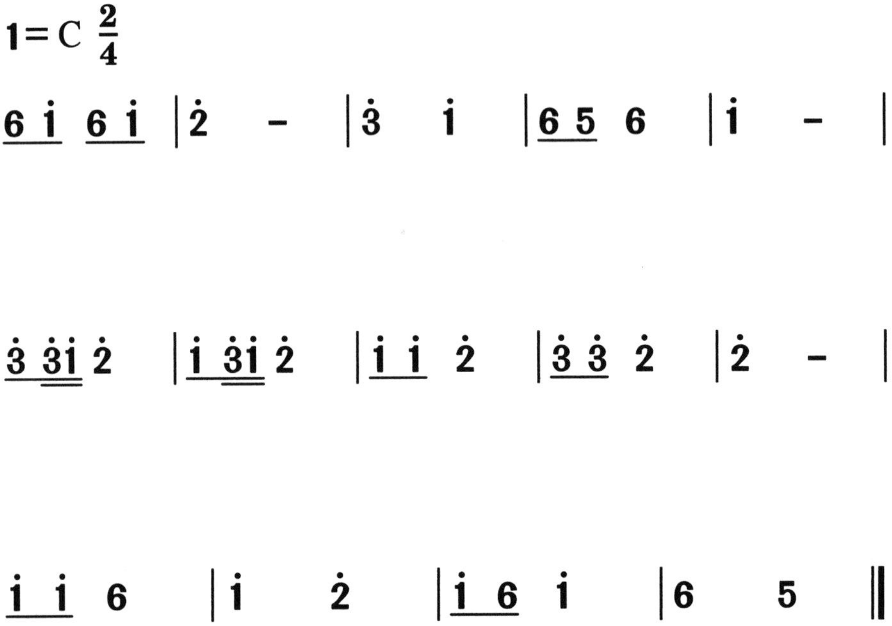

1＝C $\frac{2}{4}$

6 1̇ 6 1̇ | 2̇ - | 3̇ 1̇ | 6 5 6 | 1̇ - |

3̇ 3̇1̇ 2̇ | 1̇ 3̇1̇ 2̇ | 1̇ 1̇ 2̇ | 3̇ 3̇ 2̇ | 2̇ - |

1̇ 1̇ 6 | 1̇ 2̇ | 1̇ 6 1̇ | 6 5 ‖

挂　彩

（天峨唢呐曲牌）

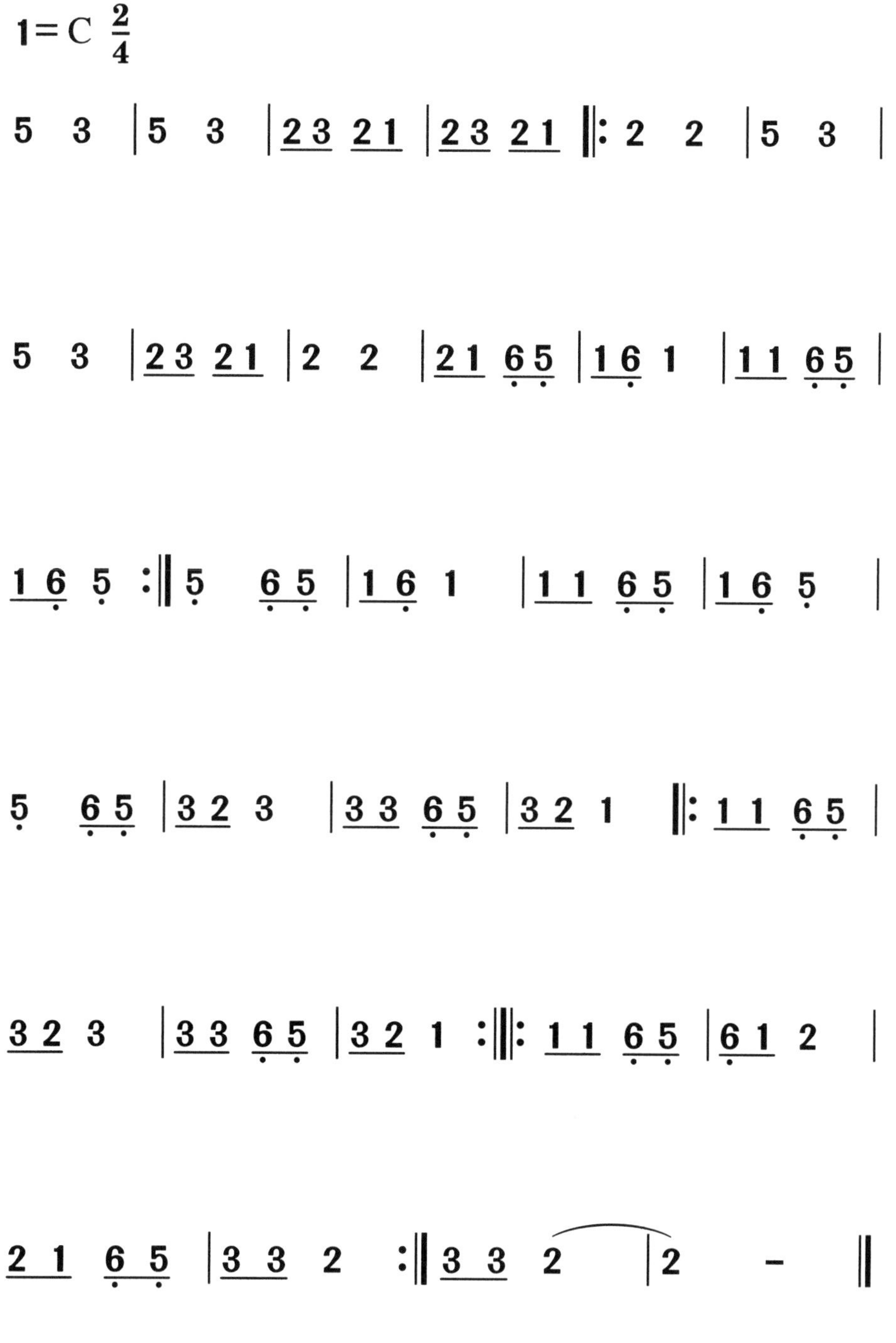

1＝C 2/4

5　3 |5　3 |23 21 |23 21 ‖: 2　2 |5　3 |

5　3 |23 21 |2　2 |21 65 |16 1 |11 65 |

16 5 :‖ 5　65 |16 1 |11 65 |16 5 |

5　65 |32 3 |33 65 |32 1 ‖: 11 65 |

32 3 |33 65 |32 1 :‖: 11 65 |61 2 |

21 65 |33 2 :‖ 33 2 |2　– ‖

大开门

（天峨唢呐曲牌）

1＝C $\frac{2}{4}$

筒音为1

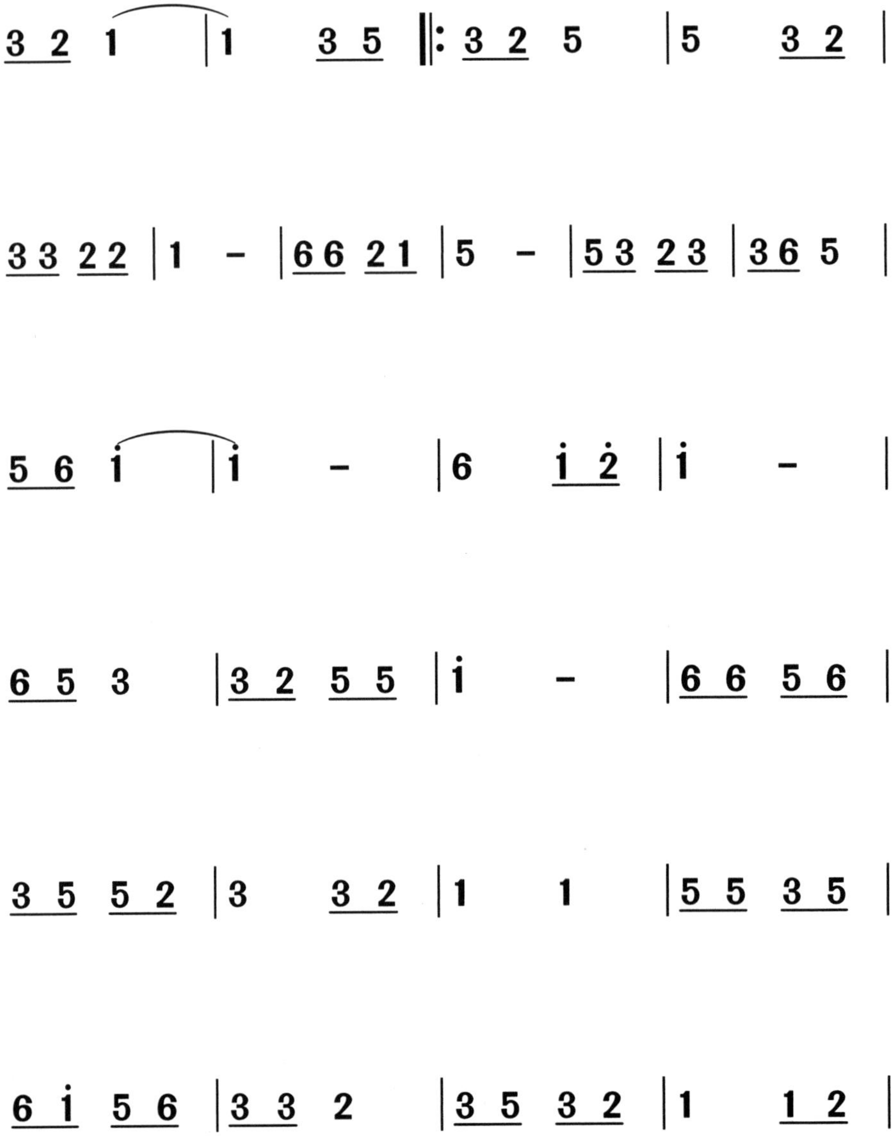

3 2 1 | 1 3 5 ‖: 3 2 5 | 5 3 2 |

3 3 2 2 | 1 – | 6 6 2 1 | 5 – | 5 3 2 3 | 3 6 5 |

5 6 i | i – | 6 i 2 | i – |

6 5 3 | 3 2 5 5 | i – | 6 6 5 6 |

3 5 5 2 | 3 3 2 | 1 1 | 5 5 3 5 |

6 i 5 6 | 3 3 2 | 3 5 3 2 | 1 1 2 |

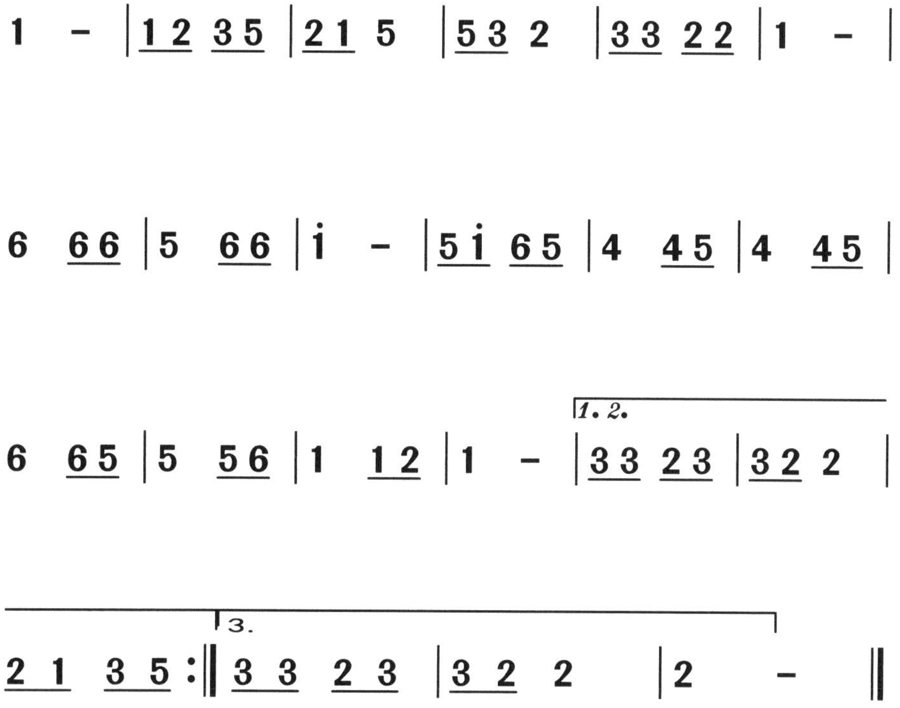

1 – | 12 35 | 21 5 | 53 2 | 33 22 | 1 – |

6 66 | 5 66 | i – | 5i 65 | 4 45 | 4 45 |

6 65 | 5 56 | 1 12 | 1 – |[1. 2. 33 23 | 322 2 |

21 35 :‖[3. 33 23 | 32 2 | 2 – ‖

鸡叫天明亮

（天峨唢呐曲牌）

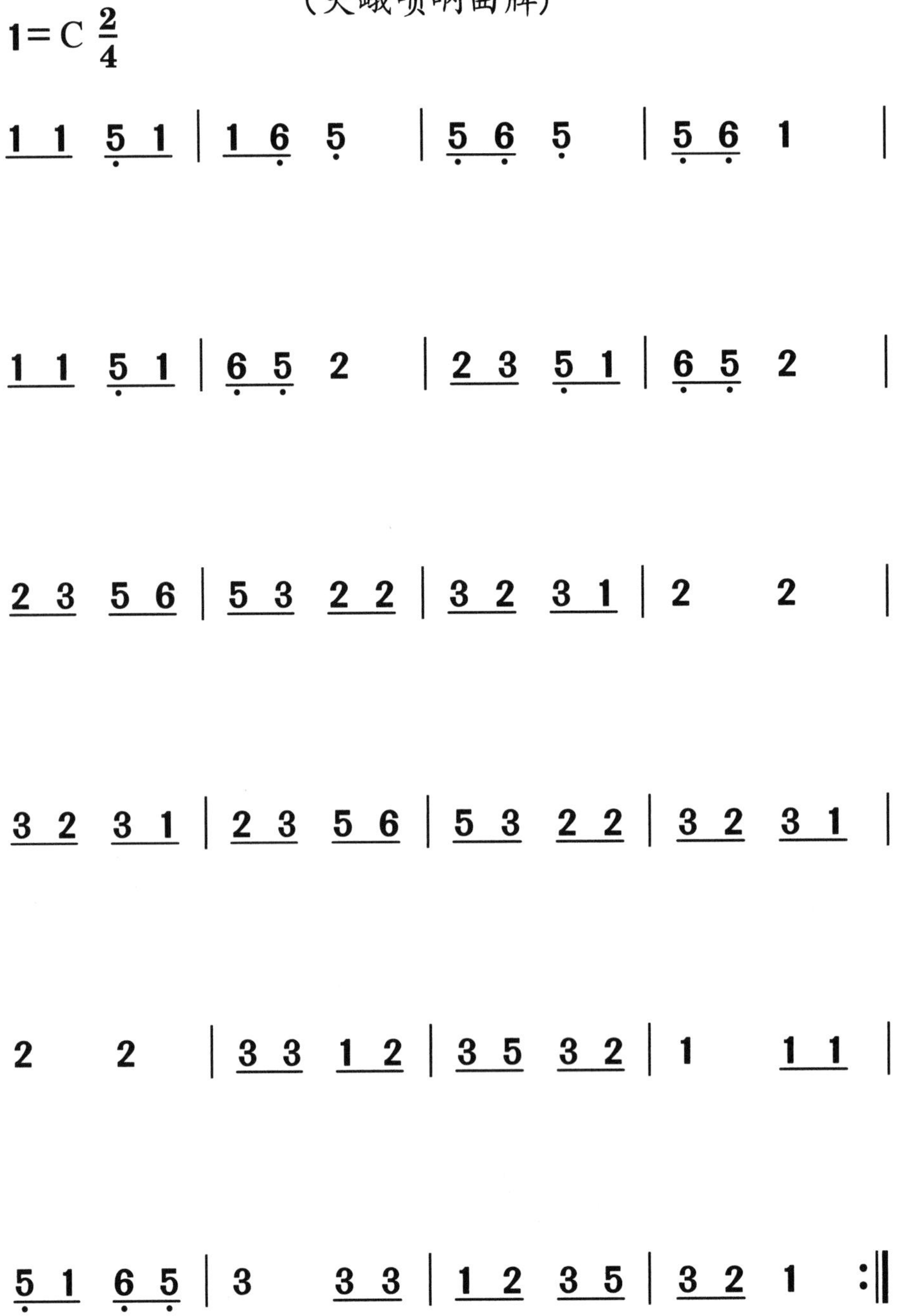

1=C $\frac{2}{4}$

1 1 5 1 | 1 6 5 | 5 6 5 | 5 6 1 |

1 1 5 1 | 6 5 2 | 2 3 5 1 | 6 5 2 |

2 3 5 6 | 5 3 2 2 | 3 2 3 1 | 2 2 |

3 2 3 1 | 2 3 5 6 | 5 3 2 2 | 3 2 3 1 |

2 2 | 3 3 1 2 | 3 5 3 2 | 1 1 1 |

5 1 6 5 | 3 3 3 | 1 2 3 5 | 3 2 1 :‖

一　钹

（5̣-2）

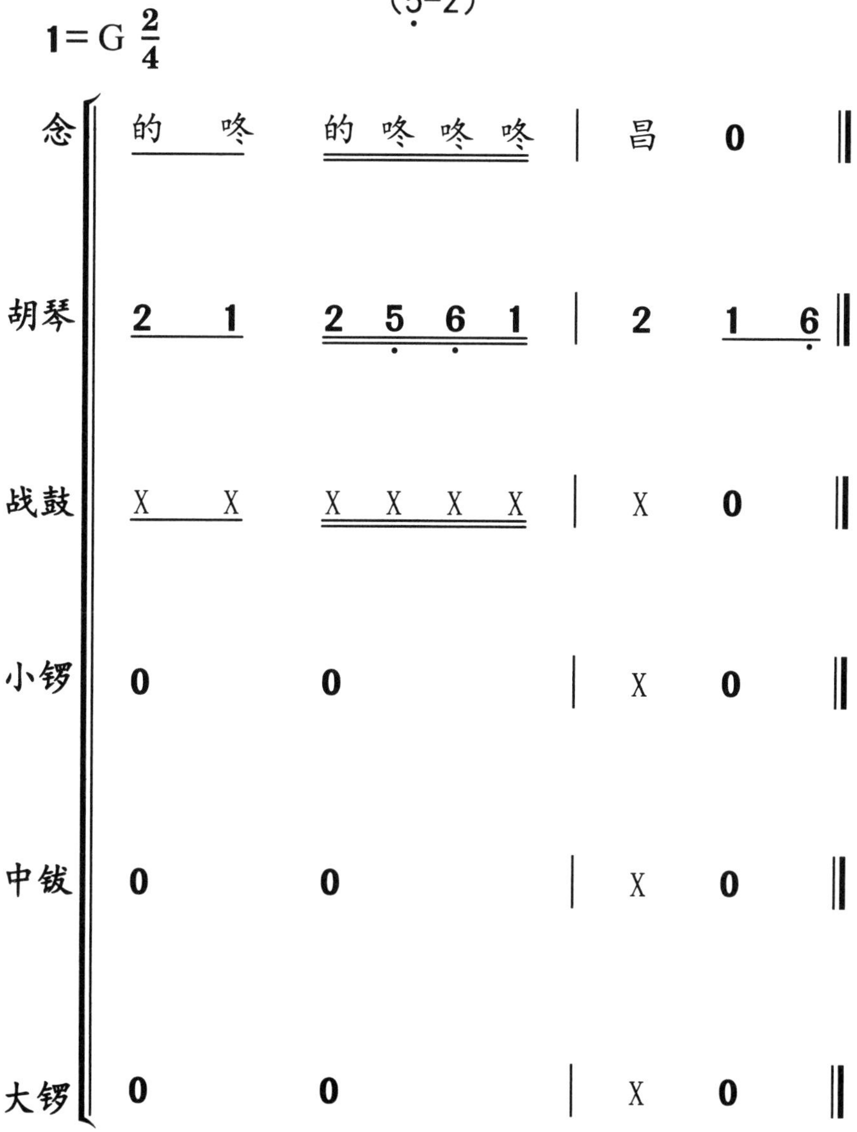

1=G $\frac{2}{4}$

念	的　咚	的咚咚咚	昌	0
胡琴	2　1	2 5̣ 6̣ 1	2	1 6̣
战鼓	X　X	X X X X	X	0
小锣	0	0	X	0
中钹	0	0	X	0
大锣	0	0	X	0

三点头

(5̣–2)

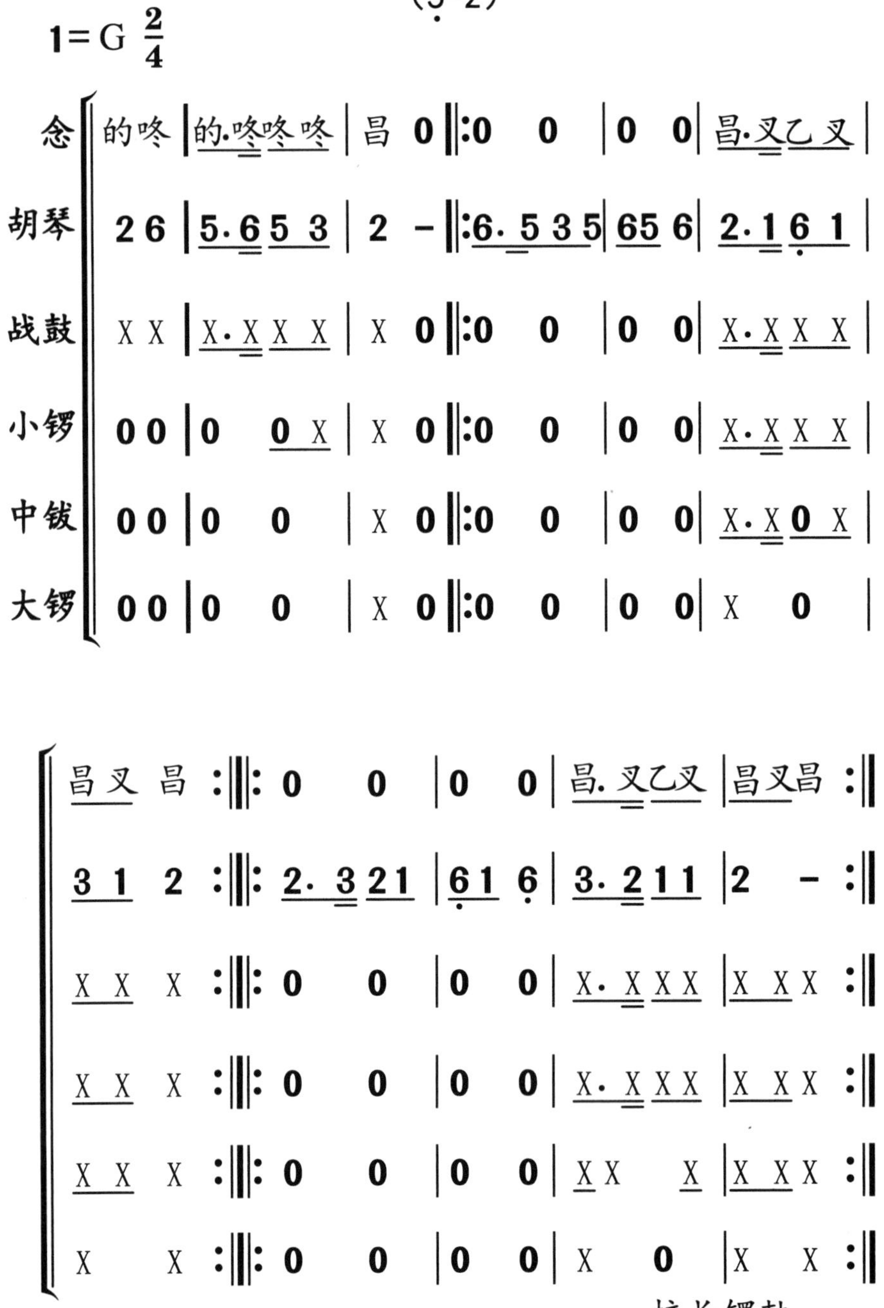

1=G $\frac{2}{4}$

念	的咚	的.咚咚咚	昌 0	:0 0	0 0	昌.叉乙叉	昌叉 昌 :
胡琴	2 6	5.6 5 3	2 –	:6. 5 3 5	65 6	2.1 6̣ 1	3 1 2 :
战鼓	X X	X.X X X	X 0	:0 0	0 0	X.X X X	X X X :
小锣	0 0	0 0 X	X 0	:0 0	0 0	X.X X X	X X X :
中钹	0 0	0 0	X 0	:0 0	0 0	X.X 0 X	X X X :
大锣	0 0	0 0	X 0	:0 0	0 0	X 0	X X :

念	:0 0	0 0	昌.叉乙叉	昌叉昌 :
胡琴	:2. 3 21	6̣1 6̣	3. 2 11	2 – :
战鼓	:0 0	0 0	X. X X X	X X X :
小锣	:0 0	0 0	X. X X X	X X X :
中钹	:0 0	0 0	X X X	X X X :
大锣	:0 0	0 0	X 0	X X :

接长锣鼓……

长锣鼓

（又称一条龙）（5-2）

1=G $\frac{2}{4}$

念	的 咚	的咚 咚咚	𝄆 昌 叉退	退退 叉
胡琴	2 6	5 6 5 3	𝄆 2. 3 2 1	6 1 5
战鼓	X X	X X X X	𝄆 X X X	X X XXXX
小锣	0 0	0. X	𝄆 X 0 X	X X 0
中钹	0 0	0 0	𝄆 X X X	0 X
大锣	0 0	0 0	𝄆 X 0	0 0

念	昌 0. 叉	乙退 叉	昌 叉退	退退 叉
胡琴	2 32 1 2	5 32 1261	2 3 3 21	6 1 5
战鼓	X XXXX	XXXX XXXX	X X X	X X X XXX
小锣	X 0 X	X X X	X 0 X	X X X
中钹	X 0 X	0 X	2 2 2	0 2
大锣	X 0	0 0	X 0	0 0

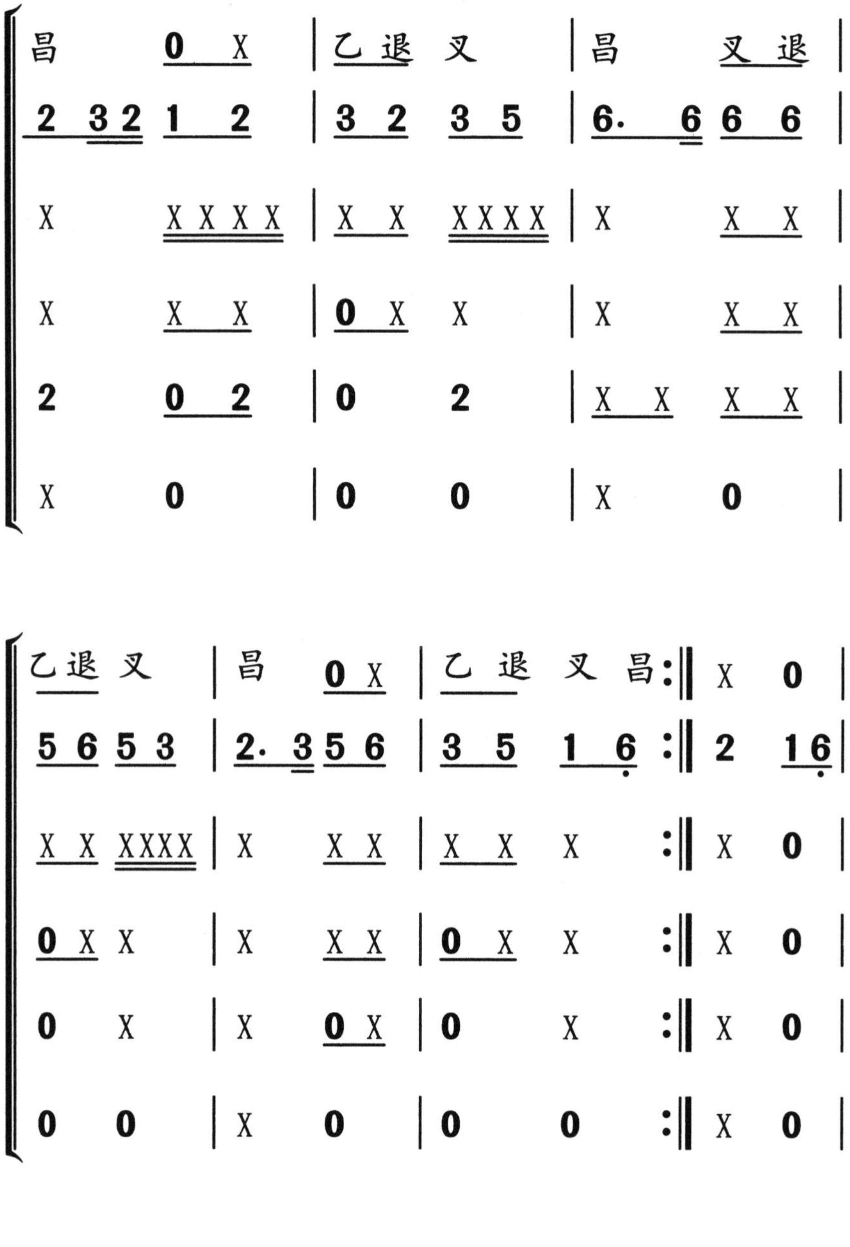

昌 0 X | 乙退 叉 | 昌 叉退 |

2 32 1 2 | 3 2 3 5 | 6· 6 6 6 |

X XXXX | X X XXXX | X X X |

X X X | 0 X X | X X X |

2 0 2 | 0 2 | X X X X |

X 0 | 0 0 | X 0 |

乙退 叉 | 昌 0 X | 乙 退 叉 昌 :‖ X 0 |

5 6 5 3 | 2· 3 5 6 | 3 5 1 6 :‖ 2 1 6 |

X X XXXX | X X X | X X X :‖ X 0 |

0 X X | X X X | 0 X X :‖ X 0 |

0 X | X 0 X | 0 X :‖ X 0 |

0 0 | X 0 | 0 0 :‖ X 0 |

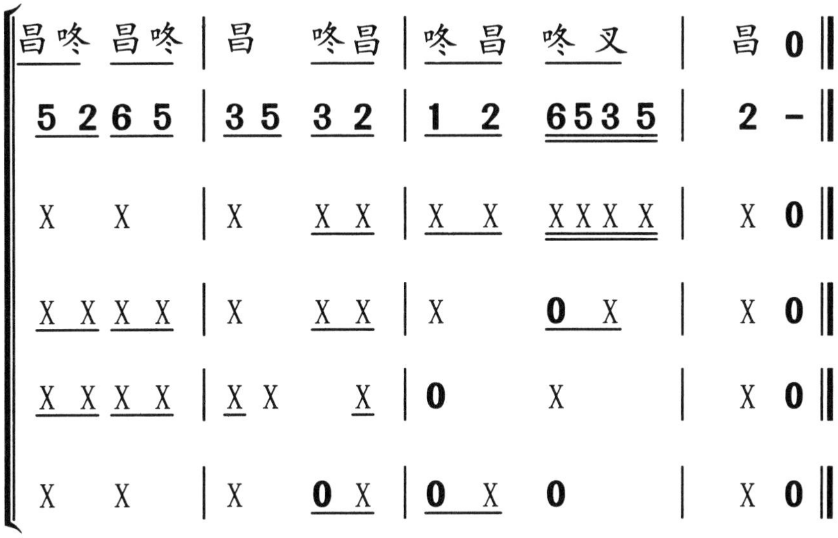

昌咚 昌咚 | 昌 咚昌 | 咚 昌 咚 叉 | 昌 0 ‖

5 26 5 | 35 3 2 | 1 2 6535 | 2 - ‖

X X | X X X | X X XXX X | X 0 ‖

X X X X | X X X | X 0 X | X 0 ‖

X X X X | X X X | 0 X | X 0 ‖

X X | X 0 X | 0 X 0 | X 0 ‖

提示：演奏时可以按自己的演奏习惯和风格来进行演奏。

四 钹

（5̣-2）

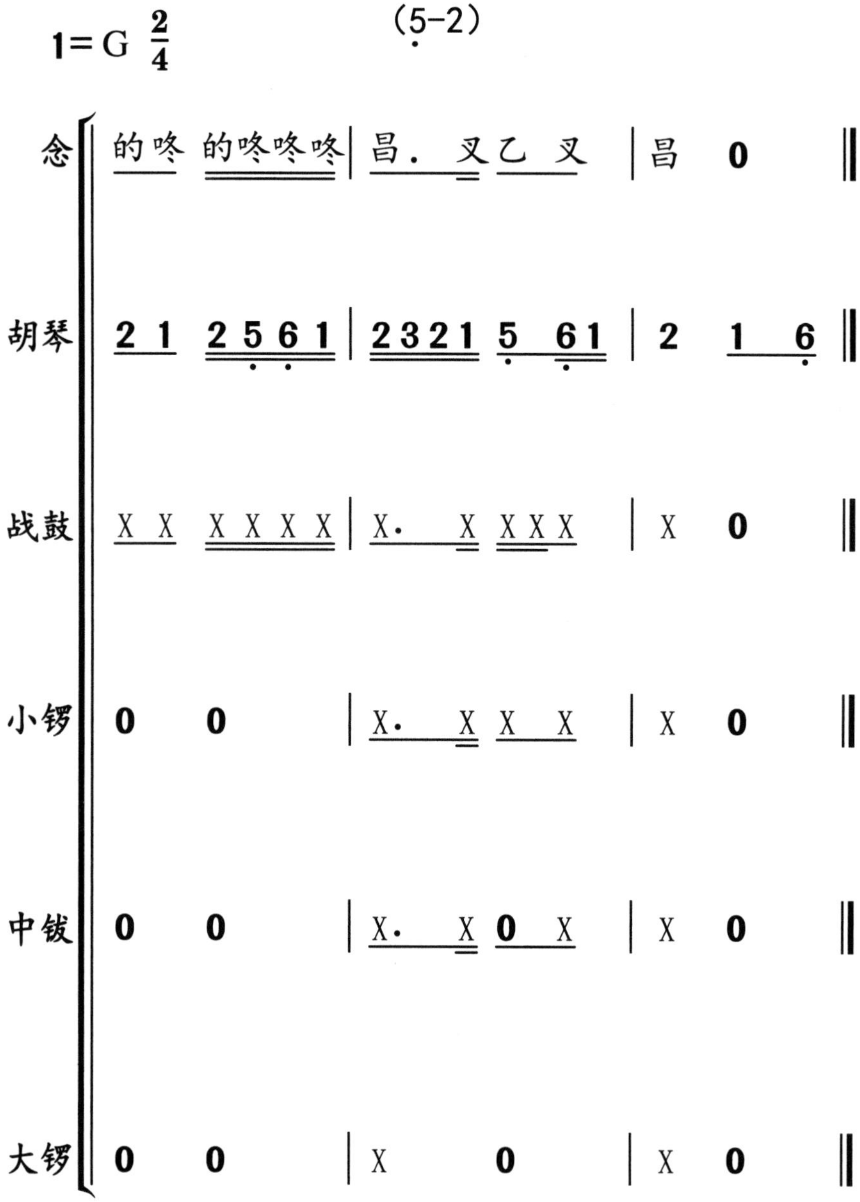

1=G $\frac{2}{4}$

念	的咚 的咚咚咚	昌. 叉乙 叉	昌 0 ‖
胡琴	2 1 2 5̣ 6̣ 1	2321 5̣ 6̣1	2 1 6̣ ‖
战鼓	X X X X X X	X. X X X X	X 0 ‖
小锣	0 0	X. X X X	X 0 ‖
中钹	0 0	X. X 0 X	X 0 ‖
大锣	0 0	X 0	X 0 ‖

长 锣

1=G $\frac{1}{4}\frac{2}{4}\frac{3}{4}$

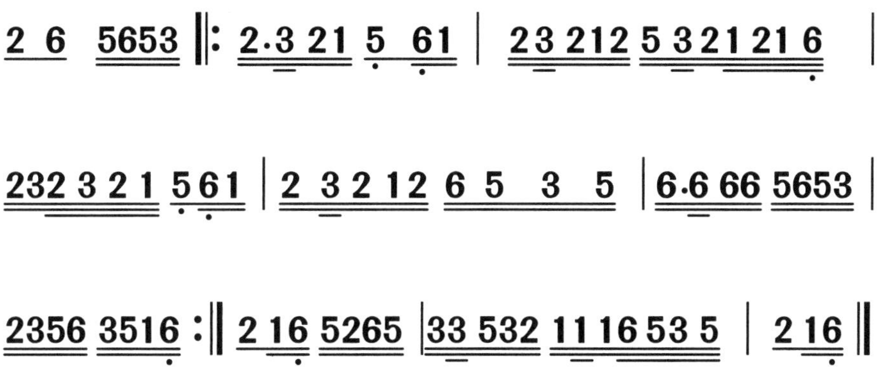

2 6 5653 ‖: 2·3 21 5 61 | 23 212 5 321 21 6 |

232 3 2 1 561 | 2 3 2 12 6 5 3 5 | 6·6 66 5653 |

2356 3516 :‖ 2 16 5265 | 33 532 11 16 53 5 | 2 16 ‖

蚂蚜舞音乐

（根据宜州刘河寨演出记谱）

1=F $\frac{2}{4}$

罗相巧记谱

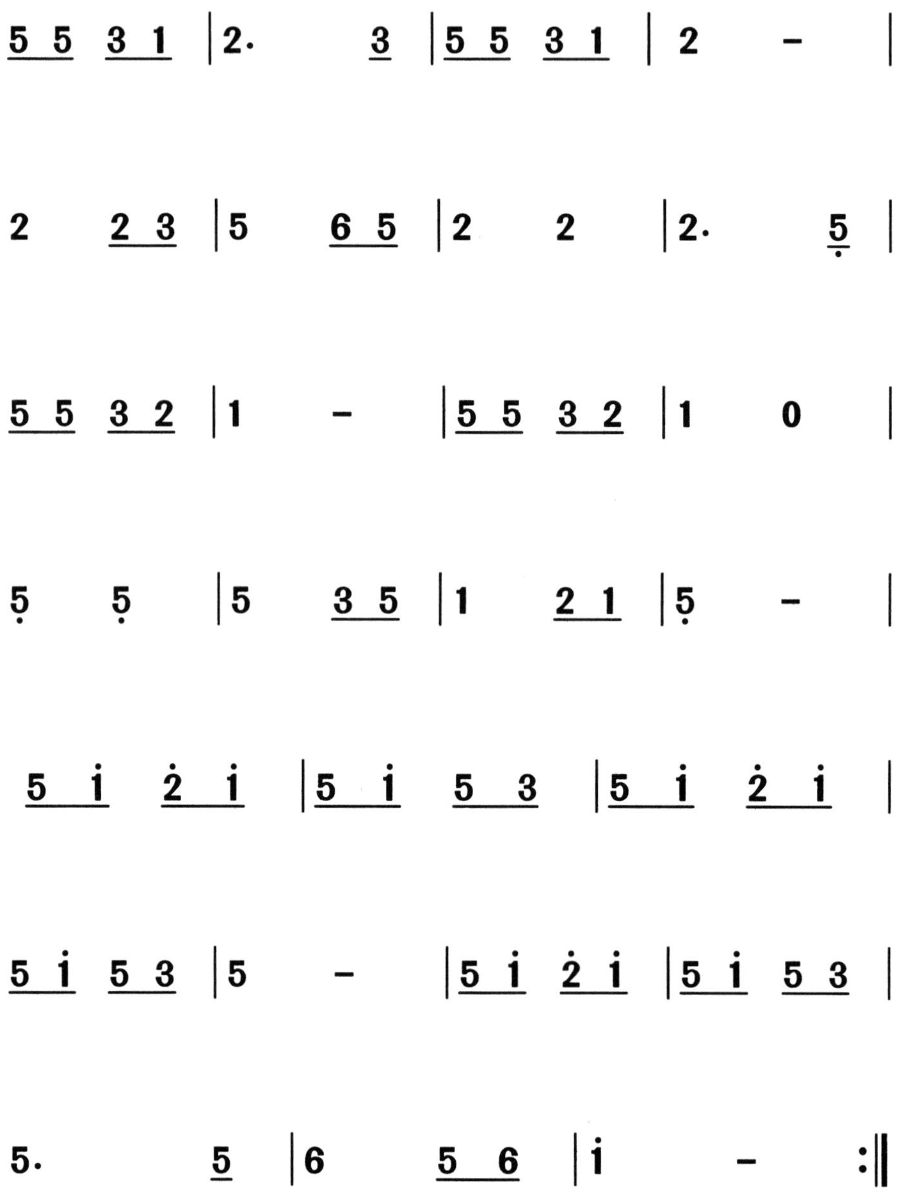

第四部分

彩调情韵

摆 花

1=G $\frac{2}{4}$

5 5 3 2 2 1 | 1 2 1 6 5 | 5 3 2 5 3 2 |

阿三 呀 阿三（了） 呀， 左边 摆的
阿三 呀 阿三（了） 呀， 右边 摆的
阿三 呀 阿三（了） 呀， 上边 摆的
阿三 呀 阿三（了） 呀， 下边 摆的

1 2 3 5 2 | 1 1 6 1 2· 3 | 1 1 6 1 5 |

什哪么 花？ 阿三（了） 呀 说出来 呀。
什哪么 花？ 阿三（了） 呀 说出来 呀。
什哪么 花？ 阿三（了） 呀 说出来 呀。
什哪么 花？ 阿三（了） 呀 说出来 呀。

5 3 5 3 2 3 2 1 | 1 2 1 6 5 | 5 3 2 5 3 2 |

（阿三）公爷 呀 公爷 呀，左边哪摆的
（阿三）公爷 呀 公爷 呀，右边哪摆的
（阿三）公爷 呀 公爷 呀，上边哪摆的
（阿三）公爷 呀 公爷 呀，下边哪摆的

5 6 1 2 | 1 1 6 1 2 3 2 1 | 1 2 1 6 5 ‖

牡 丹哦花。 是不是 呀 公爷 呀。
牡 丹哦花。 是不是 呀 公爷 呀。
牡 丹哦花。 是不是 呀 公爷 呀。
牡 丹哦花。 是不是 呀 公爷 呀。

诉 板

（5-2）

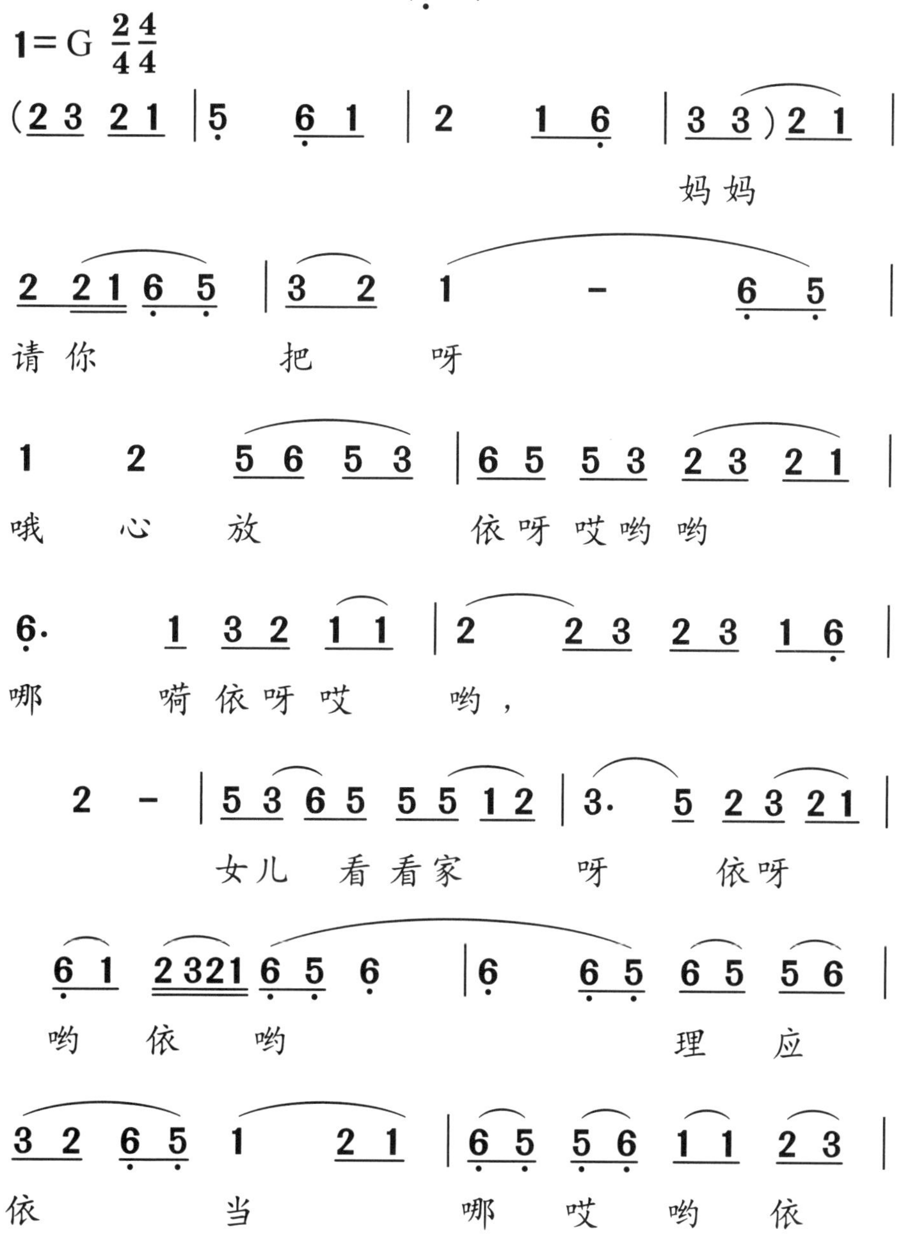

1=G $\frac{2}{4}$ $\frac{4}{4}$

(2 3 2 1 | 5 6 1 | 2 1 6 | 3 3) 2 1 |

妈妈

2 2 1 6 5 | 3 2 1 - 6 5 |

请你 把 呀

1 2 5 6 5 3 | 6 5 5 3 2 3 2 1 |

哦 心 放 依呀哎哟哟

6· 1 3 2 1 1 | 2 2 3 2 3 1 6 |

哪 嗬依呀哎 哟，

2 - | 5 3 6 5 5 5 1 2 | 3· 5 2 3 2 1 |

女儿 看看家 呀 依呀

6 1 2321 6 5 6 | 6 6 5 6 5 5 6 |

哟 依 哟 理 应

3 2 6 5 1 2 1 | 6 5 5 6 1 1 2 3 |

依 当 哪 哎 哟 依

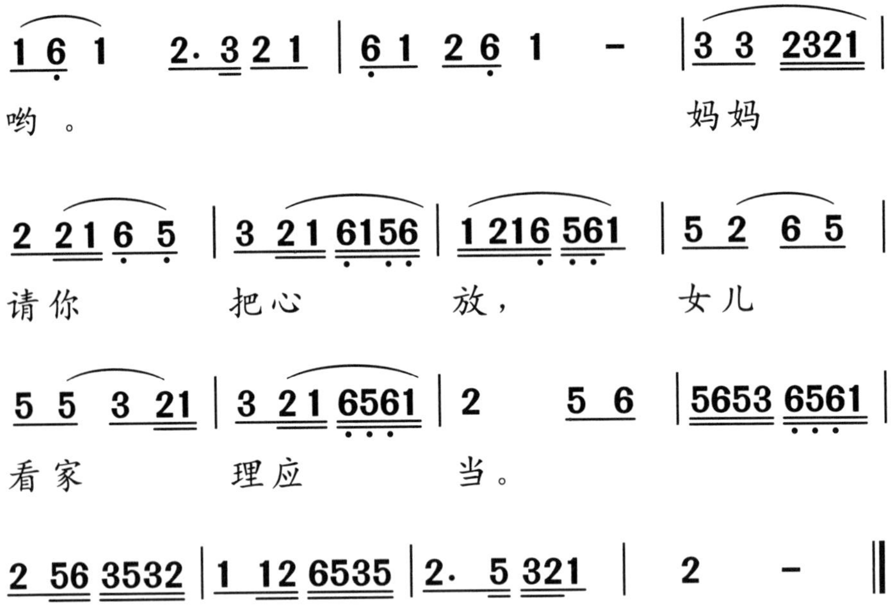

1 6 1 2· 3 2 1 | 6 1 2 6 1 – | 3 3 2321 |

哟 。 妈妈

2 21 6 5 | 3 21 6156 | 1 216 561 | 5 2 6 5 |

请你 把心 放， 女儿

5 5 3 21 | 3 21 6561 | 2 5 6 | 5653 6561 |

看家 理应 当。

2 56 3532 | 1 12 6535 | 2· 5 321 | 2 – ‖

路　腔

（5-2）

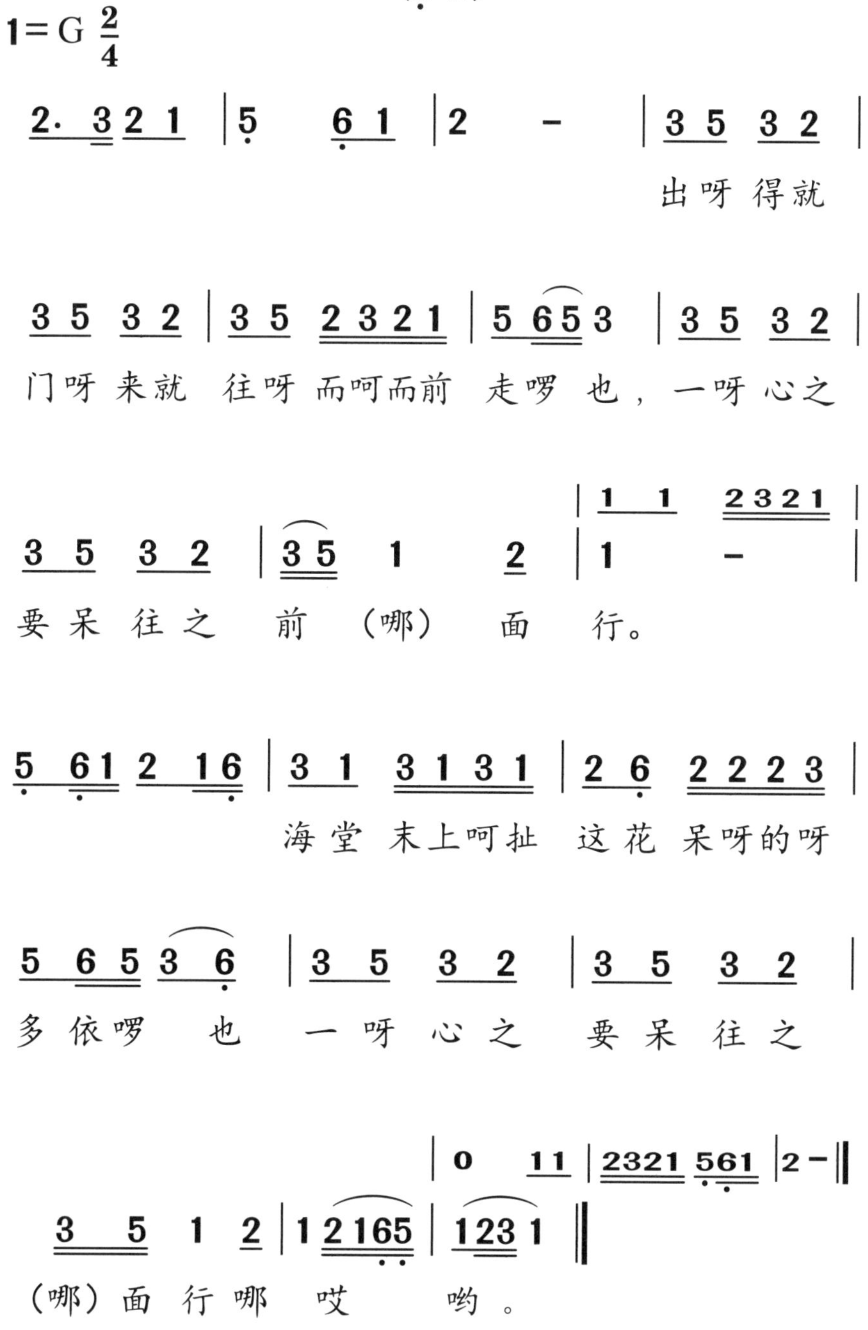

1＝G $\frac{2}{4}$

2· 3 2 1 | 5 6 1 | 2 - | 3 5 3 2 |

出呀 得就

3 5 3 2 | 3 5 2 3 2 1 | 5 6 5 3 | 3 5 3 2 |

门呀 来就 往呀 而呵而前 走啰 也，一呀 心之

| 1 1 2 3 2 1 |

3 5 3 2 | 3 5 1 2 | 1 - |

要呆 往之 前 （哪） 面 行。

5 6 1 2 1 6 | 3 1 3 1 3 1 | 2 6 2 2 2 3 |

海堂 末上呵扯 这花 呆呀的呀

5 6 5 3 6 | 3 5 3 2 | 3 5 3 2 |

多依啰 也 一呀 心之 要呆 往之

| 0 1 1 | 2 3 2 1 5 6 1 | 2 - ‖

3 5 1 2 | 1 2 1 6 5 | 1 2 3 1 ‖

（哪）面 行 哪 哎 哟。

仙腔

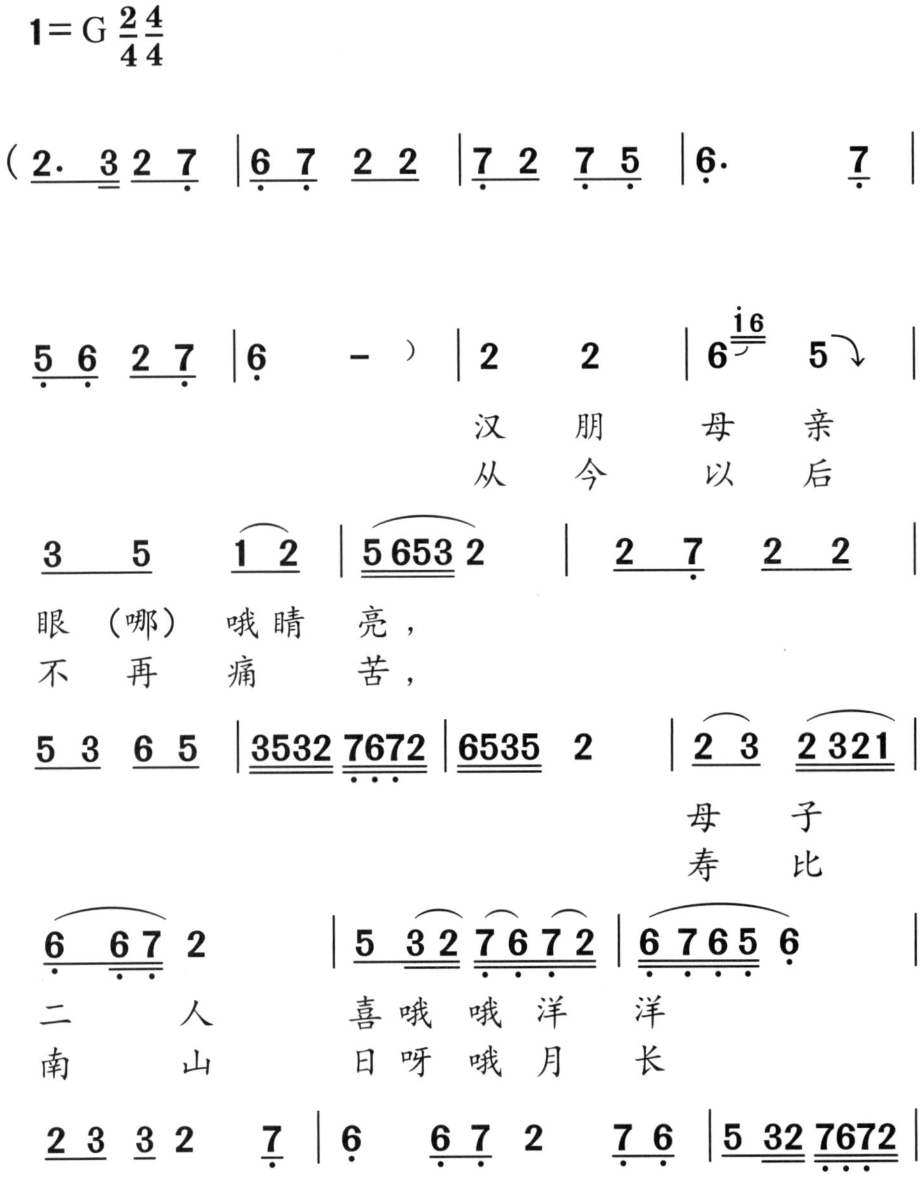

1=G $\frac{2}{4}$ $\frac{4}{4}$

（2· 3 2 7 | 6 7 2 2 | 7 2 7 5 | 6· 7 |

5 6 2 7 | 6 – ） | 2 2 | 6 5 |

汉 朋 母 亲
从 今 以 后

3 5 1 2 | 5653 2 | 2 7 2 2 |

眼（哪）哦睛 亮，
不 再 痛 苦，

5 3 6 5 | 3532 7672 | 6535 2 | 2 3 2321 |

母 子
寿 比

6 67 2 | 5 32 7672 | 6765 6 |

二 人 喜哦 哦 洋 洋
南 山 日呀 哦 月 长

2 3 3 2 7 | 6 67 2 76 | 5 32 7672 |

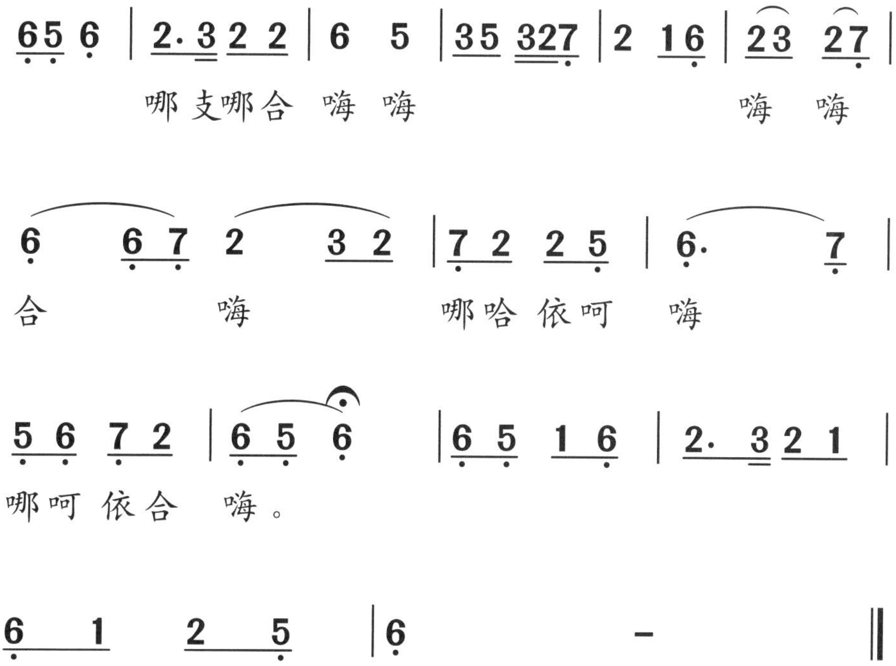

6 5 6 | 2· 3 2 2 | 6 5 | 3 5 3 2 7 | 2 1 6 | 2 3 2 7 |

哪支哪合 嗨 嗨 嗨 嗨

6 6 7 2 3 2 | 7 2 2 5 | 6· 7 |

合 嗨 哪哈依呵 嗨

5 6 7 2 | 6 5 6 | 6 5 1 6 | 2· 3 2 1 |

哪呵依合 嗨。

6 1 2 5 | 6 - ‖

三板腔

(5̣-2)

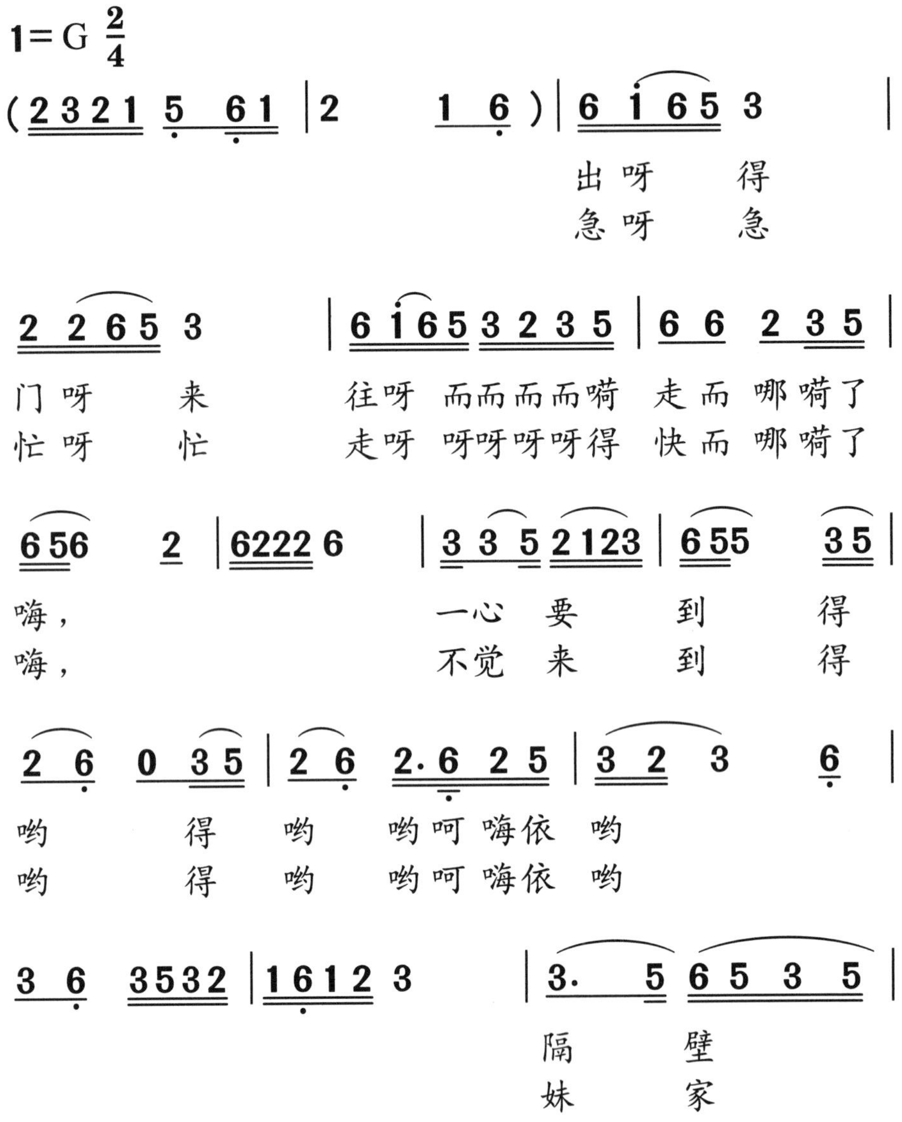

1=G $\frac{2}{4}$

(2321 5̣ 6̣1 | 2 1 6̣) | 6 1̇ 65 3 |

出呀 得
急呀 急

2 2 65 3 | 6 1̇ 65 3235 | 66 235 |

门呀 来 往呀 而而而而嘀 走而 哪嘀了
忙呀 忙 走呀 呀呀呀呀得 快而 哪嘀了

656 2 | 6222 6 | 33 5 2123 | 655 35 |

嗨， 一心 要 到 得
嗨， 不觉 来 到 得

2 6̣ 0 35 | 2 6̣ 2.6̣ 25 | 32 3 6̣ |

哟 得 哟 哟呵 嗨依 哟
哟 得 哟 哟呵 嗨依 哟

3 6̣ 3532 | 16̣12 3 | 3. 5 6535 |

隔 壁
妹 家

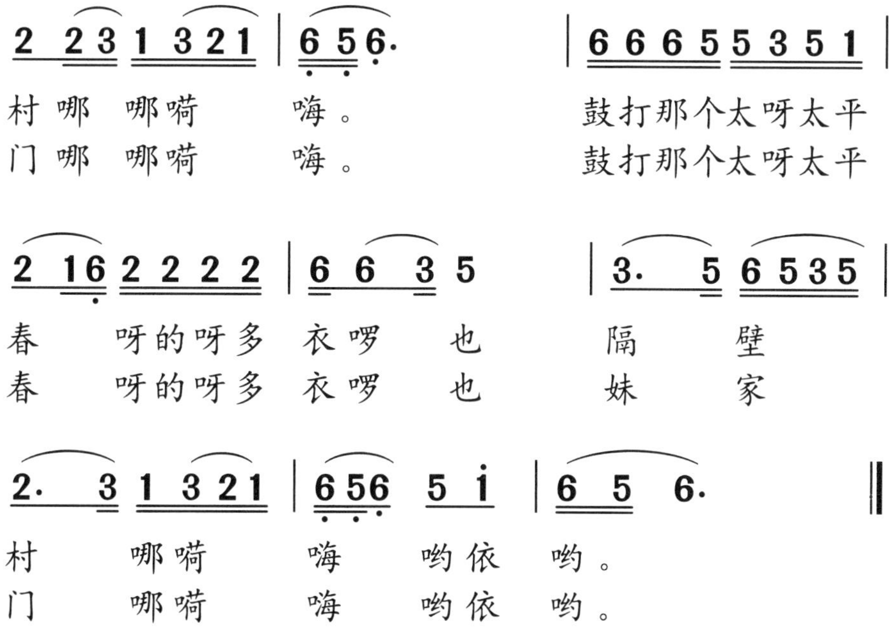
村哪　哪嗬　嗨。　鼓打那个太呀太平
门哪　哪嗬　嗨。　鼓打那个太呀太平
春　呀的呀多　衣啰　也　隔　壁
春　呀的呀多　衣啰　也　妹　家
村　哪嗬　嗨　哟依　哟。
门　哪嗬　嗨　哟依　哟。

四平腔

（5-2）

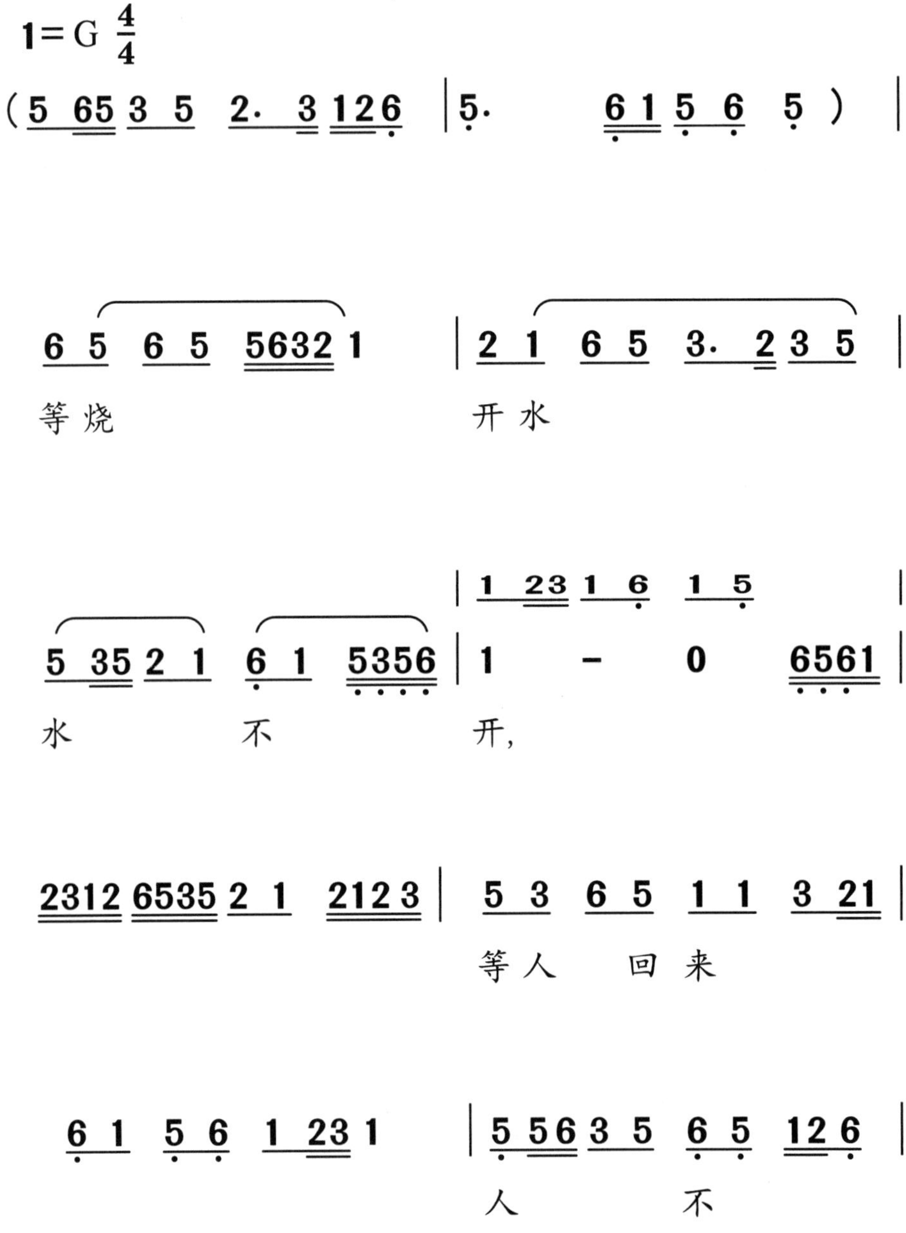

1=G $\frac{4}{4}$

（5 65 3 5 2. 3 126 | 5. 61 5 6 5 ）|

6 5 6 5 5632 1 | 2 1 6 5 3. 2 3 5 |

等烧 开水

| 1 23 1 6 1 5 |

5 35 2 1 6 1 5356 | 1 - 0 6561 |

水 不 开，

2312 6535 2 1 2123 | 5 3 6 5 1 1 3 21 |

等人 回来

6 1 5 6 1 23 1 | 5 56 3 5 6 5 126 |

人 不

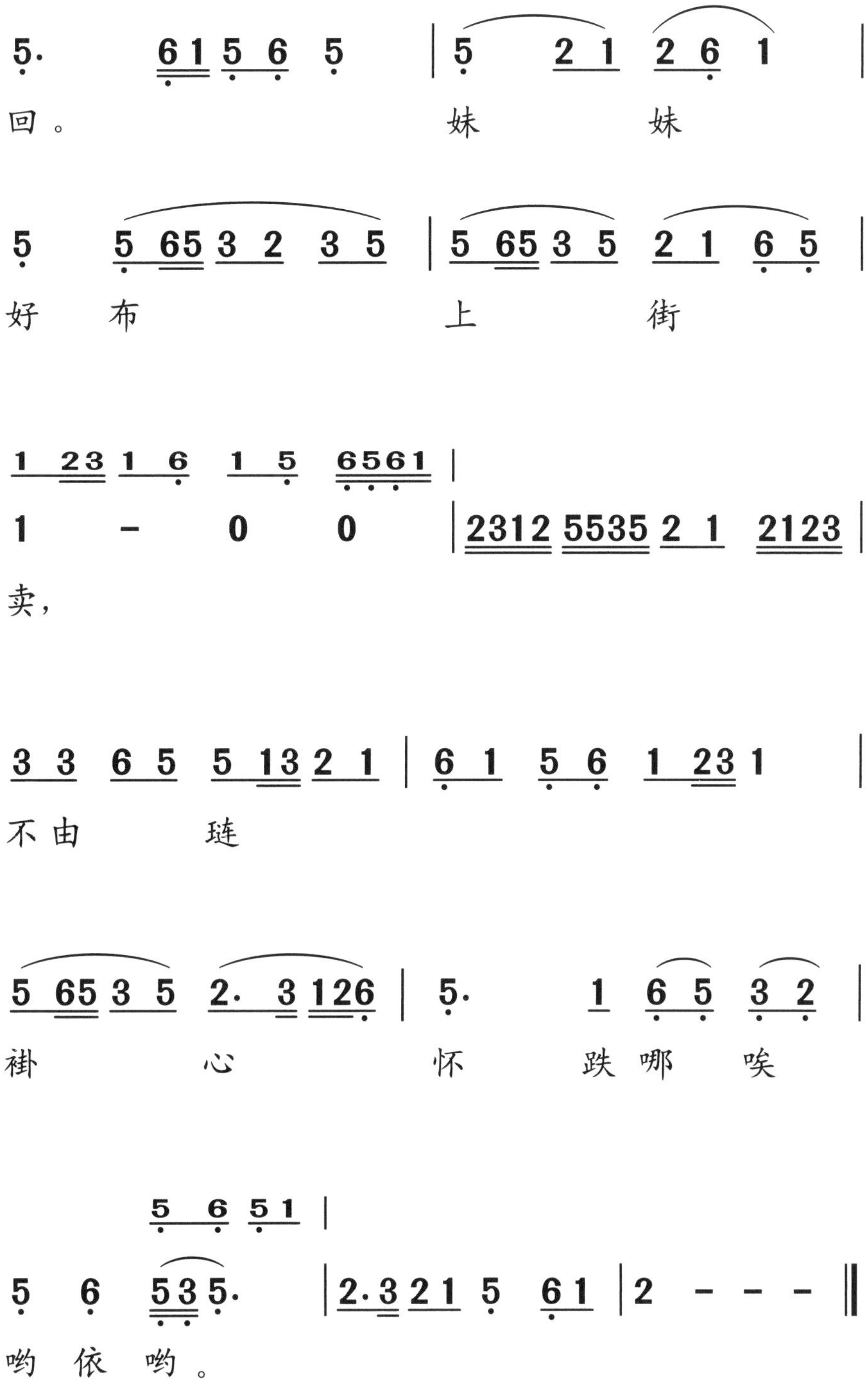

5· 61 5 6 5 | 5 2 1 2 6 1 |

回。 妹 妹

5 5 65 3 2 3 5 | 5 65 3 5 2 1 6 5 |

好 布 上 街

1 23 1 6 1 5 6561 |

1 – 0 0 | 2312 5535 2 1 2123 |

卖，

3 3 6 5 5 13 2 1 | 6 1 5 6 1 23 1 |

不由 琏

5 65 3 5 2· 3 126 | 5· 1 6 5 3 2 |

褂 心 怀 跌 哪 唉

5 6 51 |

5 6 535· | 2·3 21 5 61 | 2 – – – ‖

哟 依 哟 。

黄花腔

(5-2)

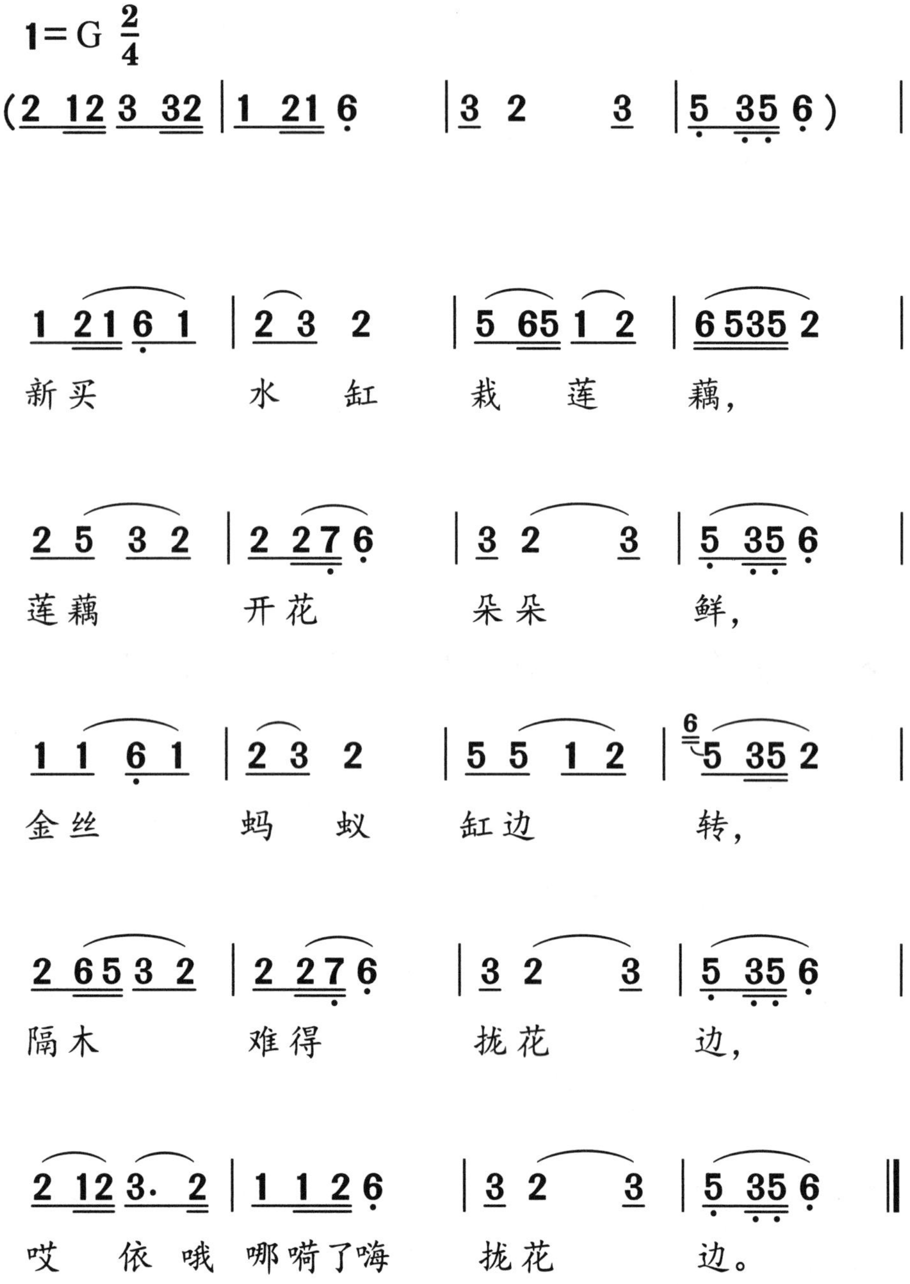

1=G $\frac{2}{4}$

(2 12 3 32 | 1 21 6 | 3 2 3 | 5 35 6) |

1 21 6 1 | 2 3 2 | 5 65 1 2 | 6535 2 |
新买 水 缸 栽 莲 藕，

2 5 3 2 | 2 27 6 | 3 2 3 | 5 35 6 |
莲藕 开花 朵朵 鲜，

1 1 6 1 | 2 3 2 | 5 5 1 2 | 6 5 35 2 |
金丝 蚂 蚁 缸边 转，

2 65 3 2 | 2 27 6 | 3 2 3 | 5 35 6 |
隔木 难得 拢花 边，

2 12 3. 2 | 1 1 2 6 | 3 2 3 | 5 35 6 ‖
哎 依 哦 哪嗬了嗨 拢花 边。

化子腔（一）

（5–2）

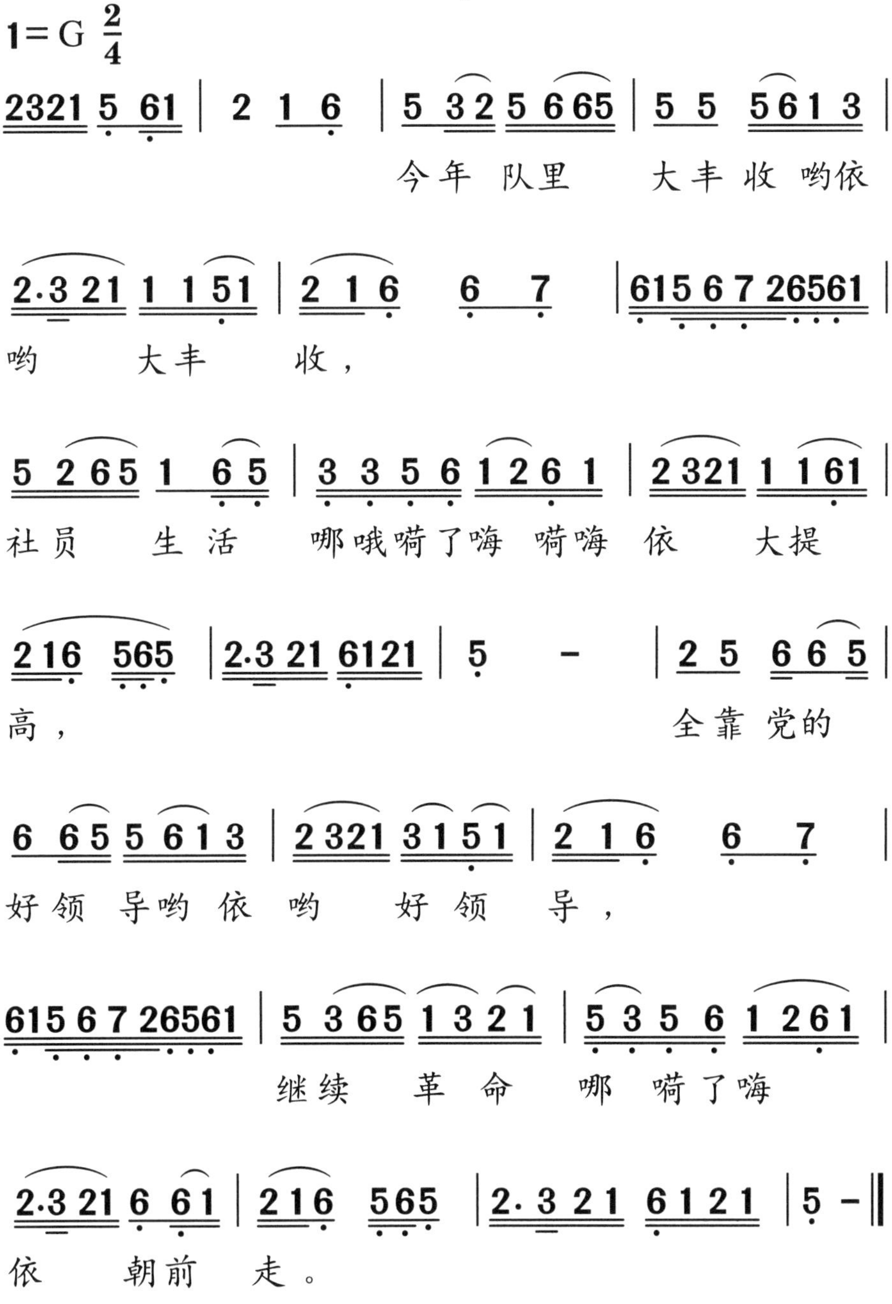

1=G $\frac{2}{4}$

2321 5 61 | 2 1 6 | 5 32 5 665 | 5 5 5613 |

今年 队里 大丰 收 哟依

2·3 21 1 1 51 | 2 1 6 6 7 | 615 6 7 26561 |

哟 大丰 收，

5 265 1 65 | 3 3 5 6 1 2 6 1 | 2321 1 161 |

社员 生 活 哪哦嗬了嗨 嗬嗨 依 大提

216 565 | 2·3 21 6121 | 5 – | 2 5 66 5 |

高， 全靠 党的

6 65 5 613 | 2321 31 51 | 2 1 6 6 7 |

好领 导哟 依 哟 好 领 导，

615 6 7 26561 | 5 3 65 1 3 2 1 | 5 3 5 6 1 261 |

继续 革 命 哪 嗬 了嗨

2·3 21 6 61 | 216 565 | 2· 3 2 1 6 1 2 1 | 5 – ‖

依 朝前 走。

化子腔（二）

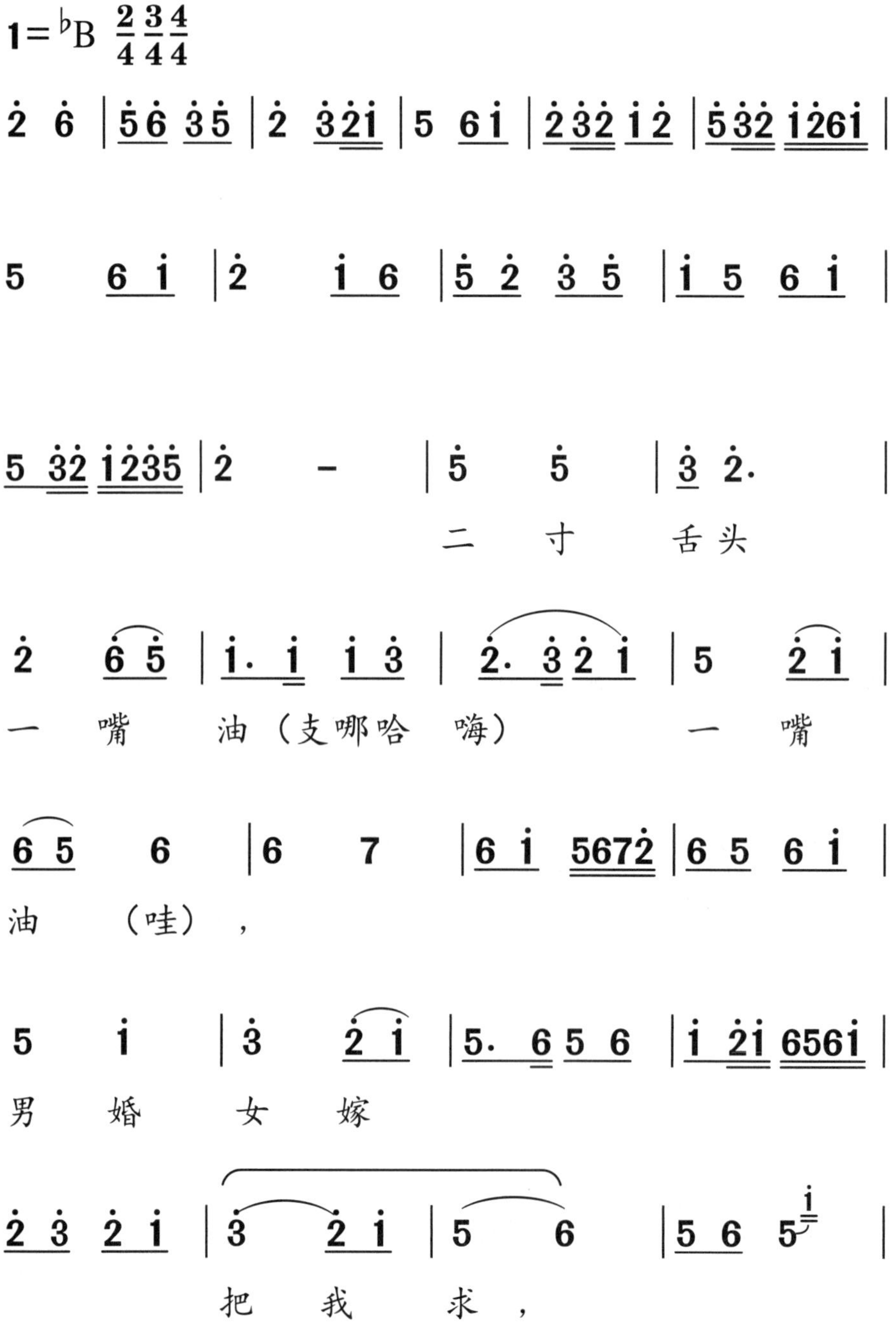

1=♭B $\frac{2}{4}\frac{3}{4}\frac{4}{4}$

二 寸 舌头

一 嘴 油（支哪哈 嗨） 一 嘴

油 （哇），

男 婚 女 嫁

把 我 求，

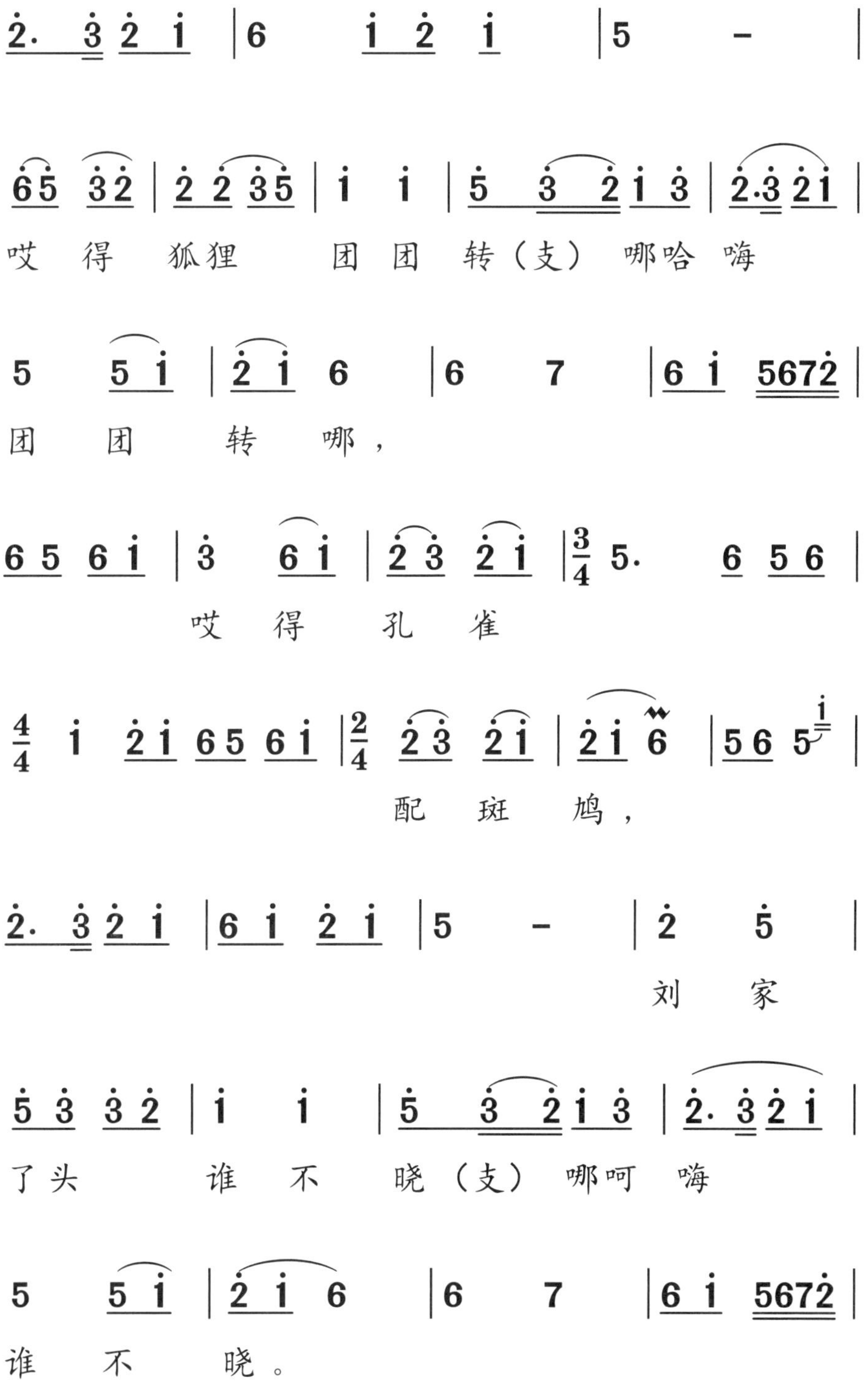

2. 3 2 1 | 6 1 2 1 | 5 - |

65 32 | 2 2 35 | 1 1 | 5 3 2 1 3 | 2.3 2 1 |

哎 得 狐狸 团 团 转（支）哪哈 嗨

5 5 1 | 2 1 6 | 6 7 | 6 1 5672 |

团 团 转 哪，

6 5 6 1 | 3 6 1 | 2 3 2 1 | 3/4 5. 6 5 6 |

哎 得 孔 雀

4/4 1 2 1 6 5 6 1 | 2/4 2 3 2 1 | 2 1 6 | 5 6 5 |

配 斑 鸠，

2. 3 2 1 | 6 1 2 1 | 5 - | 2 5 |

刘 家

5 3 3 2 | 1 1 | 5 3 2 1 3 | 2. 3 2 1 |

了头 谁 不 晓（支）哪呵 嗨

5 5 1 | 2 1 6 | 6 7 | 6 1 5672 |

谁 不 晓。

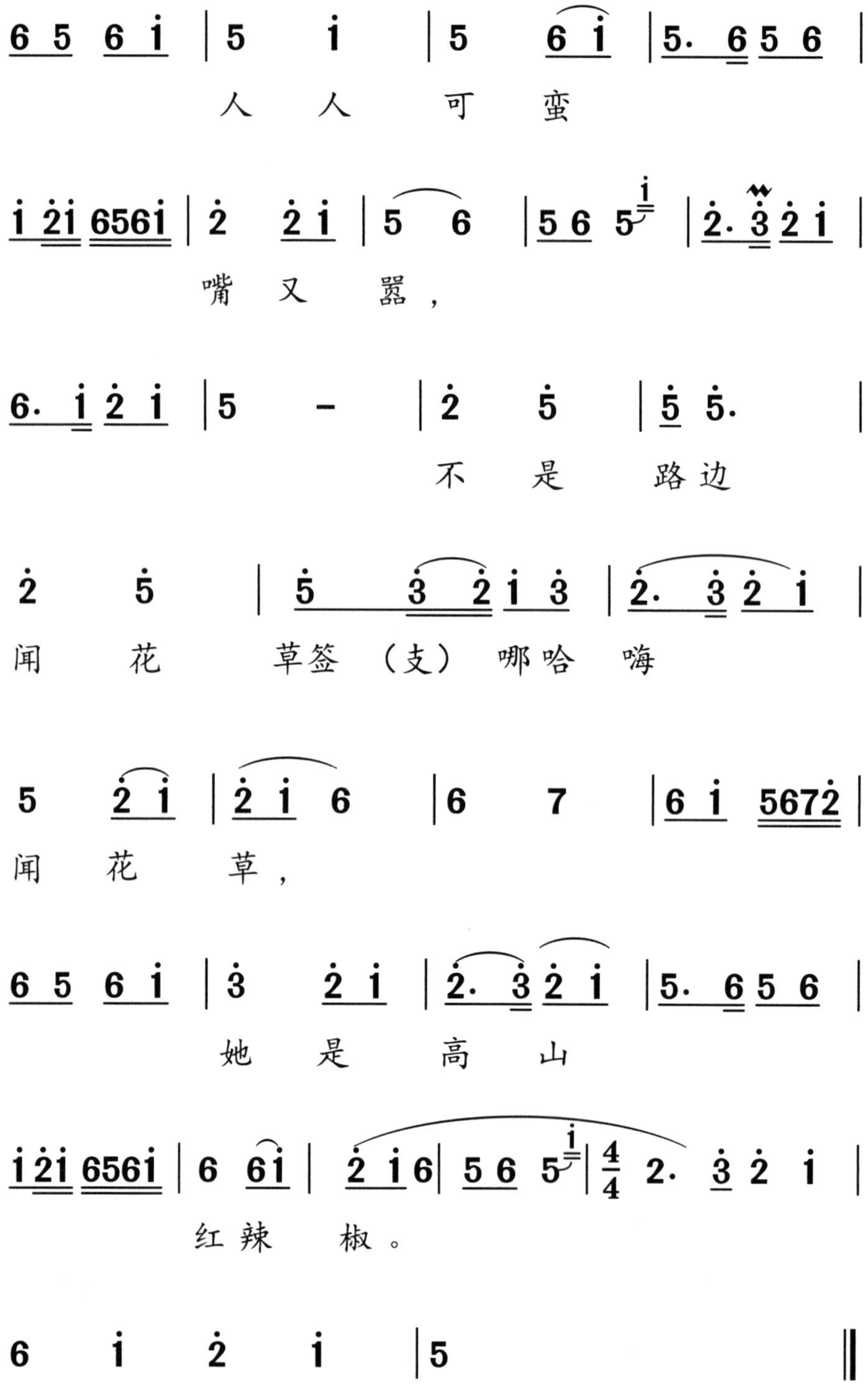

人人可蛮

嘴又嚣，

不是路边

闻花草签（支）哪哈嗨

闻花草，

她是高山

红辣椒。

扯扯腔

（5-2）

1=G 1/4 2/4
出得门来
咚呀 打咚 呀 往前 走呀，花打 昌昌
一心 要往
蒙哩蒙 哩咕 咚 蒙哩蒙哩蒙咚 蒙讲 咕哩 咚
咕讲 蒙 哩啰 蒙 梗的豆腐 咕 梗 糯
乐盈盈 喊姐 姐， 前面 行哪 隆打咚

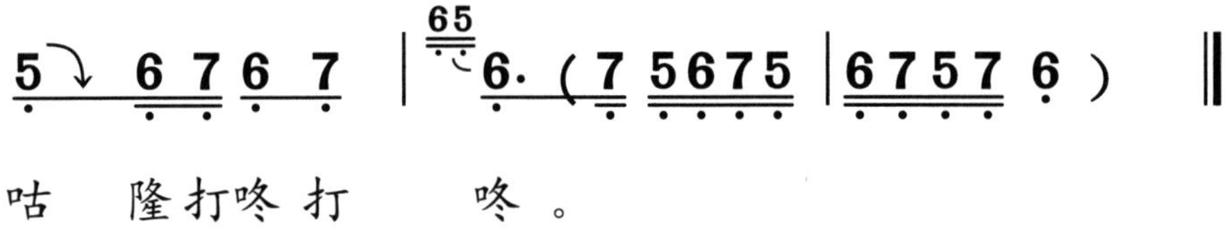

5 ⤵ 6 7 6 7 | 65 6. (7 5675 | 6757 6) ‖

咕　隆打咚打　　咚 。

饮酒腔

（6̣-3）

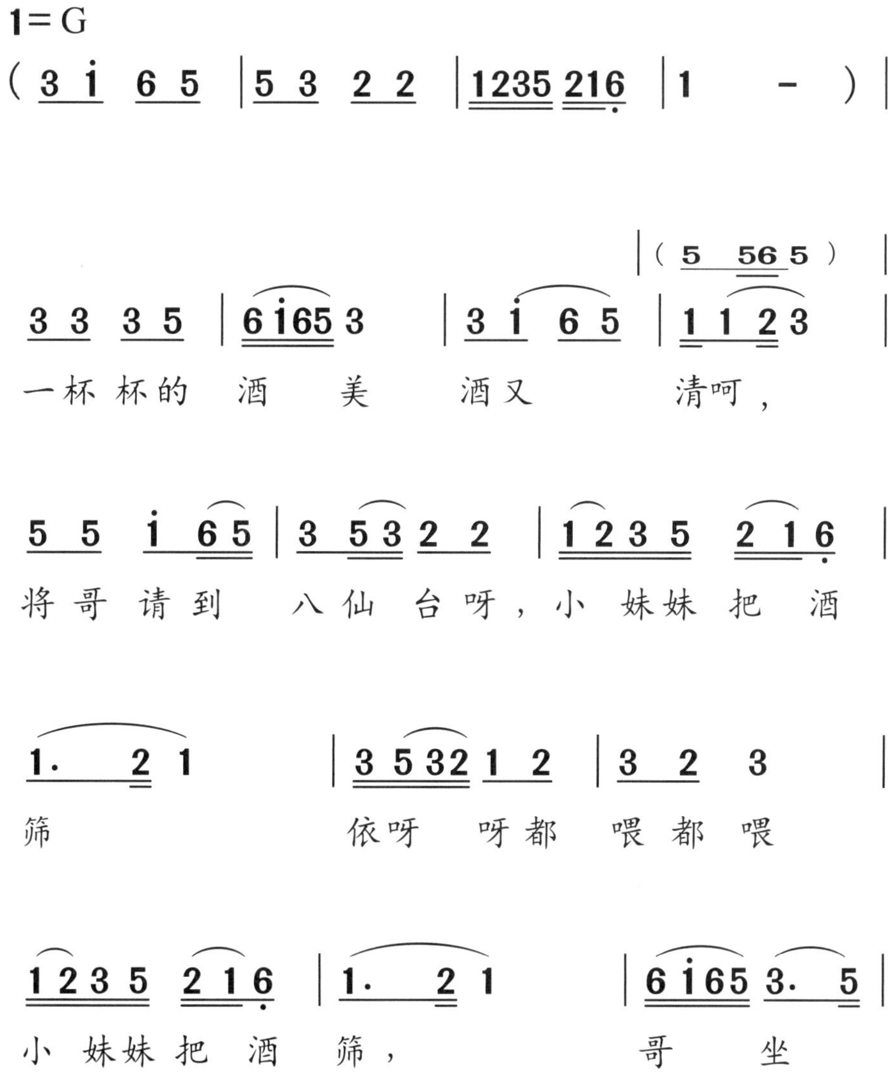

1＝G

（3 i̇ 6 5 | 5 3 2 2 | 1235 216̣ | 1 - ）|

（5 565）

3 3 3 5 | 6 i̇653 | 3 i̇ 6 5 | 1 1 2 3 |

一杯杯的 酒 美 酒又 清呵，

5 5 i̇ 65 | 3 53 2 2 | 1235 216̣ |

将哥请到 八仙台呀，小 妹妹 把 酒

1. 2 1 | 3 532 1 2 | 3 2 3 |

筛 依呀 呀都 喂 都 喂

1235 216̣ | 1. 2 1 | 6i̇65 3. 5 |

小 妹妹 把 酒 筛， 哥 坐

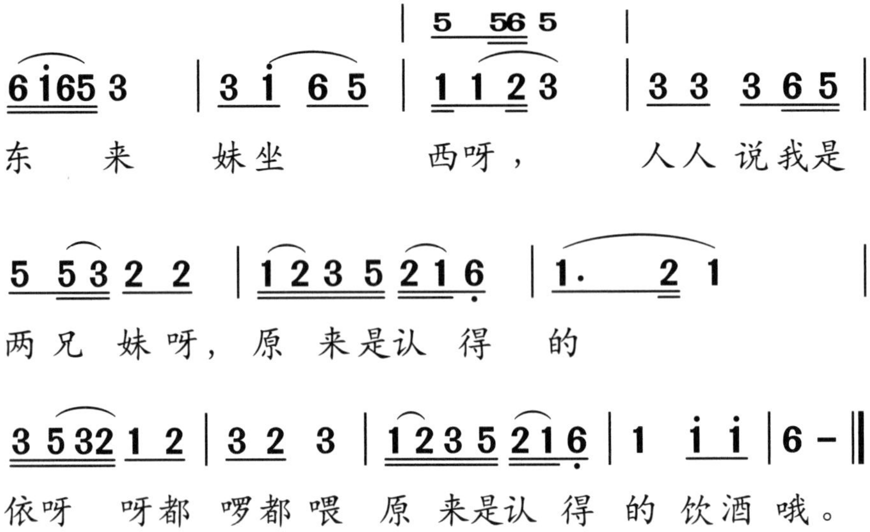

5 565

6 i65 3 | 3 i 6 5 | 1 1 2 3 | 3 3 3 6 5 |

东 来 妹坐 西呀， 人人 说我是

5 5 3 2 2 | 1 2 3 5 2 1 6 | 1· 2 1 |

两兄 妹呀，原 来是认 得 的

3 5 32 1 2 | 3 2 3 | 1 2 3 5 2 1 6 | 1 i i | 6 – ‖

依呀 呀都 啰都 喂 原 来是认 得 的 饮酒 哦。

蠢子腔

（5-2）

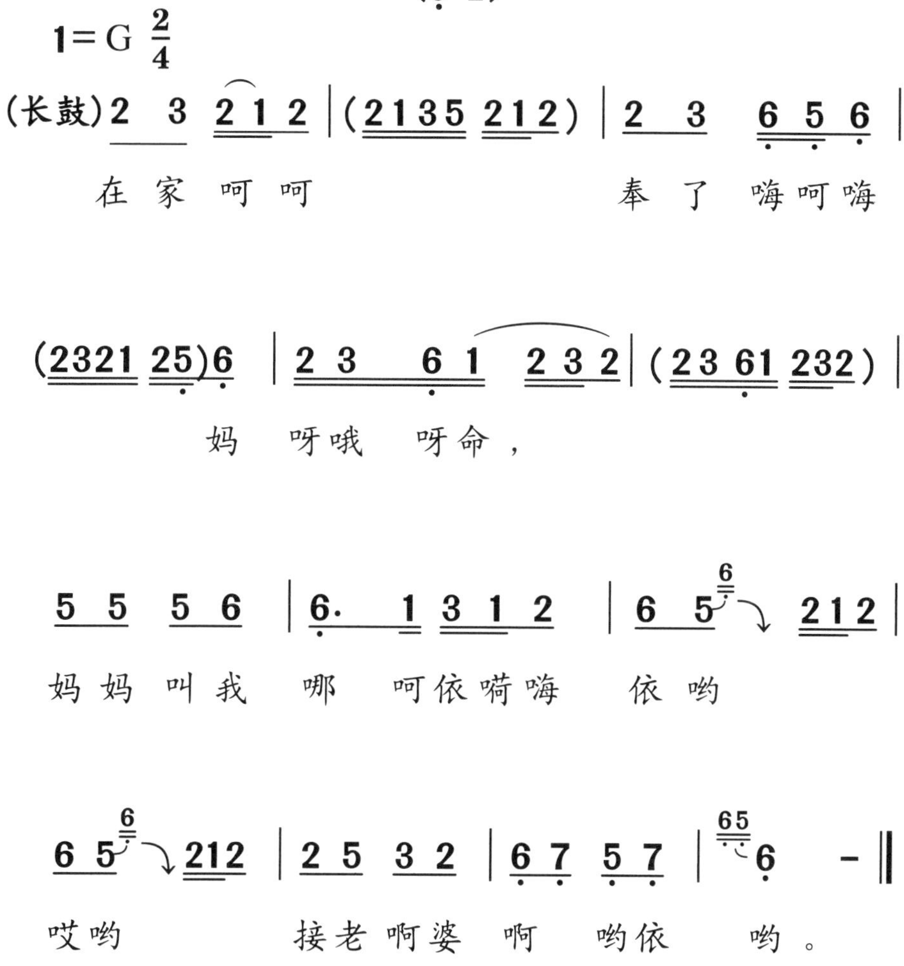

1=G 2/4

(长鼓)2 3 2 1 2 | (2135 212) | 2 3 6 5 6 |

在 家 呵 呵 奉 了 嗨呵嗨

(2321 25)6 | 2 3 6 1 2 3 2 | (23 61 232) |

妈 呀哦 呀命，

5 5 5 6 | 6· 1 3 1 2 | 6 5 212 |

妈妈叫我 哪 呵依嗬嗨 依 哟

6 5 212 | 2 5 3 2 | 6 7 5 7 | 6 - ‖

哎哟 接老啊婆 啊 哟依 哟。

怀 调

（6-3）

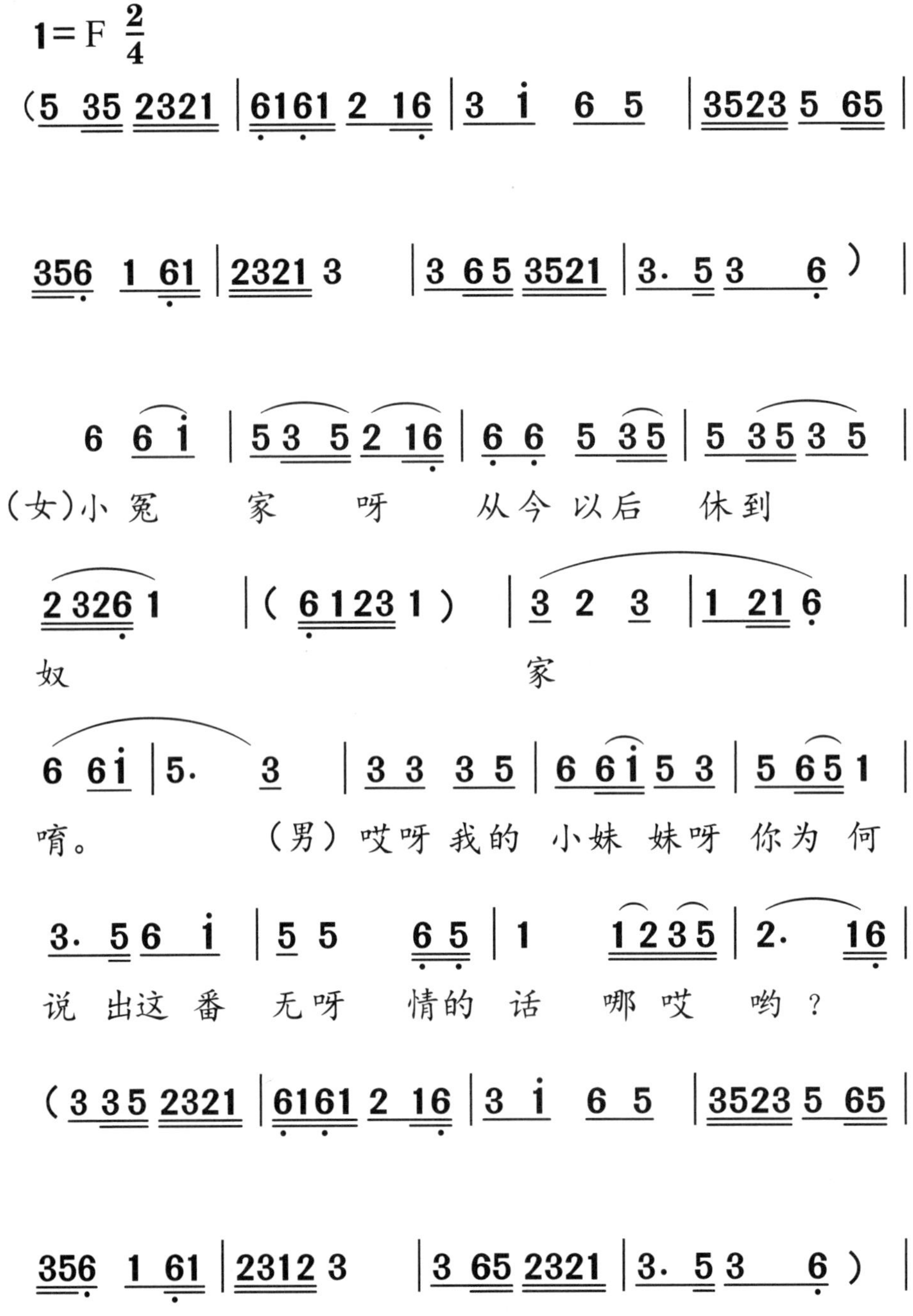

1＝F $\frac{2}{4}$

(5 35 2321 | 6161 2 16 | 3 i 6 5 | 3523 5 65 |

356 1 61 | 2321 3 | 3 65 3521 | 3. 5 3 6) |

6 6 i | 53 52 16 | 6 6 5 35 | 5 3535 |

（女）小 冤 家 呀 从今 以后 休到

2 326 1 | (61231) | 3 2 3 | 1 21 6 |

奴 家

6 6i | 5. 3 | 3 3 3 5 | 6 6i 5 3 | 5 651 |

唷。 （男）哎呀 我的 小妹 妹呀 你为 何

3. 56 i | 5 5 65 | 1 1235 | 2. 16 |

说 出这 番 无呀 情的 话 哪 哎 哟 ？

（3 35 2321 | 6161 2 16 | 3 i 6 5 | 3523 5 65 |

356 1 61 | 2312 3 | 3 65 2321 | 3. 5 3 6) |

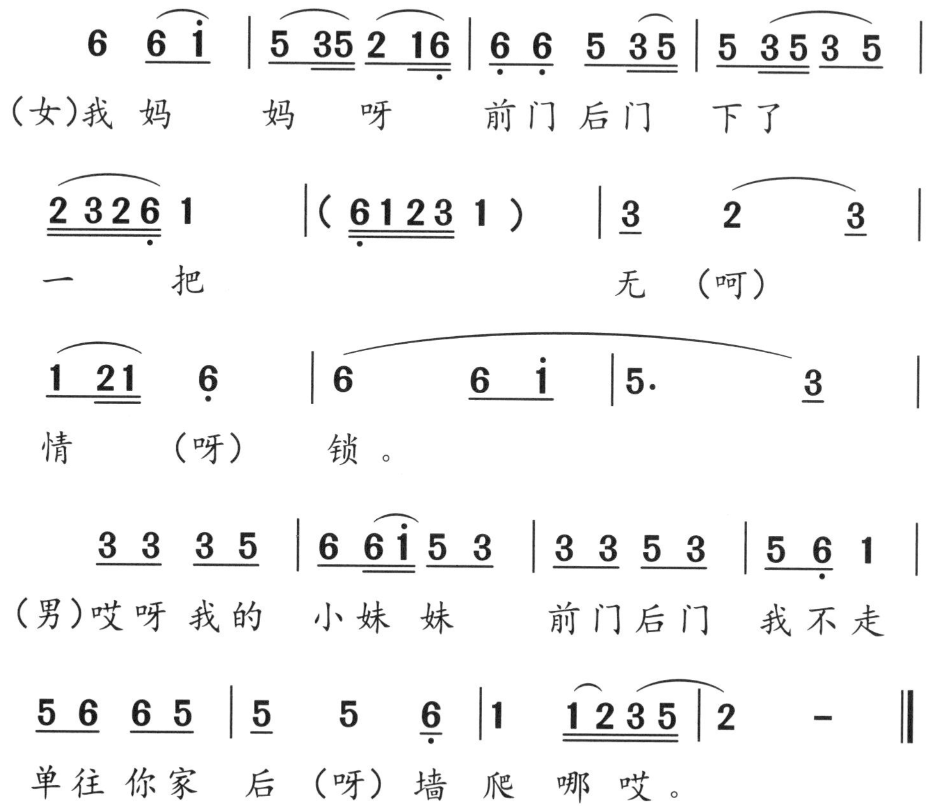

6 6 i | 5 35 2 16 | 6 6 5 35 | 5 35 3 5 |

(女)我 妈 妈 呀 前门 后门 下了

2 3 2 6 1 | (6 1 2 3 1) | 3 2 3 |

一 把 无 (呵)

1 21 6 | 6 6 i | 5· 3 |

情 (呀) 锁 。

3 3 3 5 | 6 6 i 5 3 | 3 3 5 3 | 5 6 1 |

(男)哎呀 我的 小妹 妹 前门后门 我不走

5 6 6 5 | 5 5 6 | 1 1 2 3 5 | 2 – ‖

单往你家 后 (呀) 墙 爬 哪 哎 。

对口调

（又名扁担调二）

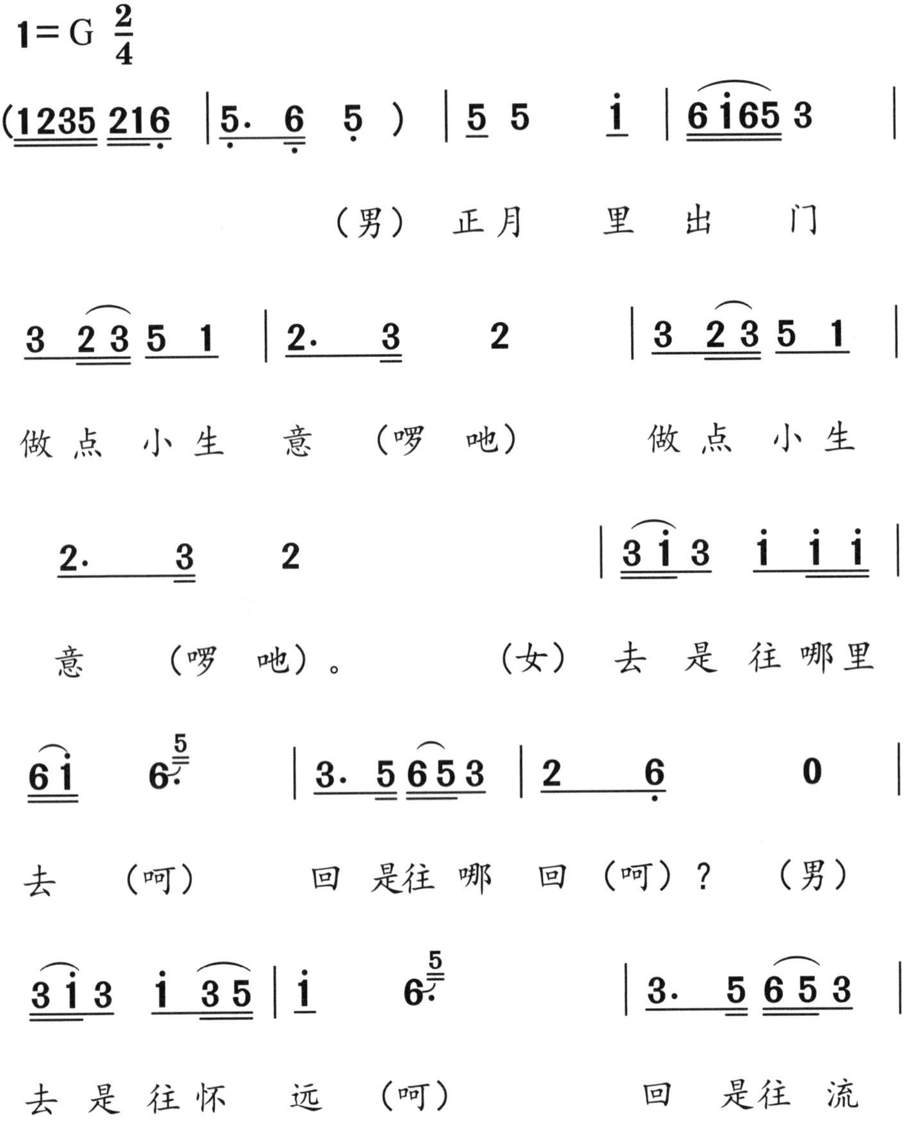

1=G $\frac{2}{4}$

(1235 216 | 5. 6 5) | 5 5 i | 6i653 |

（男）正月 里出 门

3 23 5 1 | 2. 3 2 | 3 23 5 1 |

做点 小生 意（啰 吔） 做点 小生

2. 3 2 | 3i3 i i i |

意（啰 吔）。（女）去 是 往哪里

6i 6 | 3. 5653 | 2 6 0 |

去（呵） 回 是往 哪 回（呵）？（男）

3i3 i 35 | i 6 | 3. 5653 |

去是往怀 远（呵） 回 是往 流

2 6 0 | 3 5 3 35 | i 6 |

河（呀）。（女） 哥哥生意 好哦，

5 3 653 | 2 6 0 | 5 3 5 |

卖糖又打锣， 赚得的

3 6 5 3 | 2 3 1 2 | 1 3 2 1 |

银（勒） 钱哪嗬嗨 回家起楼

6. 66 | 5 6 5 35 | 5 i 6 |

阁。（男）妹讲什么 话（而）

5 6 653 | 2 6 0 | 5 3 5 |

就讲起楼阁， 口袋里

3 6 5 3 | 23212 | 1 3 2 1 |

无（勒） 钱哪嗬嗨 哪样起楼

6 6 6 | 6 5 6 5 | 5 i 6 |

阁呀。（女） 我的好哥 哥（呀）

5 5 561 | 2 6 0 | 5 3 5 | 3 6 5 3 |

真是俏皮 多， 相爱的姊

2 3 1 2 | 2 2 3 2 1 | 6 6 6 |

妹那嗬嗨 你讲话来（啰） 我 听。（男）

5 6 5 3 3 5 | i 6 | 3 5 5 3 |

妹子 莫发 气（而）， 为兄讲笑

2 6 0 | 5 3 5 | 3 6 5 3 |

哈（呵）， 急急 又 忙（哦）

2 3 1 2 | 2 3 2 1 | 6 6 6 |

忙 哪嗬嗨 上前把揖 作（呵）

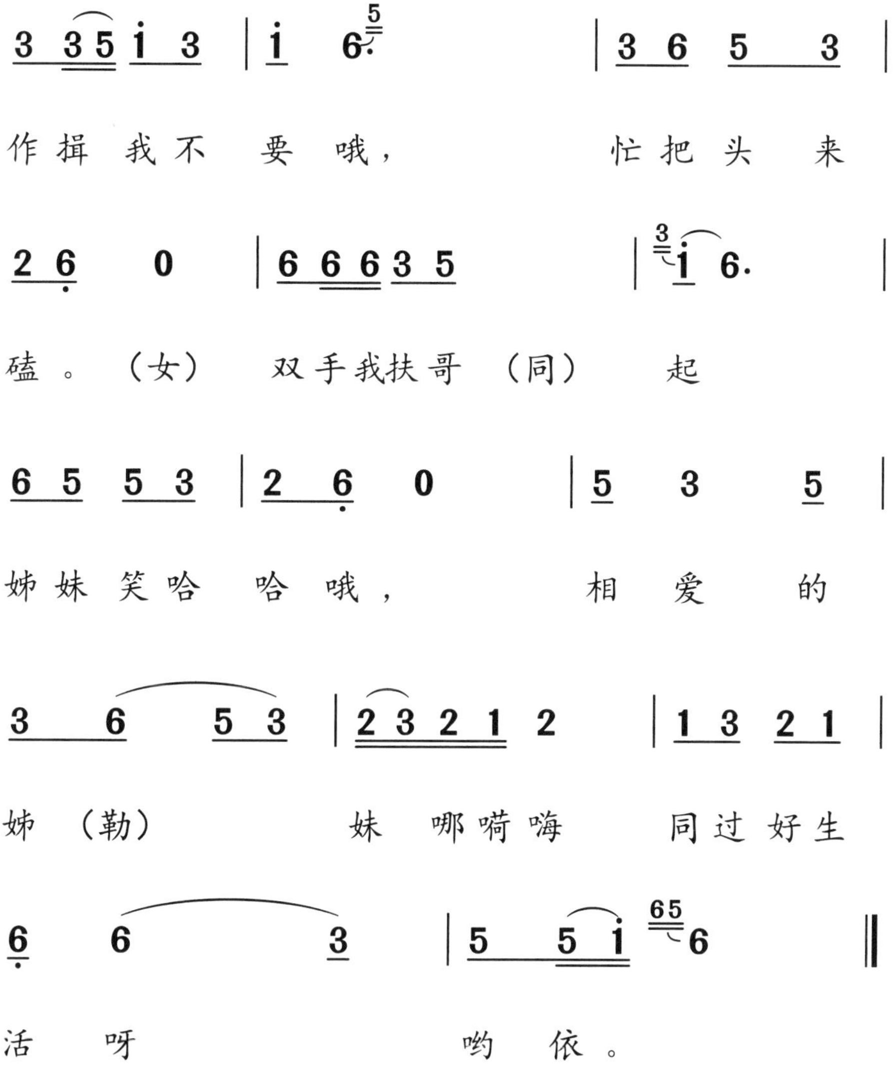

3 35 i 3 | i 6· | 3 6 5 3 |

作揖 我不 要 哦， 忙把头 来

2 6 0 | 6 66 3 5 | i 6· |

磕。（女） 双手我扶哥（同） 起

6 5 5 3 | 2 6 0 | 5 3 5 |

姊妹 笑哈 哈 哦， 相 爱 的

3 6 5 3 | 2321 2 | 1 3 2 1 |

姊（勒） 妹 哪嗬嗨 同过 好生

6 6 3 | 5 5 i 6 ‖

活 呀 哟 依。

赶马调

（6–3）

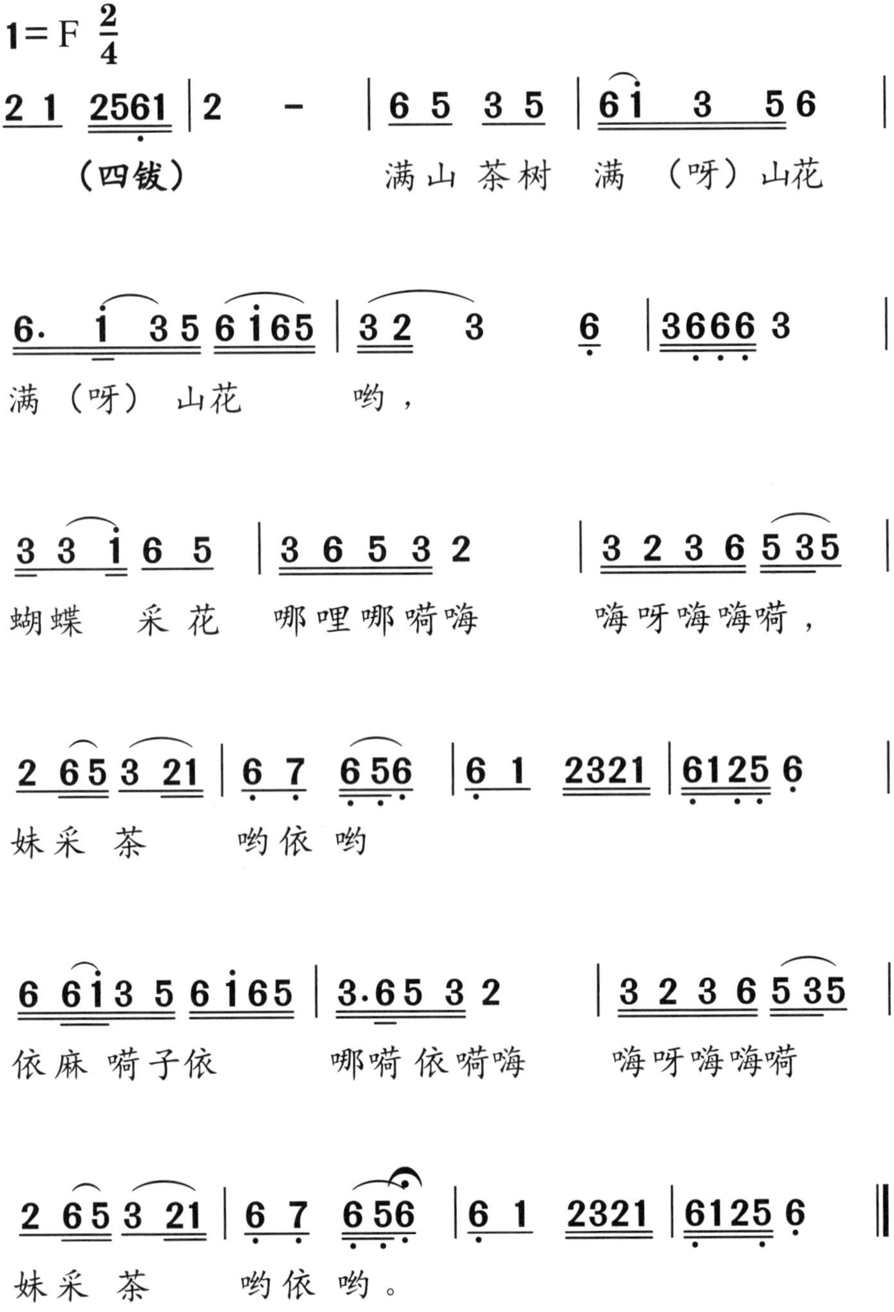

1＝F $\frac{2}{4}$

2 1 2561 | 2 – | 6 5 3 5 | 61 3 56 |

（四钹） 满山 茶树 满 （呀）山花

6· 1 3 5 6165 | 32 3 6 | 3666 3 |

满（呀） 山花 哟，

3 3 1 6 5 | 3 6 5 3 2 | 3 2 3 6 5 35 |

蝴蝶 采 花 哪哩哪嗬嗨 嗨呀嗨嗨嗬，

2 65 3 21 | 6 7 6 56 | 6 1 2321 | 6125 6 |

妹采 茶 哟依 哟

6 61 3 5 6165 | 3·65 3 2 | 3 2 3 6 5 35 |

依麻 嗬子依 哪嗬 依嗬嗨 嗨呀嗨嗨嗬

2 65 3 21 | 6 7 6 56 | 6 1 2321 | 6125 6 ‖

妹采 茶 哟依 哟。

月夜秋声

（文场月调）

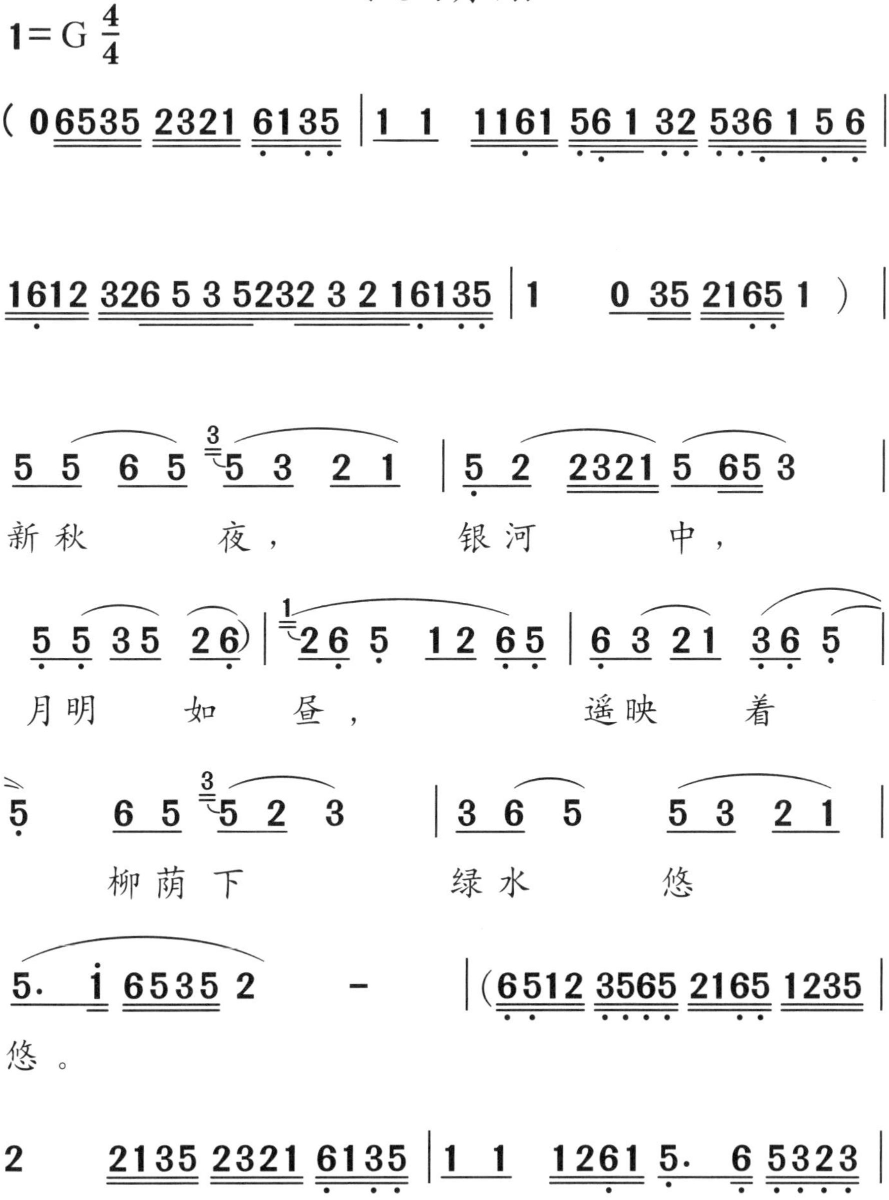

1＝G $\frac{4}{4}$

（0 6535 2321 6135 | 1 1 1161 56 1 32 536 1 5 6 |

1612 326 5 3 5232 3 2 16135 | 1 0 35 2165 1 ）|

5 5 6 5 5 3 2 1 | 5 2 2321 5 65 3 |

新秋 夜， 银河 中，

5 5 35 26 | 26 5 12 65 | 6 3 21 36 5 |

月明 如 昼， 遥映 着

5 65 5 2 3 | 3 6 5 5 3 2 1 |

柳荫 下 绿水 悠

5· i 6535 2 － |（6512 3565 2165 1235 |

悠。

2 2135 2321 6135 | 1 1 1261 5· 6 5323 |

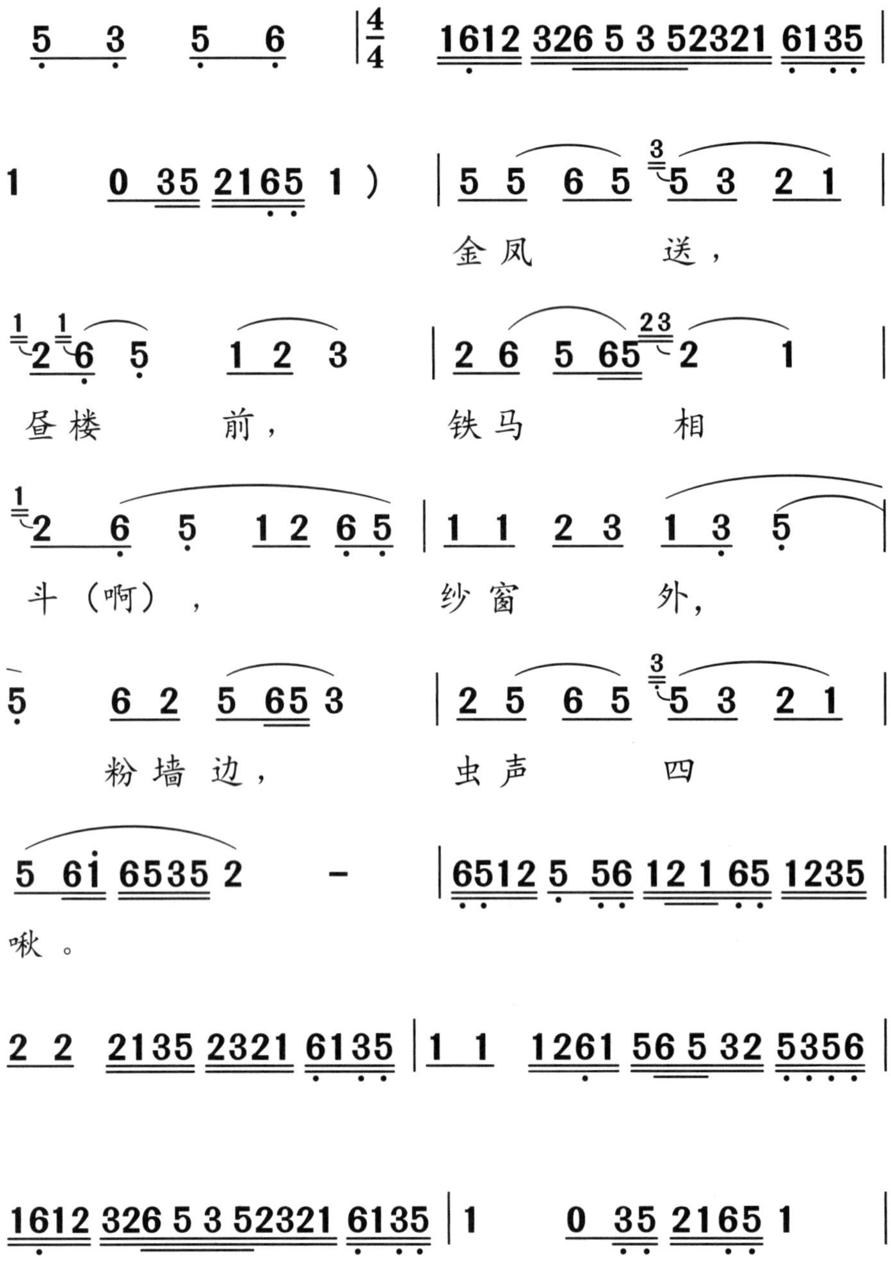

5 3 5 6 | 4/4 1612 326 5 3 52321 6135 |

1 0 35 2165 1) | 5 5 6 5 5 3 2 1 |

金凤 送，

2 6 5 1 2 3 | 2 6 5 65 2 1 |

昼楼 前， 铁马 相

2 6 5 1 2 6 5 | 1 1 2 3 1 3 5 |

斗（啊）， 纱窗 外，

5 6 2 5 65 3 | 2 5 6 5 5 3 2 1 |

粉墙边， 虫声 四

5 6i 6535 2 – | 6512 5 56 12 1 65 1235 |

啾。

2 2 2135 2321 6135 | 1 1 1261 56 5 32 5356 |

1612 326 5 3 52321 6135 | 1 0 35 2165 1 |

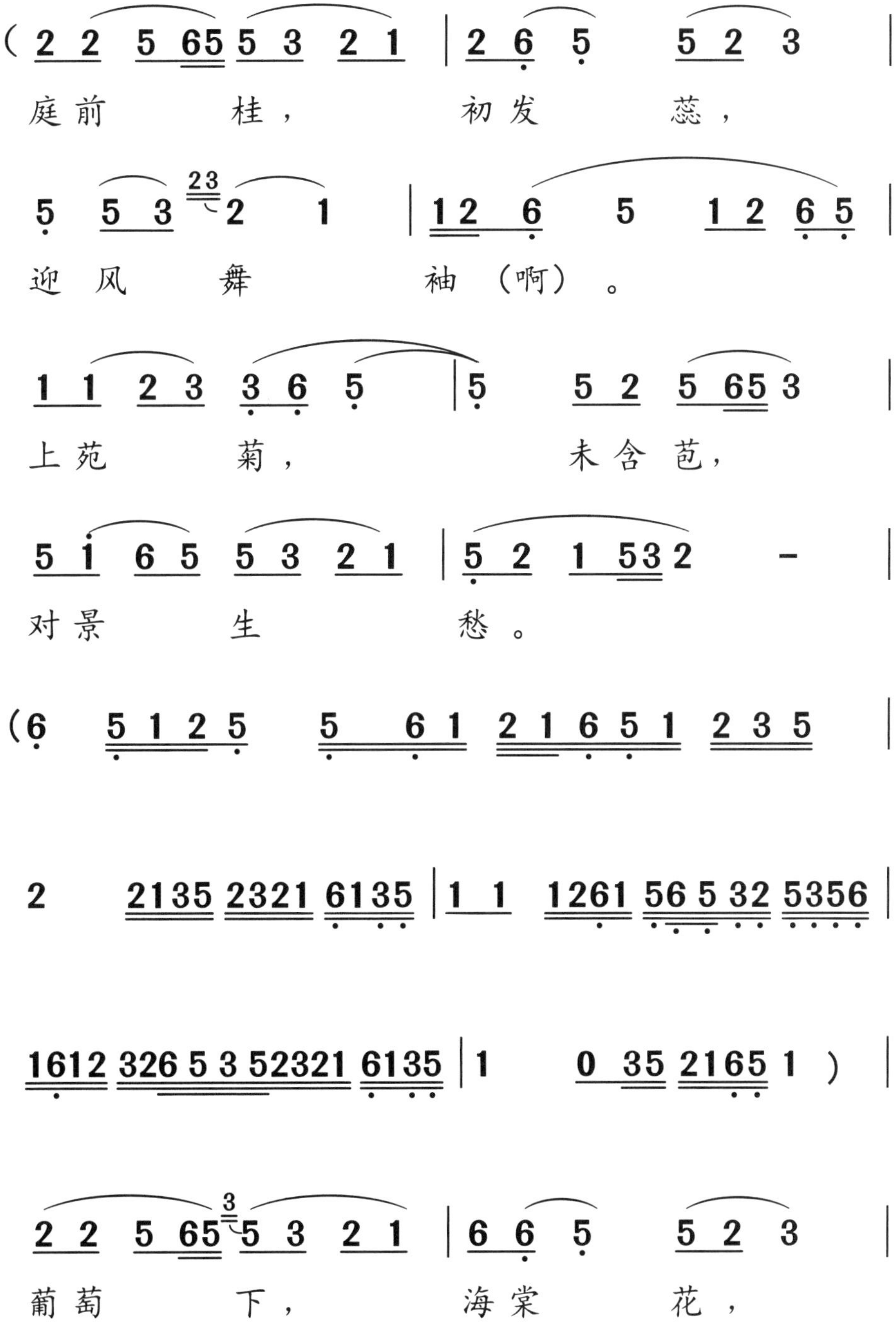

（2 2 5 65 5 3 2 1 | 2 6 5 5 2 3 |

庭前 桂， 初发 蕊，

5 5 3 23 2 1 | 12 6 5 1 2 6 5 |

迎 风 舞 袖（啊）。

1 1 2 3 3 6 5 | 5 5 2 5 65 3 |

上苑 菊， 未含 苞，

5 1 6 5 5 3 2 1 | 5 2 1 532 2 - |

对景 生 愁。

（6 5125 5 61 21651 235 |

2 2135 2321 6135 | 1 1 1261 56 5 32 5356 |

1612 326 5 3 52321 6135 | 1 0 35 2165 1 ） |

2 2 5 65 3 5 3 2 1 | 6 6 5 5 2 3 |

葡萄 下， 海棠 花，

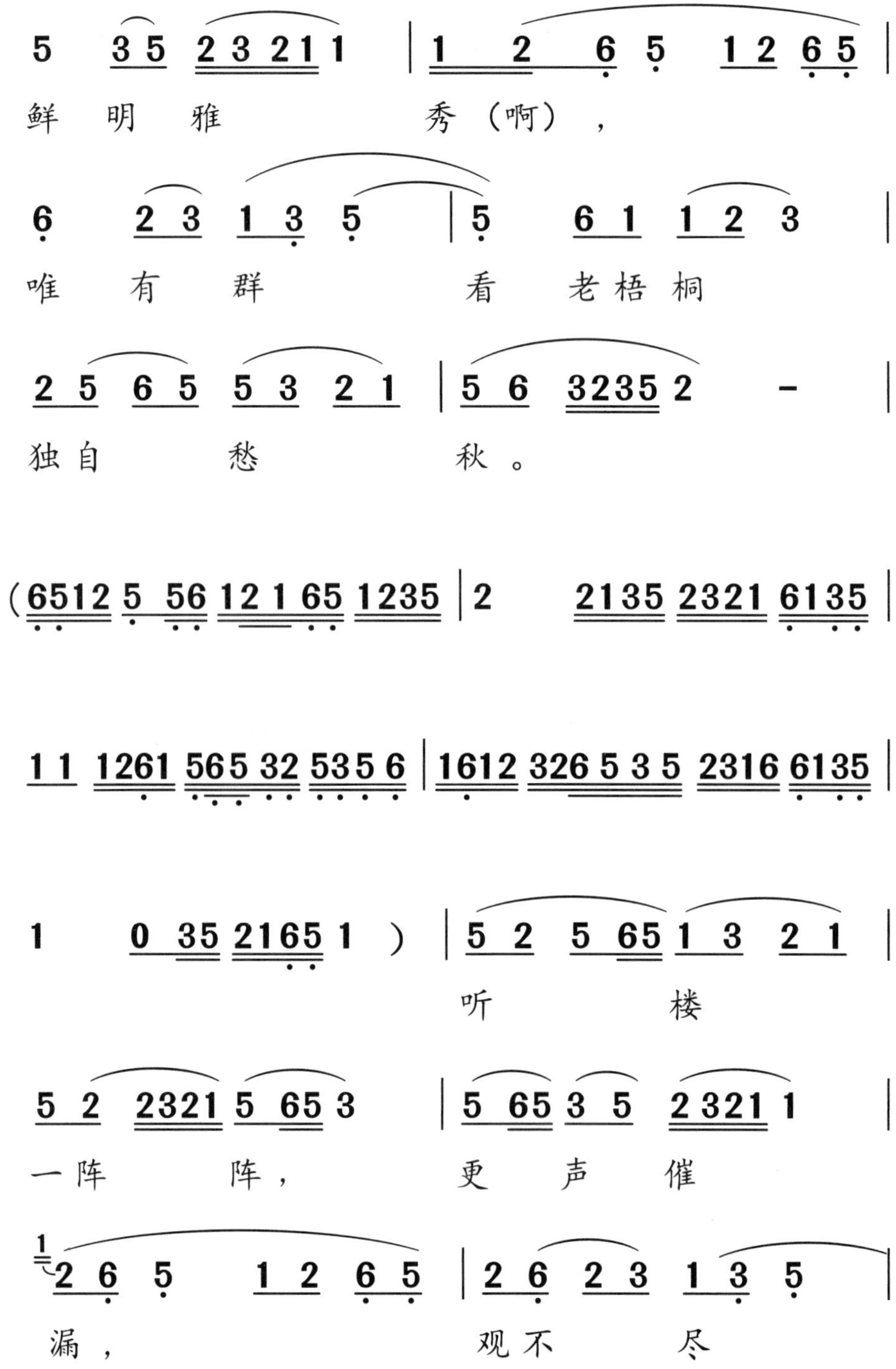

5 35 23211 | 1 2 6 5 1265 |

鲜明雅　秀（啊），

6 23 135 | 5 61 123 |

唯有群　看老梧桐

25 65 53 21 | 56 32352 – |

独自愁　秋。

（6512 5 56 121 65 1235 | 2 2135 2321 6135 |

11 1261 565 32 5356 | 1612 326 535 2316 6135 |

1 0 35 2165 1 ） | 52 5 65 13 21 |

听　楼

52 2321 5 65 3 | 5 65 35 2321 1 |

一阵　阵，　更声催

1 26 5 12 65 | 26 23 13 5 |

漏，　观不尽

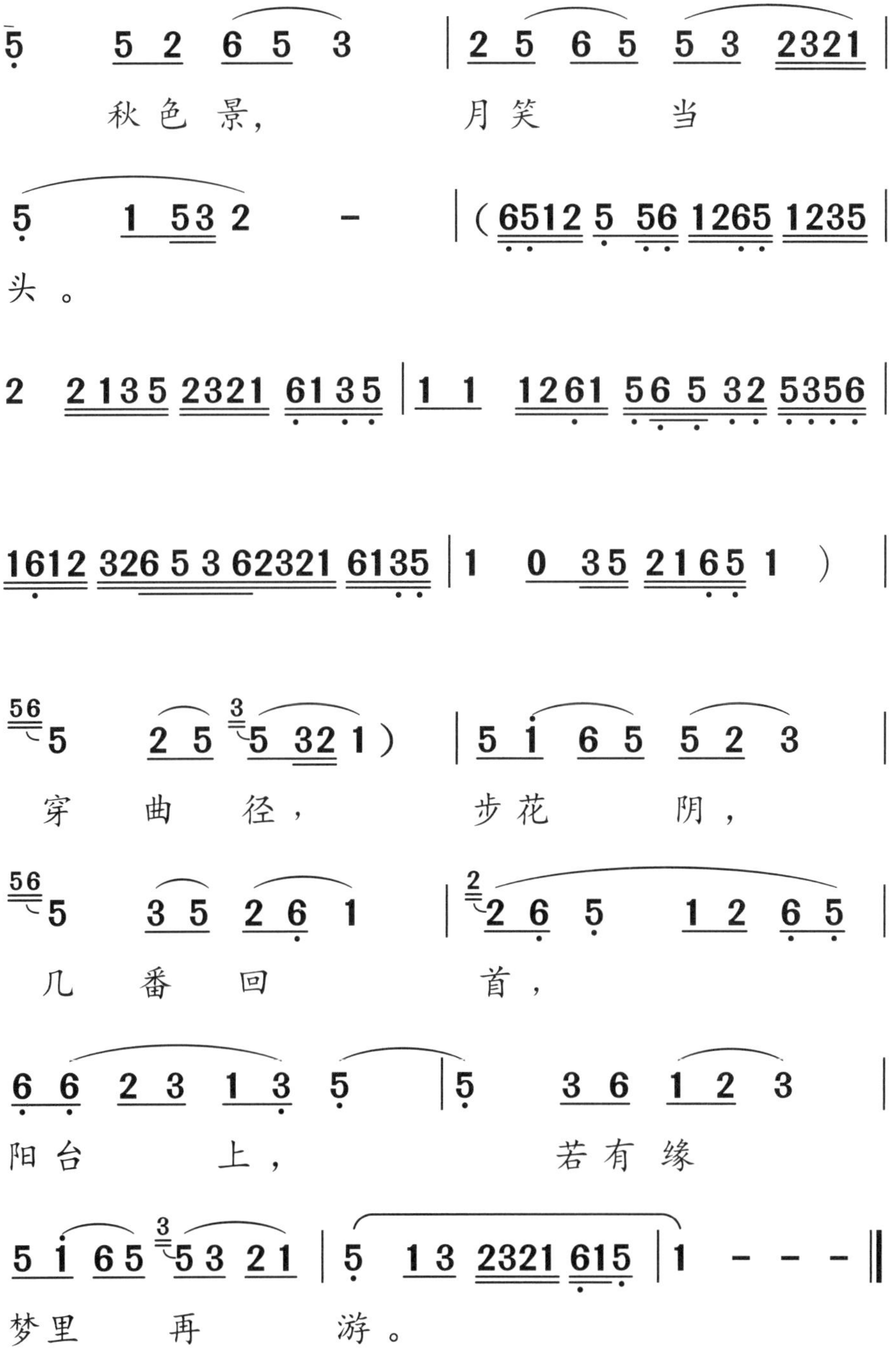

5 52 65 3 | 25 65 53 2321 |

秋色景，月笑当

5 1 53 2 - | (6512 5 56 1265 1235 |

头。

2 2135 2321 6135 | 1 1 1261 56 5 32 5356 |

1612 326 5 3 62321 6135 | 1 0 35 2165 1) |

56 5 25 3 5 321 1) | 5 i 65 52 3 |

穿曲径，步花阴，

56 5 35 26 1 | 2 26 5 12 65 |

几番回首，

66 23 13 5 | 5 36 12 3 |

阳台上，若有缘

5 i 65 3 53 21 | 5 13 2321 615 | 1 - - - ‖

梦里再游。

参考文献

［1］韦文机主编，象州县志编纂委员会编.象州县志［M］.北京：知识出版社，1994.

［2］《中国民间歌曲集成》全国编辑委员会，《中国民间歌曲集成·广西卷》编辑委员会编.中国民间歌曲集成·广西卷［三］广西各族单声部民歌［M］.北京：中国ISBN中心出版，1995.

［3］《中国民间歌曲集成》全国编辑委员会，《中国民间歌曲集成·广西卷》编辑委员会编.中国民间歌曲集成·广西卷［四］广西各族二声部民歌［M］.北京：中国ISBN中心出版，1995.

［4］天峨县志编纂委员会编.天峨县志［M］.南宁：广西人民出版社，1994.

［5］罗城仫佬族自治县编纂委员会编.罗城仫佬族自治县志［M］.南宁：广西人民出版社，1993.

［6］《中国戏曲志·广西卷》编辑部编.广西地方戏曲史料汇编.第二辑［M］.南宁：《中国戏曲志·广西卷》编辑部，1985.

［7］《广西传统彩调唱腔》：该书为手抄本，作者张弘系广西壮族自治区河池市原宜州文化馆职工。

后记

由于各种原因，本来应该在2017年出版的这套“红水河畔歌连歌”系列图书，一直到今天才得以与读者见面，对此，我们“广西红水河流域传统歌谣文化的保护与开发研究协同创新中心”（以下简称“协同创新中心”）的全体成员深表歉意。

2014年，协同创新中心的筹划者受当时广西壮族自治区党委、政府提出的“柳来河一体化”战略部署的感召，申报这一文化建设项目。这一动议立即获得河池学院、河池市社会科学联合会、来宾市社会科学联合会、柳州市社会科学联合会相关人士的积极响应，团队组成后大家齐聚河池学院进行深入具体的磋商，随后制定工作计划。正当工作全面开展之时，柳州市社会科学联合会换届选举，原参与协同创新中心工作的同志调离原单位，继任者一时无暇顾及此事而退出团队。这一变动没有影响到其他成员的积极性，大家觉得还是应该继续做下去。此后，协同创新中心成员开始了为期两年的素材搜集、田野调查、采访歌谣传承人和文献整理等工作，并于2016年完成第一期的全部工作，获得河池学院科研处审查结题。其中由于主要责任人的身体原因，加之所有成员皆有较为繁重的本职工作，出版的事一度中断。2017年以后，协同创新中心成员开始二期工作，对搜集的素材进行录入和分类整理以及赏读研究。计划是出版歌谣分类集2本，歌谱集1本，共3本。现在已经整理好的三本书稿就是研究工作的成果。

我们的具体工作安排如下：

一、歌谣素材搜集

1.周龙、周新汉、韩建猛等负责河池市境内红水河流域传统歌谣素材搜集。

2.臧海恩、覃德皇、廖引帮等负责来宾市境内红水河流域传统歌谣素材搜集。

3.谭为宜、周佐霖、罗相巧、蓝振榕、韦永稳等对歌谣素材作了补充。

二、歌谣素材整理与导读

1.谭为宜负责协同创新中心工作的筹划和组织实施；负责书稿的统筹、审稿和编辑。周佐霖协助开展上述工作。

2.周龙、臧海恩负责对歌谣素材进行初审。

3.蓝振榕对歌谣素材进行资料整理。

4.韦永稳对歌谣素材进行分类整理。

5.谭为宜负责撰写“礼仪类”“红色类”“生活类”歌谣导读文章。

6.周佐霖、韦永稳负责撰写“情歌类”“故事类”“谜语类”歌谣导读文章。

7.罗相巧、巫圣咏负责将搜集歌谣进行整理、记谱和撰写导读文章。

8.周佐霖负责歌谣集的校对工作。

9.莫嘉文、覃献妹、谭金鹏、韦甜、赵鲜等同学参加歌谣素材的整理。

丛书的歌谣素材来自河池市、来宾市多个县市的相关作者，已在书稿中标出，谨表示衷心感谢，文中标注如有遗漏或错误，实出无意，敬请鉴谅。

需要指出的是，三本歌集中的传统歌谣作品来自民间，具有时代性和地域性，我们在编辑过程中均忠实于原貌，有些是音译，只对个别明显错误的字词作订正。由于历史的局限性，传统歌谣的内容免不了带着那个时代的深深烙印，如果我们错误地认为“传统”的就都是好的，或者因为某些歌谣带有旧时代的痕迹，就不做甄别地一概否定，这不是唯物主义的态度，我们应该取“拿来”的科学态度才对。

协同创新中心工作得到了河池学院领导、河池学院文学与传媒学院领导和学校科研处的大力支持，在此深表谢意。尤其要感谢河池学院文字与传媒学院的广西一流学科“中国语言文学”学科（培育）的大力支持。

本丛书的出版凝聚了广西人民出版社各位领导、编辑的心血，从封面的设计、编校到付印出版等，都付出了艰辛的劳动并提供了专业的指导，在此一并感谢。

由于我们时间有限，投入的精力不够，加之水平有限，丛书会存在一些不足之处，欢迎读者诸君批评指正。

编者

2020年8月20日